# Good old boys

本多孝好



集英社文庫

# 目次

Good old boys

# プロローグ

夏の終わりの風が、桜の枝を揺らす。頭上の葉のざわめきが、子供たちの歓声を耳からつかの間遠ざける。

夏が行く。

もう何度と数えることはない。あと何度と思いを馳《は》せることもない。さすがに私は……私は年を取りすぎた。

なあ、お前はどうだ？

寄りかかった桜の木を下から見上げた。桜は応えなかった。ただもう一度、枝葉がざわめいた。見上げた姿勢のまま目を閉じた。桜のざわめきがやみ、耳に子供たちの歓声が戻る。指導するコーチたちの声も聞こえる。それを見守る親たちの声も聞こえる。ふと気配を感じて目を開けると、いつの間にか隣にいた。私は桜の木から体を離した。

「何だ。きてたのか」

「あち」とシャツを扇《あお》ぎながら、私を横目で見る。「ご挨拶《あいさつ》だな。きてたさ」

「連絡ぐらいくれりゃいいんだ」

私のぼやきには答えず、校庭を眺める。私も校庭に目を移す。眩《まぶ》しい日差しの中、子供たちがボールを蹴《け》っている。強い日差しすら弾《はじ》き飛ばすような笑い声があちらこちらで起こる。

「見てるだけで暑苦しくなる光景だな。子供は元気だ」

うれしがっている声だった。

「それが一番さ」と私は頷《うなず》いた。

今日は五人のコーチがきてくれている。みんなが子供たちと同じようにグラウンドで汗を流している。保護者たちは、私同様、日陰に避難しながら、めいめいにその様子を見守っている。夏休みが終わって最初の日曜日。太陽がおとなしくなるのはもう少し先だ。私は校庭に向けて声を上げた。

「みんな、水をちゃんと入れましょう。自分で考えてくださいよ」

はーい、と子供たちの返事があり、何人かの子がグラウンドの片隅に放り出してある自分の水筒に向けて駆けていく。それを機に、一、二年生にリフティングの指導をしていた一番若いコーチが私のもとにやってきた。

「監督。一、二年は、軽くミニゲームをやって、もうあがらせます。暑すぎですから」

「そうですね」と私は頷いた。

よーし。ゲームやるぞー。

グラウンドに戻りながら上げたコーチの声に、一、二年生から歓声が起こる。

「強いの？　今年の一年」

「どうかな。まだ一年生だ」と私は言った。

「ってことは、例年通りか。四年は相変わらず？」

「四年生？　そうだな。相変わらずだよ」

私は片側のゴールを使って行われている四年生の練習風景に目を移した。ショウのパスからハルカがシュートを打つ。華奢《きゃしゃ》な体の割には鋭いシュートだ。そのシュートを横っ飛びに右腕一本で、ダイゴが弾く。

「おお、ナイスセーブ。え？　あんなキーパー、いたっけ？」

「いたさ。あの代はずっとあの子がキーパーだよ」

「ええ？　あんなうまいキーパーだったたっけ？」

ダイゴが弾いたボールにリキが追いついた。ソウタが詰めるが間に合わない。リキがシュートを打った。

「ありゃりゃ」

足というよりは脛《すね》に当たったボテボテのシュートが、とんとんと弾みながらダイゴの足下に転がっていく。

「あのキーパーはうまいんじゃない。意外なんだ」と私は言った。

シュートを防ぎに行ったダイゴの手の間をすり抜け、さらに足の間も通って、ボールがころころとゴールに入った。校庭から大きな笑い声が上がる。子供たちも親たちも笑っている。自分の股《また》の間からゴールインを確認したダイゴ本人までが大口を開けて笑っている。

「とんでもないスーパーセーブをしたかと思うと、とんでもないへまもする」

「安定感、なさすぎ。キーパー向きじゃないよ」

「本人がやりたがるんだ。しょうがない」

ダイゴー、こうだろ、こう。
三、四年生を担当しているコーチが、膝《ひざ》を折り、足下にきたボールを取るときの仕草をした。そちらをちらりと見たダイゴは、わかってる、というように軽く手を振る。
「ちゃんと見てよー。見てくださいよー。わかってねえだろー、お前、絶対」

コーチの情けない声にまた笑いが起こる。私も思わず笑ってしまった。

「四年は相変わらず、勝ち知らず？」

「ああ」と私は頷いた。

どの学年も市内屈指の弱さを誇る我がチームだが、四年生のチームはその中でも輪をかけて弱い。

「練習試合でも？」

「ああ」

来週も練習試合が組まれている。近所の四つのチームが集まる交流戦だ。おそらく勝つのは難しい、何とか一点取ってくれれば、と担当コーチが私にぼやいていたが、私はそうは思わない。

「あの学年はいいんだよ、あれで」と私は言った。「どの学年よりも楽しそうにサッカーをやる。すごい才能だと思わないか？」

「才能？」

「一番弱いのに、一番楽しくやれる。それが才能じゃなくて何だ？」

できることなら、その才能を伸ばしてやりたいと思う。

「居直るなよ。監督だろ？　勝たせてやれよ。次の公式戦は、ああ、秋の市大会か」

「そうだな。予選ブロックが十月から始まる」

「で、十月で終わるんだろ？　決勝トーナメントは関係ないもんな」

私は笑って答えなかった。

「こんにちは」

不意にかけられた声に目をやると、四年生のハルカのお父さんがグラウンドの縁をなぞるように、こちらに向かってやってくるところだった。どうやら体育倉庫に何か道具を取りに行くところのようだ。

「こんにちは。ご苦労様です」と私は頭を下げた。

私もコーチたちもボランティアだが、保護者の人たちの積極的な協力がなければチームはとても回らない。例年、六、七割の保護者は積極的にチームの運営を手伝ってくれるが、残りの保護者は練習に顔を見せることさえあまりない。おかしなもので、年によって保護者のカラーは変わるが、その割合はあまり変わらない。

挨拶した私に会釈《えしゃく》を返すと、ハルカのお父さんは私の隣に向けて言った。

「監督には、いつもお世話になっています」

咄嗟《とっさ》に反応しかねた私たちに、ハルカのお父さんが少し怪訝《けげん》そうな顔をした。

「あ、ああ。いや」と私は言った。

「こちらこそ、いつも父がお世話になっております」

「どうも」と怪訝そうな顔のままもう一度頭を下げると、ハルカのお父さんは体育倉庫のほうへ歩いていった。どうやらラインを引き直すらしい。すぐにライン引きを持って出てきて、ゴールのほうへ歩いていく。

「誰?」

「四年生のお父さん。ほら、あの、女の子」

「ああ、あの美少女ね。道理で。お父さん、ハンサムだ」

「そうだな」

　それから私たちはしばらく黙って練習を眺めた。一、二年生が二つのチームに分かれてミニゲームを始めた。ゴール代わりの二つのコーン目がけて、ドリブルをしたり、シュートをしたりしている。まだまだ満足にボールを蹴れる年ではない。ボールで遊んでいる、という感じですらなく、ボールに遊ばれている、といった様相だ。その向こうでは五、六年生たちが、ドリブルの練習をしていた。狭く四方を区切られたスペースでみんながめいめいにドリブルをする。足下に気を取られていると誰かにぶつかる。かといって周囲に気を配っていると足下がおろそかになる。誰かのボールが誰かのボールにぶつかり、玉突きのようにみんなのドリブルが乱れた。ゴール付近にいた三、四年生たちはコーナーキックの練習を始めていた。どうやら四年がオフェンス、三年がディフェンスらしい。

「またくるわ」

「あ、ああ」と私は頷いた。

　ユウマがボールを蹴った。四年生とは思えない、いいキックだった。ボールが弧を描く。直接狙《ねら》ったのかもしれないが、ポストに当たった。跳ね返ったボールに反応したヒロが咄嗟にヘディングをするが、きちんとヒットしなかった。伸ばしたユキナリの足も届かず、ボールはゴールから大きく逸《そ》れて転がっていった。

コーナーキックを最後まで見届けてから目をやると、私の隣にはもう誰もいなかった。風が頭上の枝葉を揺らす。木漏れ日に目を細めてから、私はまた一人、グラウンドを眺めた。

# 1　ユキナリ

目を覚ましてしばらく、ぼんやりと天井を眺めていた。今より少しだけ若かったころの夢を見ていた気がする。階下からの物音で我に返り、枕元《まくらもと》の時計に目をやると、もう九時近くを指していた。日曜日とはいえ、少し寝すぎたか。私は一つ伸びをしてベッドから下り、寝室を出た。

階段を下りていくと、玄関には外出の支度をしている妻と息子がいた。とはいえ、二人の格好はだいぶ違う。香純《かすみ》は薄緑のワンピースを着て、それに合う靴がどれかを吟味《ぎんみ》していた。行也《ゆきなり》は青と黒の縦じまのレプリカユニフォームを着ている。着古してくたびれているのだが、行也のお気に入りだ。

階段を下りていった私に、玄関のたたきに立って、壁に備えつけてある姿見を見ていた香純が目を向けてきた。

「ああ、起きたの？」

ようやく起きたの。そう呆《あき》れた声にも聞こえた。起きてこなくたっていいじゃない。

そう咎《とが》めたようにも受け取れた。視線はすぐに鏡の中の自分の足下に向かう。

「うん」

口の中で呟《つぶや》き、私は上がり口に腰かけている行也に目を向けた。

「何してる?」

「スパイクの紐《ひも》」

を取り換えているらしい。行也は顔を上げもせず、黙々と手を動かしていた。

「今日は?」

「いつも通り。十時から」と行也はやはり顔を上げずに答えた。

「そうか」

二人を置いて、LDKに向かった。案の定、ダイニングテーブルに朝食は用意されていない。行也と一緒のときには私の分も用意するが、時間がずれると、香純は私の食事を用意しない。半年ほど前から、何となくそうなった。

炊飯器を開けてみると、昨夜のご飯が残っていた。冷蔵庫を開け、納豆と漬物を出した。

「じゃ、行ってくるわね」

卵を見ながら、卵焼きを作るかどうか考えていると、玄関から香純の声が聞こえた。

「ああ」と私は応じた。

「いってらっしゃい」と行也が言っていた。

玄関が開け閉めされる音がした。香純がどちらに向けて言ったのかは、結局、わからなかった。ひょっとしたら、鏡の中の自分に言ったつもりだったのかもしれない。

ふと、子供のころ、氷ができていく様子を観察したことを思い出した。水の入ったコップを冷凍庫に入れる。十分おきに冷凍庫を開け、コップの様子を観察する。学校の宿題だったのか、自発的な好奇心だったのかは覚えていない。水面に張った薄氷を押してくしゃりと割ったその感覚が指先に蘇《よみがえ》った気がした。それは、かつては水だったものの感触であり、やがて凍っていくものの感触でもあった。

卵焼きはやめ、麦茶を出して、冷蔵庫を閉めた。ダイニングテーブルに簡単な朝食を並べ、納豆をかき混ぜていると、行也がやってきた。

「スパイク、ちょっときつい」

「ああ。そうなのか？」

半信半疑で私は聞いた。スパイクは、買い替えてまだ三ヶ月ほどしか経《た》っていないはずだ。

「足のここんとこが、ちょっと痛い」

右足を上げて、けんけんをしながら、行也は小指のつけ根の辺りを示した。

「紐をきつく締めすぎじゃないのか？」

「うん、そうかも」

行也は頷いて、いつもの自分の椅子《いす》に座った。どうやら新しいスパイクのおねだりではなかったようだ。ということは、きつく感じているのは本当なのだろう。

「緩めても痛かったら、また言え」

「買ってくれるの？」

行也が目を輝かせた。その目を見ていると、さっきのはやっぱりおねだりだったのではないかと疑いたくなる。もう小四だ。嘘《うそ》もつくし、顔色も見る。演技もする。

「どうしても痛かったらな。あとでちょっと見てやるよ」

なあんだ、という顔になる。少しきついと思えばきついけれど、私が納得するほどのきつさではない。そういうことのようだ。

「公式戦で一点取ったら、いつでも買ってやるって言ってるだろ？」

「チームで？」

「うん？」

「チームで一点？」

その志の低さに、すすり上げた納豆ご飯を喉《のど》に詰まらせそうになった。

「お前が一点、だよ」

「じゃ、無理だ」

「無理なのかよ」

「だって、俺《おれ》、バックだもん」

麦茶を飲んで、苦笑を紛らわせた。試合は何度か見ているが、息子の所属するサッカーチーム、牧原《まきはら》スワンズにバックやフォワードの区別は希薄だ。ボールを持つ。ドリブルをする。持ちきれなくなるとにかく前に蹴る。近くにいる何人かが追いかける。一番最初に追いついた誰かがまたドリブルを始め、敵が近づいてくると、やはり前に向けてボールを蹴る。またそれを追いかける。そんな調子だ。それでも以前よりはだいぶ良くなったらしい。私が見ているのはここ半年ほどだが、それ以前はドリブルの部分すらなく、誰かが蹴ったボールをみんなで追いかけ回すその様子は、飼い主が投げたボールを無心に追う子犬の群れのようだったと聞いている。

「バックだって、ゴール決めるだろ?」と私は言った。

「けど、それはフォワードの仕事だから」

「でも、まあ、頑張れ」

「うん」

行也は椅子から立ち上がると、架空のボールで軽くドリブルをしてから、勢いよく架空のディフェンスを抜き去り、架空のゴールへシュートを叩《たた》き込んだ。頭にあるイメージと現実の動作とは、たぶん大きく異なっているのだろう。相手を抜き去るときに蹴り出した足の勢いが強すぎる。現実にやったら、ボールは立ちふさがったディフェンスのはるか後方に蹴り出されることになるだろう。サッカーを知らない私の目にも、あまりに不自然なドリブルだ。また漏れそうになった苦笑は、漬物を頬張《ほおば》って誤魔化《ごまか》した。行也はなおも不自然なドリブルからゴールを量産していた。

香純が行也をサッカーチームに入れると言い出したとき、私は少し驚いた。行也はスポーツが得意ではなかったし、香純は子供に「元気よく」より「行儀よく」を求めるタイプの母親だったからだ。

「牧原スワンズっていってね、古いチームらしいわよ。この地域で、ずっと前から活動しているんだって」

香純はそう言った。

私たちは、行也が小学校に上がる前にと思い、この家を買って、越してきた。物件選びは、価格と二人の通勤時間とを吟味した結果で、この地域に知人や縁者がいたわけではない。香純にしてみれば、知り合い作りのつもりもあるのだろう。私はそう思い、入団に特に反対はしなかった。どうせ母親の仕事だ。そんな思いもあった。練習は日曜日だというから、日曜日の家族サービスに頭を悩ます機会も減るだろう。渡りに船とさえ思った。

が、その後、誤算が重なった。一つは、行也だ。運動神経がいいわけでもなければ、体を動かすことが特段、好きなわけでもなかった。サッカーを始めたところで、どうせ試合に出してもらえることもないだろうし、すぐに嫌になるだろう。そう高をくっていたのだが、いつまで経っても行也にサッカーを辞める気配はなかった。日曜日の練習を心待ちにさえしているようだった。もう一つは、香純だ。行也に地元の友達ができたことで、地域につながる必要性が香純の中で薄れたようだ。行也の学年が上がるにつれて、徐々に牧原スワンズへの関心を失っていった。そして最後にチームの事情だ。牧原スワンズでは、入れるときは母親が連れてきても、続けるときには父親が出張《でば》っていくものという暗黙の了解があるらしい。監督やコーチも手弁当できてくれているボランティアだ。子供を預けている保護者が手伝える部分は手伝わなくてはならない。グラウンドを整備するにせよ、ゴールを移動させるにせよ、簡単な球出しをするにせよ、母親よりは父親のほうが使いでがある。低学年の間はともかく、高学年になったら、保護者もチームに貢献してほしい、と、そういうことのようだ。一年からチームに所属し、二年、三年までは香純が面倒を見ていたが、四年に上がって以降のここ半年ほどは、私が行也につき合っている。どこの家庭でも、だいたいそんなタイミングで母親から父親へのバトンタッチが行われているらしかった。

「大丈夫？　間に合う？」

食事を続けていると、行也が時計を見ながら私を急《せ》かした。練習場所は、普段、行也が通っている小学校だ。歩いても十分とかからない。ましてやサッカーの練習のときは自転車で行っているのだ。五分もかかりはしない。それでも、行也にしてみれば、少しでも早くグラウンドに出て仲間と一緒にボールを蹴りたいのだろう。

「先、行っててていいぞ」

「だって、今日、うちが当番でしょ?」

そうだった。

「そうだった」と私は言った。

最近まで知らなかったのだが、この地域の小学校は休日の学校施設の管理を地域の住民に委ねている。学校ごとに開放委員と呼ばれる管理者が近所にいて、休日に校庭や体育館を使用したい団体は、毎年、その委員に宛《あ》てた申請書を提出する。使用を認められた団体は、校門や体育倉庫やトイレなど、必要な鍵《かぎ》がついた鍵束を委員から預けられる。各団体が鍵をコピーすることは禁じられているので、牧原スワンズでは、毎回、練習の終了時に今回の当番から次回の当番に鍵束を手渡している。今日はうちが当番で、私が鍵束を預かっている。私が行かない限り、校門は開かない。

私は手早く残りの朝飯をかき込み、歯磨きと髭剃《ひげそ》りを済ませ、寝室に戻ってジャージに着替えた。手伝い、といっても、サッカー経験のない私にできることはあまりない。それでも、手伝いをする意思はありますよ、というポーズは常にとっておかなくてはならない。運動の習慣がない私は、スポーツウェアなどほとんど持っていなかったのだが、最近では、日曜日ごとにスポーツウェアを着ている。子供に世界を広げてもらっているようでもあり、子供に時間を奪われているようでもある。ふとベッドサイドのテーブルに積んだ本が目に留まった。買ったまま、ろくに見てもいない画集だった。美術展には、今年、一度も行けていない。

着替え終わり、寝室から出ようとしたとき、ジャージのポケットに入れたスマホが震えた。手にしてみると、折中美紀《おりなかみき》からメッセージが入っていた。

『この前、奥井《おくい》次長がおっしゃっていた展覧会。暇だったので、見にきました』

最近亡くなった、日本人洋画家の展覧会。その入り口の写真が添えられていた。折中に向けて言ったわけではない。時間があれば行きたいが、家族を持つと、休日でもなかなか時間が取れない。そんな愚痴《ぐち》めいた言葉とともに、行けるうちにいろんな所へ出かけておけ、と役職に応じた話でまとめた。たまたま何人かの若い社員と一緒になったときの、何ということのない一言だ。メッセージを返そうと思ったが、文言を決めかねた。折中が仕事から離れたメッセージを送ってくるのは、これが初めてではなかった。短いメッセージは、薦められた場所に行ったという単純な報告のようでもあり、私の一言に重きを置いているという無言のアピールのようでもある。その気になって読めば、休日に一人でいる寂しさをほのめかしているようにも受け取れる。日曜日の午前十時前。次長と主任という肩書を外せば、四十代を迎えた妻子持ちの男と、三十代の半ばを前にしたバツイチの女だ。無意識にクローゼットに目が向いていた。そこの引き出しには、今年の二月に折中からもらったハンカチが入っている。

「ちょっと早いですけど、うちの部署の女子一同から。甘いものは、お好きではなさそうなので」

バレンタインの義理チョコ代わりの何か。そういう言い方だった。礼を言って受け取った。その日の帰宅途中に『ハッピーバースデイ』とだけ書かれたメッセージがスマホに届き、私は翌日の土曜日が自分の誕生日であることと、折中の部署に女性は折中しかいないことを思い出した。

しばらく考えたが、思いついた言葉はどれも甘すぎるか、逆に冷たすぎる気がした。結局、メッセージを返さないまま、私は寝室を出た。

行也とともに自転車で校門前についたのは、練習開始の十五分前だった。が、そこにはすでに十人くらいの子供が待っていた。親も五、六人いる。みんな私と同じような格好をしていた。私と違って様になっている人もいれば、私と同じように様になっていない人もいる。

「ユキパパ、遅いー」

ここでの私は奥井昇《のぼる》ではない。四年生の奥井行也のお父さん、ユキパパだ。

「悪い、悪い。今、開けるから」

私が門を開けると、子供たちは放流された稚魚の勢いで学校の中に走り込んでいった。取り残された他の親たちと一緒に、私も校門を抜ける。

「当番、ご苦労様です」

ソウタパパが横に並びながら言った。チームには小学校一年生から六年生まで、総勢五十人以上が所属しているが、やはり気安くなるのは同学年のパパたち同士だ。ソウタパパは、私より二つ、三つ若いだろう。三十七、八。柔らかい空気をまとった人で、子供たちにも人気がある。

「どうも、どうも」と私は返した。

いい人だとは思うが、たぶん仕事はできないだろう、と私は何となく想像していた。気はいいし、機転も利く。その人がいれば、集団の雰囲気がよくなる。けれど、思ったほどには仕事ができない。同じ課には一人いれば十分。二人いると迷惑。そういう人だ。うちの会社でも何人か思い当たる。

もっとも、ソウタパパが実際にどんな仕事をしているのか、私は知らなかった。ソウタパパに限らず、ほとんどの親の仕事を私は知らない。私のことも、東京に通勤していることは知っているだろうが、業務内容までを知っているパパはいないはずだ。とんでもない有名企業ならばともかく、電鉄が親会社のハウスエージェンシーの話など、そうそう切り出すきっかけもない。他のパパたちも似たようなものなのだろう。これまでに二度ほどパパたちだけで飲みに行ったこともあるのだが、そういう場でも子供やサッカーの話がメインで、仕事の話をするようなことはなかった。

「ユキナリ、最近、張り切ってますねえ」とソウタパパが言った。

「ええ」と私は苦笑した。「下手の横好きっていうのはああいうことかと、感心してます」

「そんなこともないでしょう。すごく上手になってますよ」

「そうですかねえ」

私たちの会話に、ユウマパパが加わってきた。

「そうっすよ。この前の練習試合だって、結構、いいシーン、作ってたじゃないっすか」

ユウマパパはソウタパパよりもさらにいくつか年下。三十四、五だと思う。うちの学年では一番若いお父さんだ。以前はJリーグでプレイしていたと、誰かに聞いたことがある。チーム名も聞いたが、サッカーに詳しくない私はそれがどこのチームで、どれくらい強いチームなのかわからなかった。とはいえ、プロだ。ボールさばきは素人《しろうと》の私が見ても、感心するくらいにうまい。たまたま近くに転がってきたボールを蹴り返す様や、暇つぶしに軽くリフティングをしている様は、それだけで拍手を送りたくなるほどだ。

息子のユウマは四年生で一番上手な子だ。

「本人はフェイントだって言っていた、あれですか？　あれは足が滑った拍子にたまたま相手を抜いてしまっただけでしょう」

「そのたまたまも含めて、練習の成果っすよ」

互いに礼儀正しい微笑《ほほえ》みを浮かべながら、さして意味のない言葉を交わす。日常にありそうで、実はなかなかない距離感だ。会社で上司や部下と喋《しゃべ》れば、互いにもっと身構える。気心の知れた同期と話すと、互いにもっとくだけるし、崩れる。隣近所の人と親しくなればこんな風になるのだろうが、実際に隣近所の人と挨拶以上の言葉を交わすことなど、ほとんどない。

練習開始の十分ぐらい前になると、親は手分けをして、準備に取りかかる。何人かで朝礼台をグラウンドの外に出し、何人かは体育倉庫を開けて、中のコーンを取ってくる。さらにライン引きを出して、ピッチを作る。そうしている間にも親子たちが続々と集まってくる。親は手伝いに参加し、子供たちはいくつかのグループに勝手に分かれてボールを蹴って遊んでいる。

少年サッカーは、小学校一、二年生をU‐8、三、四年生をU‐10、五、六年生をU‐12と区別し、公式戦はこの三つの区分で戦うことになる。これはこの地域に限らず、全国どこでもほぼ同じだそうだ。人数も、私が知っている十一人制ではなく八人制。これも全国的にそういう流れになっているらしい。強いチームには、近所からはもちろん、地域を越えて人が集まってくるのだが、うちのような弱いチームにそんな状況は望むべくもない。ただでさえ、今、少年サッカーチームは数が増えて、飽和状態になっている。その中にはボランティアではなく事業として運営されているチームも多いという。そういうチームにとって、子供数の確保は死活問題だ。入団希望者が増えるよう、きちんと見栄えのいいホームページを作り、積極的に情報を発信し、公式戦で結果を残すよう子供たちにハッパをかけ、その結果をまたきちんと喧伝《けんでん》する。うちのようなのんびりしたチームには、本当に限定された地域から、人づてに話を聞いた人たちがぽつぽつと集まってくるだけだ。それでも毎年、十人ほどが集まっているのは、地元でも古いチームで、名前が浸透しているせいだろう。行也の学年は例年より少し少なく、今は八人しかいない。一チームぎりぎりの人数だ。仲がいいのがこの学年のいいところ、と監督やコーチは言ってくれるが、それくらいしかほめようがないのでは、とも勘ぐってしまう。一年生から参加している市の公式戦では、一勝はおろか、まだ一点も取れていない。上級生や下級生のチームも決して強くはないが、これほどまでに弱いのは行也の代のチームだけだ。

グラウンドの準備が終わるころ、監督やコーチたちがやってくる。

「ご苦労様です」

監督が私たちのところに近づいてきて、腰を折った。牧原スワンズの創設者にして、総監督。もう七十に手が届いているように見えるが、正確な年齢は知らない。以前は子供たちを直接指導していたらしいが、最近ではそういうことはない。名前だけの代表ですよ、と本人は謙遜《けんそん》するが、コーチたちが集まってくれるのはこの監督の人徳だろう。今、コーチは三人いて、それぞれU－8、U－10、U－12を指導してくれている。他にも時間が許せばきてくれる補助のコーチが何人かいる。全員がスワンズのOBで、無料奉仕のボランティアだ。

「しゅうーごおー」とU－8を見てくれている一番若いコーチが声を張り上げた。

監督、コーチのもとに子供たちがわらわらと集まってくる。試合時はおそろいのユニフォームを着るのだが、練習時はみな、思い思いの服装をしている。多いのはヨーロッパのサッカーチームのレプリカユニフォームで、中でもえんじと青の縦じまが多い。青と黒の縦じまも、行也の他に二人いた。

「今日も暑いですね」

まだまだ幼児の一年生から、大人びた雰囲気を漂わせる六年生までを見渡し、監督はにこにこしながら言った。

「水は自分で判断して、きちんと入れてください。無理はせず、楽しくやりましょう」

今一つ締まらない言葉に思えるが、子供たちが一斉に、はい、と返事をすれば、それなりに締まって見えるからおかしなものだ。続いて、三人のコーチが自分の担当する子供たちを呼び寄せる。行也たち四年生は、U－10の水島《みずしま》コーチのもとに三年生と一緒に集まる。

「四年生は、先週の練習試合、よかったぞ」

背は高くないが、肩幅は広い。童顔で、目は優しそうに垂れている。気のいい小熊のような風貌《ふうぼう》の水島コーチにほめられて、子供たちは照れ臭そうに笑った。が、先週、四年生だけで出向いた練習試合は、三試合やって三敗している。今時の子供はほめて伸ばすものだ。そうわかっていても、少しは叩くことも必要なのではないかと思えてしまう。

「点も取れたしな」と水島コーチは続けた。

三試合で、確かに一点取った。相手のオウンゴールだ。試合中に相手のセンターバックとキーパーがなぜだか険悪になり、センターバックが不機嫌に蹴ったバックパスをキーパーが処理し損ねたのだ。唖然《あぜん》とするうちのチームをよそに、センターバックとキーパーが言い合いを始めた。主審をしてくれていた別のチームのお父さんが制して事なきを得たが、果たして、あれを得点と計算していいものか、親としては首をひねりたくなる。

「来月から、市大会のブロック予選が始まるから、そこでも一点取るぞ」

そういう流れか、と私は納得する。

行也の代は、練習試合では一勝もしたことがなく、公式大会では一度も得点すらしたことがない。無論、下手くそなのが最大の理由ではあろうが、唯一の理由ではない。私が知る限りでも、得点寸前までは何度かいったことがあるのだ。が、そこで遠慮してしまう。自分がシュートしていいのか、パスをしたほうがいいのか、と、まずチームメイトに遠慮する。それだけならまだしも、シュートさせまいと詰めてきた相手にまでも遠慮する。あとちょっと、触るだけでもゴールできる。そんなシーンでも、まるで敵に譲っているかのようにボールを取られてしまう。勝負所で、気持ちの弱さを露呈してしまうのだ。

次の市大会では、必ず勝つぞ。

気持ちの弱いこの代に、そんなことを言ってもプレッシャーになるだけだと水島コーチも思ったのだろう。だから、まずは一点。練習試合で一点取ったのと同じように次の市大会でも一点取るぞ、と言っているのだ。

おー、と元気よく応える子供たちを見ていると、小学四年生などまだまだ子供なのだと思い知る。その様を見渡しながら、水島コーチは続けた。

「三年生でも、一チーム作って参加するからな。相手には四年生チームも多いだろうけど、頑張れよ」

「え？　俺ら、四年より強いし」

三年生の一人が声を上げ、子供たちの間に軽い笑いが起きる。言った子に悪気はない。

弱い、というのが四年生の代の、いわばチームカラーで、上からはもちろん、下の学年からそれをネタにいじられるのも毎度のことなのだ。いじっている三年生の代にしたところで、四年生よりはマシ、という程度で、地域でも指折りの弱小チームであることに変わりはない。だから、威張っているわけでもなければ、馬鹿にしているわけでもない。わかっていても、一緒になって笑っている四年生たちを見ていると、もうちょっとしっかりしろ、とどやしつけたくなる。

その後、アップを済ませ、練習が始まった。ユウマパパは水島コーチとともに球出しをしている。もう一人、やはり四年生の父親、ショウパパがキーパー役でゴールに入り、子供たちのシュートを受けていた。あとは三年生の父親も含めた何人かがゴールの裏に立ち、こぼれてくるボールを子供たちに返してやっている。参加するタイミングを逸して、私はグラウンドの外から練習風景を眺めていた。

ふと、すぐ近くで練習を見ていたジョアンさんと目が合った。日本人のパパと同じ呼び方をするなら、リキのパパ、リキパパとなるはずなのだが、ジョアンさんだけはそういう呼ばれ方をしない。一度はそういう呼び方をしたが、ジョアンさんに通じなかったということなのか、異文化を持つジョアンさんに対する遠慮からなのか、四年に上がるより前のチームをほとんど知らない私にはわからない。ジョアンさんはブラジル人で、日本人の奥さんをもらい、今はこちらで暮らしている。百七十五センチの私がグイッと見上げるほどの長身だ。横幅も大きい。少し縮れた髪と太い鼻筋をしている。他の父親たちと違って、ジョアンさんはスポーツウェアではなく、いつも普通の服でやってくる。

しっかり目が合ってしまい、無言で逸らすわけにもいかず、「おはようございます」と私は微笑んだ。

「おはようございます」とジョアンさんが応じた。

日本語は喋れるが、微妙なニュアンスは通じない。以前、「お疲れ様です」と言ったら、変な顔をされた。お互い、日曜日の朝から子供につき合って、大変ですよね、という意味だったのだが、ジョアンさんにはわからなかったようだ。以来、ジョアンさんと話すときには、なるべく含みのない、わかりやすい言葉で喋るようにしている。

「今日も暑いですね」

私が空を見上げて言うと、ジョアンさんも空を見上げて、頷いた。

「まだ、九月、でも、暑いです」

何かを言い損ねたのかと思ってから、ジョアンさんの出身がブラジルの南部だと聞いたのを思い出した。九月は比較的涼しい季節から暑い季節に向かっていく途中の時期になるのだろう。

その違いを意識しての発言だったようだ。私が気づいたことを察して、ジョアンさんはにっこりした。

「九月、暑い、不思議です、ちょっと」とジョアンさんは指先で「ちょっと」を示しながら言った。

「ああ、なるほど」と私は頷いた。

バシッという音がして、ジョアンさんが目をやり、おお、と小さく声を上げた。

目を向けると、コーチからのボールを受けたユウマがシュートを決めたところだった。キーパー役だったショウパパが、ネットを揺らしたボールに目を向けて、何度か手を叩く。

「やっぱりユウマは上手ですね」と私が言うと、「ユウマくん、速いです」とジョアンさんが応じた。

日本人のパパの間では、子供たちの名前は呼び捨てにする。そう決まっているわけではないが、お互い、そのほうが遠慮なくつき合える気がするし、自分の息子ではない子供も別《わ》け隔てなく見守っているような空気が生まれる。そのニュアンスもやはりジョアンさんには通じないようだ。自分の息子以外の子供をジョアンさんが呼び捨てにすることはない。

「ユウマくん、足、速いです」とジョアンさんは繰り返した。

うまいのではなく、足が速いのだ、という言い方に聞こえた。けれど、ユウマはボールの扱いは抜群にうまいが、足はさほど速くはない。理解しあぐねて、私がちょっと首をひねると、ジョアンさんは、ああ、と少し考えた。

「足」

そう言って、自分の右腕を左手で叩く。

「速い」

そう言って、右腕をびゅっと前に振り出す。

「ああ」と私は頷いた。「足の振りが速いんですね」

ボールを蹴る際の、膝から下のスピードが速い、ということらしい。野球やゴルフでいうなら、ヘッドスピードが速いということだろう。

「それは才能ですか？」

野球やゴルフの素人談議では、よくそんな話を聞く気がする。それは才能で、努力ではいかんともしがたいものがある、と。

「才能」とジョアンさんは大きく頷いた。「練習して、練習して、でも、時間、いっぱい、先。何年も」

「行也には無理かな」と私は笑った。

「無理、違います」とジョアンさんは真面目《まじめ》な顔で言った。「頑張る。できる」

ボコッという音がした。目を向けると、リキがシュートを打ったところだった。変な回転がかかった力のないボールがゴールの枠の外に転がっていく。

「リキ、ベラジョガーダ」とジョアンさんが声を上げた。

リキがこちらを向く。ジョアンさんが何度も頷き、親指を突き出す。ナイスプレイ、というような意味だろうか。へへ、と照れたように笑って、リキは頷き返した。癖《くせ》の強い髪と大きな鼻は父親譲りだ。

リキがチームに入ったのは、三年生のときだった。ブラジル人がチームにくる、と入団時にはちょっとした騒ぎになったと聞く。

「うちみたいなチームに、何でくるんだろうって、みんな首をひねってる」

当時、チームにかかわっていたのは香純だったが、私もそんな話を聞いた覚えがあった。

「ブラジル人だから、うまいんでしょう？　うちのチームのこと、知らないのかもね」

「一人でも本場のサッカーを知っている子がいれば、チームも変わるんじゃないか？」

「でも、あまりのレベルの低さにうんざりして、すぐ辞めちゃうんじゃないかしら。不満を持たれたまま残っちゃっても、それはそれでチームの雰囲気、悪くなりそうだし」

多大な疑問と不安、そして少しの期待とともにチームにやってきたリキは、初日にしてそのすべてを吹き飛ばした。

「すっげえ下手なの」

夕食の席でそう笑った行也を、私はたしなめた。

「お前だって、うまくないだろうが。人のことをそんな風に言うな」

「俺がうまくないのは知ってるよ。でも、そいつ、もっと、すっげえ下手なの」

なおも楽しそうに言う行也を咎めかねて、私は香純に目をやった。

「まあねえ」と香純も困ったように笑った。「ちょっと、びっくりするくらい下手だったのは、うん、その通りなの」

「そうなのか」と私も気まずく笑って、頷いた。「まあ、じゃあ、一緒に頑張ればいい」

「今日、俺がリフティング教えてやったもん」

「お前が？　だって、お前、リフティング、何回できるんだ？」

「八回だっけ？」と香純が聞いた。

「十回だよ。この前、十回いったもん」

口を尖《とが》らせる行也を見て、私と香純はそっと笑みを交わした。

ほんの一年前。考えてみれば、そのときの我が家の夕食には、まだ気兼ねない会話と屈託ない笑顔があった。

シュート練習が終わると、四人ひと組に分かれ、鳥かごを始めた。三人が一人を囲んでパスを回し、中にいる一人がそのボールを奪いに行くのだ。こうなるとパパの手伝いはいらなくなる。練習を手伝っていたパパたちが、グラウンドの脇《わき》に引きあげてきた。保護者は何となく学年ごとに固まって言葉を交わす。

「いやあ、やっぱ、ユウマのシュートは怖いですわ。キーグロなしでは、手を出したくないですよ」

キーパー役をしていたショウパパが、ユウマパパと喋りながらこちらにやってきた。白髪が目立つせいで年上に見えるが、どれくらい上なのかまではよくわからない。自信に満ちた所作から、大きな会社でそれなりのポジションに就いているのだろうと私は勝手に想像している。

「まだまだ、ろくに蹴れてもいないっすよ」とユウマパパがショウパパに返した。

「家で教えてやったりしないんですか?」と私はユウマパパに聞いた。

「ああ、そういうのは、あんまりしないっすね。親が教えると、ちょっと」

親が教えると、ちょっと、何なのか、私にはわからなかった。私の知るサッカーとプロまでいったユウマパパが思うサッカーとは、まったく違うものなのだろう。

「そういうものですか」と私は曖昧《あいまい》に頷いた。

考えてみれば、ユウマほどの子がこのチームにいるのは不自然だった。ゴール前で極度に緊張してしまう悪い癖はあるが、それさえ直せば、強豪チームでも十分にレギュラーを張れるだろう。なぜうちのような弱小チームにいるのか。同学年が八人しかいないから、抜けてしまったら、学年内でチームを組めなくなる。それで辞めるに辞められなくなっているのなら、申し訳ない気がした。

聞いてみるか、それとも聞かないほうがいい話なのか、迷っていると、ハルカちゃんがやってきた。四年生、唯一の女の子だ。

「おはようございます」

おはようございます、と一人一人に目を向けながら、ハルカちゃんが元気よく頭を下げる。後ろで結んだ髪がぴょこぴょこと揺れる。ユウマとは別の意味でうちのチームにいるのが不自然な子だった。もう何度となく街で芸能スカウトから声をかけられたという。私が親なら、サッカーよりバレエやチアをやらせるだろう。あるいは本気で芸能界入りを考えるかもしれない。

着ていたジャージの上を脱ぎ、スニーカーからスパイクに手早く履き替えると、ハルカちゃんはグラウンドに飛び出していった。一番近くで鳥かごをしていたグループに駆け寄り、男の子の足下からボールをかっさらう。

「ハルカ、ふざけるなよ」

後ろからボールを取られたダイゴが口を尖らす。

「ほら、取られたんだから、ダイゴ、中だよ」とハルカちゃんが言い返す。

「絶対、ハルカから取るからな」

声を上げたダイゴに、ショウパパが苦笑しながら声をかけた。

「そうだ、ダイゴ。絶対取れよ」

ダイゴが猛然とハルカちゃんに突っかかっていくが、あっけなくかわされ、パスを出されてしまう。キック力はユウマに次ぐぐらいにあるのだが、普段、キーパーをやっているダイゴはこの手の練習が苦手だ。

「おはようございます。すみません、遅くなって」

ハルカパパがやってきた。年は私と同じくらいだと思う。彫りの深い、オーソドックスな二枚目なのだが、いつも髪はぼさぼさだし、髭もきちんと剃っていることはあまりない。シングルファーザーだと聞いたことがある。離婚じゃなくて別居しているだけだと聞いたこともある。別居じゃなくて奥さんが単身赴任しているだけだと聞いたこともある。どれが本当なのか、確認したことはない。練習には頻繁に顔を出すし、手伝いもきちんとしてくれるのだが、社交性のある人ではなく、あまり無駄口を叩かない。偏屈な人だとまでは思わないが、気軽に話しかけられる人でないのも確かだ。

「おはようございます」

他のパパたちも距離を置いた挨拶を返した。ハルカパパは私たちとはちょっと離れたところで練習を眺め始めた。

私も子供たちの練習を眺めた。ボールを蹴る音と、子供特有の甲高《かんだか》い喋り声と笑い声とが校舎に当たって校庭に返ってくる。私のような素人が見ても、牧原スワンズの練習は全体的に緩い。怒声や罵声《ばせい》が飛べばいいというものではないだろうが、それにしても、もうちょっと技術的な助言や叱責《しっせき》はあっていいのではないかと思う。行也だって決してうまいわけではないが、四年生のチームには、その行也よりも明らかに下手な子がいる。一人がジョアンさんの息子のリキ。お母さんは日本人だが、リキの風貌には南米の色が濃い。ピッチに立てば、相手チームの注目を一身に浴びる。せめてもう少し上手にしてやらなければ、リキとしてもいたたまれないのではないかと心配になってしまう。そして、もう一人がソウタだ。三年生はおろか、一年生にだってかなわないのではないかと思うくらい下手だ。とにかくボールが足につかない。ドリブルをするつもりで前に送り出したのか、パスするつもりで相手に蹴り出したのか、あるいはやってきたボールがたまたま踏み出した足に当たってしまっただけなのか、見ているだけでは区別がつかない。チームには一年生の最初からきていると聞いた。だから、かれこれ三年半、サッカーをやっていることになる。運動神経が悪い。球技に向いていない。理由は色々あるのかもしれないが、それにしたって、三年半あれば、もう少し上手にボールを扱えるようにさせてやることぐらいは、できたのではないかと思えてしまう。

十時から始まった練習は、最後に学年をまたいだチーム編成での練習試合を何試合かやって、午後一時に終わった。体育倉庫の鍵をかけ終えると、私は預かっている鍵束を次の当番のショウパパに渡した。

「じゃ、来週、当番、お願いします」

ある子は自転車で、ある子は歩きで、ある子は親と一緒に、ある子は兄弟連れだって、ある子は一人で、それぞれに帰宅の途につく。校門を抜け、同じ方向だった子供たちとも別れると、行也は私に自転車を並べた。

「お腹すいたね」

「ああ。お昼、どうする？」

「お母さんは？」

「お母さんは、いや、いらないと思うぞ」

香純が今日、どこに出かけたのか、私は知らなかった。友達とランチにでも出かけたか、デパートをぶらついているのか。夕飯は作るつもりだろう。でなければ、いくらなんでも私に一言あるはずだ。

「どこかへ食べに行くか、チンするか」

最近、香純は冷凍食品を買い置きしておくようになった。『家で食べるのならこれで済ませて』という意味なのだろう。もともと二人の夕食時に間に合うように帰宅できることなどほとんどなかったが、たまに間に合いそうなときでも、今の私はわざと帰宅時間を遅らせ、外で食事を済ませた上で家に帰る。香純が買い置きした冷凍食品には、ほとんど手をつけていない。

「チンなら、チャーハンと、あと牛丼の具があったな」

冷凍庫の光景を思い浮かべて、私は言った。

「チンより、食べに行こうよ」と行也は言った。

「いいよ。何を食べたい？」

一応、尋ねはしたが、答えはわかっている。

「ラーメン」

案の定、行也は即答した。

「またかよ」と私は笑った。「そのうち髪の毛が麺《めん》になるぞ」

「いいよ」と行也は笑った。「それで、爪《つめ》の代わりにメンマが生えてくるんでしょ」

家には寄らずに駅に向かい、駅前の駐輪場に自転車を停《と》めると、私たちは店までぶらぶらと歩いた。

たとえば、行也がサッカーをしていなかったら、今日、私たち家族は何をしてすごしただろう。夏休みが終わったばかりで、来週はシルバーウィーク。となれば、遠出はしていなかっただろう。こんな風に、やっぱり近場に昼飯を食べに出かけただろうか。そのとき、香純は私たちと一緒にいただろうか。

駅の近くに二軒あるラーメン屋のうちの一軒に入る。一方は全国展開している大手のチェーン店。もう一方は商店街の隅にある家族経営の小さな店。行也は断然、こちらのほうがお気に入りだ。空いていたテーブル席に座り、水を持ってきてくれた奥さんと思《おぼ》しき店員に、行也は考えることもなくいつもの醤油《しょうゆ》ラーメンを、私は少し考え中華丼を注文した。ジャージのポケットからスマホを取り出してチェックすると、十五分ほど前にまた折中美紀からメッセージが入っていた。

『この前お話ししたカフェで、この前お話ししたガレットを食べています』

ガレットの写真がついていた。折中が同じ日に個人的なメッセージを二通も送ってきたことはこれまでなかった。皿の横には折中の左手が写っていて、正面の席には誰もいないのが見て取れた。折中が撮りたかったのは、ガレットではなかったように思えた。

たとえば、行也がサッカーをしていなかったら。

さっきと同じ仮定で、さっきとは違うことを考えた。

家族に小さな嘘をつき、部下の女性と一緒に展覧会で絵を眺め、ランチにはカフェでガレットを食べる。そういう密《ひそ》やかな日曜日もありえただろうか。

確かな欲望ではない。私自身ではなく、私の影が思考したようなおぼろげな妄想だ。が、実体はなくとも、私の影はやはり私の形をしていた。

「お母さん」と不意に行也が言った。「最近、スワンズにこないね」

少し慌ててスマホをしまい、私は顔を上げた。

「何でだ？　お父さんじゃダメなのか？」

三年生までは香純が面倒を見ていたが、四年生に上がってからは、サッカーに関してはずっと私がつき合っている。

「ダメじゃないよ。お母さんもきたっていいのにってこと」

「あのさ、行也。お母さんは、いつもなるべく早く会社から帰ってきて、家事をしてくれているだろ？　料理も、洗濯も、掃除だって。だから、日曜日ぐらい羽を伸ばしたくなる。あ、羽を伸ばすって、わかるか？」

「わかるよ、それくらい」と行也は唇を尖らせた。

「ああ、そうか。だから、日曜日ぐらい、友達と遊びに行ったりとか、買い物に出かけたりとか、そういうこと、させてあげていいんじゃないかな」

「うん」と頷いた割には、納得していない表情だった。

「何だよ」と私は聞いた。

「別にいいけど」

「けど？」

「楽しそうじゃないから」

「何？」

「お母さん。今日だって、出かけるとき、楽しそうじゃなかった。だったら、スワンズにくればいいのに。お父さんだって、他のお父さんだっているし、お母さんも、タカ、サトのお母さんなら、いつもきてるし、下の学年はお母さんだっていっぱいいるんだから、話してればいいのに」

そこで行也はコップを手にして、水を飲んだ。それとなく私の様子をうかがっている。この話題が自分の理解の範疇《はんちゆう》を少し超えたところに触れるものだということは、何となくわかっているのだろう。それに言及したことで、私がどう感じているのかを観察している。私が強い感情を持っていないと知って、行也は言葉を継いだ。

「三年まではそうしてたし。色んな人とお喋りしたりして、お母さん、楽しそうだったけど」

先を少し言い淀《よど》んでから、行也は意を決したように、聞いた。

「誰かと喧嘩《けんか》したの？　誰かのお母さんとか？」

ちょっと虚をつかれた。一瞬、そういうことにしてしまおうかと思ったが、そういう嘘はやはり子供にはよくないだろう。私は首を振った。

「そんなことない。他の家だって、ほら、小さいときはお母さんが多いけど、学年が上がるとお父さんが増えるだろ？　今の行也の学年だって、みんな、お父さんがきてる。だから、お父さんとお母さんが話し合って、お父さんが行くようにしようっていうことになった。お父さんもお母さんも行くんじゃ、ちょっとおかしいだろ？　他にそんな家、ないし」

「タカ、サトのところは二人ともきてるよ」

タカ、サトは五年生と三年生の兄弟だ。

「あれは、タカシとサトシが二人できているから、親も二人きているんだろ？」

「だって、むっちゃん、みっちゃんのところは、お父さんしかきてない」

「いや、それは……」と私は言葉に詰まり、強引にまとめた。「それぞれの家には、色々あるんだよ」

「だったらさ、うちだって、お父さんとお母さんがきたっていい」

行也は言ってから、急に冷めたようにつけ足した。

「別にいいけどさ」

さほど待たずに、醤油ラーメンと中華丼が運ばれてきた。行也は割り箸《わばし》を割って、ラーメンを食べ始めた。中華丼の皿に添えられたレンゲを取り、ご飯と具をあえるようにいじりながら、私は行也の表情をうかがった。行也はもう私を気にせず、一心にラーメンをすっている。母親が本当に誰かと喧嘩したと思ったのか、それとも、それは私の反応を見るための探りだったのか、行也の様子からはわからなかった。自分の子供が、自分の知らない生き物として、自分の前でラーメンを食べている。そんな思いにとらわれた。

「喧嘩している」とレンゲを口に運び、私は言った。「お父さんとお母さん、今、ちょっと喧嘩している」

行也が顔を上げ、聞き返した。

「そうなの？」

厳密に言うのなら、それは喧嘩ではない。ただ、すれ違っているだけだ。香純は今でも食事を作らない。今でも夫婦の寝室とは別の部屋に布団を敷いて寝ている。私もそれを特に咎め立てはしない。現象として言うのなら、私たちの間に起こっているのは、ただそれだけのことだ。

「ああ、喧嘩ってほどでもないんだけど、ちょっとな」

言いながら、後悔の念が湧《わ》いてきた。小四の子供相手に、自分はいったい何を言っているのか。

「いつ仲直りするの？」と行也が少し大人びた調子で聞いた。「早いほうがいいって、お父さん、言ったよね？」

何の話だろうと考えて、思い出した。行也に、ヒロと喧嘩したと聞いたときだ。そして、そんな簡単な話じゃないよ、と口を尖らせた行也に、私はにっと笑って、簡単な話だよ、と言ったのだ。

「だって、仲の悪い子とは喧嘩もできない。だから、喧嘩ができる子とは仲直りだってできる」

私はそのときの自分と同じ言葉を繰り返した。

「そういうこと」と言って、行也がにっと笑った。

その話をした次のスワンズの練習時、行也はいつの間にかヒロと仲直りを済ませていた。子供に負けるわけにはいかないだろう。少なくとも、まずその努力はしてみるべきだ。にっと笑う行也に、私もにっと笑い返した。


香純はソファに座り、通販のカタログを見ていた。私はダイニングテーブルにつき、読み損ねていた今日の朝刊に目を通していた。午後十一時すぎ。行也はもう寝ている。私がこれから風呂に入る。その間に、すでに風呂を済ませている香純は、夫婦の寝室ではない部屋に引きあげる。あるいは香純がテレビをつけてニュース番組を眺める。風呂から上がった私は、おやすみと言って、寝室に引きあげていく。いつもなら、そのうちのどちらかになる。

「今日は、どこへ？」

カタログのページをめくった香純に私は聞いた。

「え？　どこって……」

何を聞きたいのか。あるいはこの会話は何かの話の前置きなのか。それを探るように香純が私を見た。深い意味はない。そう知らせるために、私は首を振った。

「いや、いいんだ」

しばらく考え、そう、と頷き、香純がまたカタログに戻ろうとした。

「ただ、楽しそうじゃなかったって」

動きを止めて、香純が私を見た。

「出かけるときの君が、楽しそうじゃなかったって、行也がそう言ってた」

「行也が、そんなことを？」

香純がカタログを閉じて、脇に置いた。

「コーヒー、飲まないか？」

私は椅子から腰を上げた。

「もう十一時すぎよ。明日は月曜日」

「つき合えよ」

香純がちょっと驚いたように私を見た。それ以上の返事を待たず、私はキッチンに立ち、ドリップポットでお湯を沸かした。

香純がダイニングテーブルに移ってきた。そこだとキッチンカウンター越しにお互いの顔が見える。私はフィルターにコーヒーの粉を入れ、沸いたお湯を注いだ。コーヒー豆がふわっと膨らむ。少し時間をおいてから、さらにお湯を注ぐ。コーヒーが透明のガラスのサーバーに落ちていく。

「今日は、小学校に行ってきた」

そこから私の手元は見えないはずだ。けれど、サーバーに落ちていくコーヒーを眺めるような位置に視線を向けて、香純が言った。

「小学校って……」

「自分の通った小学校」

「ああ」

「それと、家にも」

私は頷いた。香純が子供時代をすごした町はここから電車で一時間ほどだ。そこにずっと香純の実家もあった。が、四年前に香純の父親が、去年の夏には母親が亡くなり、香純は二人の兄と話し合って、実家を売りに出した。今では真新しい家が建ち、知らない家族がそこに住んでいるはずだ。

「どうだった？」

注ぐお湯の勢いを緩めて、私は聞いた。ぽたぽたとコーヒーが落ちていく。返事がなく、香純を見ると、香純は黙って首を振った。

どうということもない、というようにも取れたし、説明のしようがない、というようにも取れた。

謝るのなら、今なのだろう。

そう感じた。

けれど何を謝ればいいのか、わからなかった。香純も何を許せばいいのか、わからないだろう。それでも、私が「ごめん」と言えば、香純も「いいのよ」と微笑み、この半年近く、私たちの間に凍りついていた何かの一部は解け落ちる。少なくとも、これから先、私は時間を調整しながら帰宅するようなことはしないだろうし、香純も私の夕飯について気にかけるようにするだろう。だけど、そこまでだ。それで終わってしまう。私たちは今、もっと深い部分について、話さなければならないはずだった。でなければ私たちは仲直りしたと、行也に言えないだろう。苦しくても、息を詰めて、もう少し潜る必要があった。

コーヒーが落ち切った。私は温めた二つのカップにコーヒーを注ぎ、テーブルについた。

「ありがと」

香純が私からカップを受け取った。

「まだ……」

言いかけて、私は言葉を呑《の》んだ。

まだ傷ついているのか？　まだ立ち直れないのか？

どう聞いたところで、責めている言葉に受け取られそうだった。

「まだ」と香純は呟いた。

「あ、いや……」

言いかけた私に、香純は小さく笑い、首を振った。

「そうね。まだ。まだ悲しいとか、まだ落ち込んでいるとかじゃないの。ただ、まだもやもやしている」

父親のときも、母親のときも、年齢と病状を考えあわせれば、香純にも相応の覚悟はあったはずだ。実際、どちらのときも、香純は悲しみはしたけれど、過剰に取り乱すようなことはなかった。心静かに悼《いた》みの時間をすごしていたように見えた。香純の感情が揺れ始めたのは、母親の死からしばらくが経ち、実家を売り出す段になったころだ。どうにか残す方法はないのか。そんな話をするようになった。私たちがここを引き払い、無人となった実家に引っ越すのはどうか。そんな提案を受けもした。けれど、実家の建物は傷んでもいたし、長く住む気ならば、それなりの修繕が必要だった。今のこの家を売り払い、仮にそのお金でローンの残金を捻出できたとしても、大きな修繕費まではとても賄《まかな》えない。そもそも、通勤時間が長くなるその町への引っ越しに私は気乗りがしなかったし、行也を転校させるのもかわいそうに思えた。私は特に言葉を選ばず、素直にそう告げた。言葉を選んで答えなければいけない提案だとすら思っていなかった。

「だって、私の家よ」

香純はそう言った。そこまで言葉を荒らげるのはずいぶん久しぶりだった。思いがけず攻撃的な言葉を受けて、私は狼狽《ろうばい》した。

「君の親の家だ」と私は咄嗟に言い返していた。「君の家はここだろ？」

そこは父母とともに時をすごした、自分にとってかけがえのない場所なのだ、と香純はそう言いたかったのだろう。それくらい私にもわかったし、そこに対するこだわりも理解できないわけではなかった。だからといって、そのこだわりに私や行也を巻き込むのは、やはり違うと思った。それは香純が一人で、胸の中に収めるもののように思えた。

その夜から、香純は別の部屋で寝るようになった。私の食事を作らないようになった。

「やっぱり家のことか？」

コーヒーを一口飲み、私は聞いた。

「あちらに引っ越したかった？　今でもそうすればよかったと思っている？」

やはりカップに口をつけて、香純は首を振った。質問に対する否定ではなく、質問の場違いさを伝えたいようだった。そういう話ではないなら、どういう話なのか。私は香純の言葉を待った。

「私たち、知り合って、どれくらい？」

なおもしばらく黙ってコーヒーを飲んでいた香純が、そう聞いた。どういうつもりの質問なのか、わからなかった。私はただ正確に答えることにした。

「十四年になるかな」

知り合ってからなら十四年。結婚して十一年。行也が生まれて十年。出産後、香純は休職して、しばらく育児に専念したのち、会社に戻った。その後は、かつて部下だった後輩の下で、かつてよりずっと簡単な仕事をこなしながら、家のこともやっている。思い起こしてみれば、それが私の傍《そば》ですごした香純の時間だ。

「十四年」と香純は言った。「二人とも、まだ二十代だった」

「ああ」と私は頷いた。

「あなたは二月で四十になった。私もあと一ヶ月でそうなる」

「悲観するほどの年じゃない」と私は言った。「なってみると、そう思える」

「そういうことじゃないのよ」

あ、もちろん、悲観はしているけど。

小さく笑って、香純はそうつけ足した。

「それじゃ、何だ？」と私は聞いた。

「何て言うのかなあ」

少女のように呟いて、香純は少し伸びをした。伸びを終えると、力を抜くように肩をすとんと落として、私を見た。そして、考えながらゆっくりと言葉を選んだ。

「結婚して、二人とも年を取って、良くも悪くも、お互いがそこにいることが当たり前になって。だから、もう、あなたに隠すものなんて、自分にはほとんどないと思っていた。あなたに見せたくないものなんて、あとはもう、トイレで踏ん張ってるときの顔くらいかなって」

「うん」と私は頷いた。

包み隠さずつき合ってこその夫婦だ、などというような綺麗事《きれいごと》ではない。家族として、一つの家に長いこと一緒にいれば、包み隠してつき合っている余裕などない。相手の中にある汚い部分も、醜《みにく》い部分も、そのすべてではないにしても、あらましは理解している。その程度には私たちはきちんとした夫婦だった。香純はそう言っているのだろう。

「家を壊して、更地にして売ろうって兄は言った。私はその話をあなたにした。そうしたら、あなたはあっさり頷いた。そうだねって」

覚えてる？

そう聞くように香純が私を見た。私は頷いた。その後のやり取りで、香純が爆発したのだ。

「でも、いまだに何が悪かったのかわからない」と私は言った。「あのとき、俺はどう言えばよかったんだ？」

「そうね。あのとき私は」と香純は言って、少し首をひねった。「私は、きっと聞いてほしかったの。君はどうしたいんだって」

「そう」と私は言った。「すまなかった」

「謝らないでよ。私が馬鹿みたいじゃない」と香純は少し無理をして笑った。「普通に考えれば兄の言う通りで、そんなことは私にもわかっていた。でも、それだけでは収まらない感情が私の中にはあって、あなたは当然、それに気づいていてくれていると思っていた。家を売るっていう話をすれば、本当にそれでいいのか、聞いてくれるだろうって、期待してた。それでいいのよ、ってあなたに答えることで気持ちの整理がつく。そう思ってた。だから、兄の言葉をそのまま受け入れたあなたに腹を立てたの」

そう説明してくれれば、理解はできる。けれど、それだけならここまでこじれることはなかったはずだ。

「でも、それだけなら」

次の言葉に少し迷ってから、私は言った。

「ああまで俺を避けはしないだろ？」

冷静に思い返してみるとそう思う。この半年、香純は私に腹を立てていたのではない。怒って、不貞腐《ふてくさ》れていたのではなく、香純は単純に私を避けていた。

「他にどうしようもなかったのよ」と香純は言った。「そんなことで、そんなにもあなたに腹を立てた自分に私は驚いた」

伝わっているかどうかを危ぶむように、香純は私を見た。

「あなたを責めてるんじゃないわよ」

「ああ」と私は頷いた。

「そんなにも敏感な部分が、あなたに対してまだ残っていることに驚いたの」

私が無意識に触れたそこには、あるべき表皮がなかった。触れた私は気づかなかった。が、触れられた香純はその痛みに驚いた。

「それは悪いことなのかな?」と私は聞いた。

「いいとか悪いとかじゃなく、ただ怖くなったのよ。このまま年を取っていくことが怖くなったの」

このまま年を取っていくこと。

それは私と一緒に年を取っていくことという意味なのか? この家で私と暮らしていくことという意味なのか?

「それは……」

私はそう聞きかけた。

それが正しい質問でないことはわかっている。が、言葉でわかり合おうとすれば、どうしたってそういう聞き方になる。そして、少なくとも香純の「このまま」の中に私が含まれないはずがない。聞けば、香純はそうだと答えるだろう。答えに正確を期すために。一度、そう答えさせてしまえば、その後の私たちがどうなるにせよ、その言葉は私たちの間に棘《とげ》となって残る。

「それは？」と香純が先を促した。

「ああ」と私は言った。「それは、だから……だから、少しわかる気がするよ」

「そう？」と香純は聞いた。

「ああ」と私は頷いた。

恋人ならば、それは不誠実な対応なのだろう。が、私たちはもう十年以上の時間をすごした夫婦だった。言葉で互いを締めつける必要などないはずだった。

香純が私を見ていた。少しの間、視線を合わせ、私たちはどちらからともなく照れて笑った。

話が終わったことを察したのだろう。香純はコーヒーを飲み干すと、席を立った。

「寝るわ」

「ああ。カップは洗っておくよ」

「ありがとう」

香純は二階へと上がっていった。階段を上りきったところで、少し迷う気配があった。香純はどうやら夫婦の寝室に入ったようだった。

自分の分のコーヒーを飲み干し、カップを洗おうと、席を立った。スマホを手にすると、いつの間にか折中美紀から新しいメッセージが入っていた。どうやら少し酔っているらしい。少し酔った言葉が書いてあった。『明日の仕事に差し支えないように』。そう書いて少し迷い、結局、送信はせずに、私はスマホの電源を切った。

しんとした室内を何ということなく見渡した。先ほどの香純の言葉が自分の言葉のように脳裏にたたずんでいた。深夜の静寂に誘われて、私は口に出してみた。

「このまま年を取っていくこと」

自分の声で聞いてみると、それは、馴染《なじ》むのにさほど抵抗のない言葉に聞こえた。

一人でそっと笑い、私は二人分のカップを洗い始めた。

「じゃ、三年生はそろそろあがろうか」

ばて始めた三年生を見て、水島コーチが声を上げた。

五、六年生は、今日は一日、練習試合に出かけていて、一、二年生はシルバーウィークの練習をなしにしていた。グラウンドを独占できた分、いつもより疲れたようだ。技量はともかく単純な体力で測れば、この年ごろの一年の違いは大きな差になる。水島コーチに促されて、三年生が帰り支度を始めた。残ったのは四年生だけだ。

「四年は最後に親子サッカーやるぞ」

「よっしゃー、絶対勝つぜ」とヒロが拳《こぶし》を握った。

私たちは互いに顔を見やった。今日いるパパは私、ショウパパ、ハルカパパ、ソウタパパの四人だけだった。元Jリーガーのユウマパパがいないのは痛い。ジョアンさんもいない。ジョアンさんがサッカーをやる姿は見たことがないが、ブラジル人だ。きっとうまいのだろう。

「私も入りますよ」

水島コーチが言うと、子供たちから一斉にブーイングが上がった。

「それ、ずるい」とリキが言う。

「コーチが入ったら勝てないよ」とソウタが頬を膨らます。

ずるいよ、と行也も口を尖らせている。

「だって、八対四は無理だろ」と私は言った。

「っていうか、その負けん気が、何で公式戦で出ないんだよ」とショウパパが笑う。

「じゃ、水島コーチは審判を。私が入りますよ」と監督が言った。

監督ならきっと子供に花を持たせてくれる。そう思ったのだろう。子供たちが納得して、グラウンドに散った。四人のパパの中でサッカーがうまいのはショウパパだ。ハルカパパもそこそこ器用にボールを扱う。が、私やソウタパパのレベルは子供たちと変わらない。体の大きさの利があるが、ほとんどそれだけだ。監督がキーパー、ショウパパとハルカパパがディフェンス、私とソウタパパがフォワードのような位置を取る。水島コーチが笛を吹き、のどかな試合が始まった。

いつもは敵が詰めてくると、すぐにボールを大きく蹴ってしまう子供たちも、私たちが相手となると果敢にドリブルをしかけてくる。ユウマが軽やかなステップで私を抜き去る。私はあっという間に置き去りにされてしまった。が、私を抜くとき、ドリブルのタッチが大きくなったようだ。いつの間にか私の背後をフォローしていたショウパパが、ユウマからボールを奪う。

「行きましょう」

ショウパパの声を合図に、大人たちが一気に攻め込んだ。

ショウパパからハルカパパへ。ダイレクトでハルカパパから私の足下に絶妙なパスがくる。何とか受けてドリブルを始めると、すぐにリキが寄ってきた。パスの相手を慌てて探したとき、「前、ください」という声が私の右を通りすぎていった。その声に向けてパスを出す。イメージより強いボールになってしまったが、ハルカパパはちゃんと追いついた。キーパーのダイゴの位置をしっかり確認して、ゴールの右隅にシュートを決める。

「おお、ナイスシューです」

こぼれ球がきたときのためにゴール前に詰めていたソウタパパが手を叩く。

「ナイスパスです」とハルカパパが私を振り返って、軽く手を挙げた。私も手を挙げて応える。

「大人げない、いいシュートでしたね」とショウパパも笑う。

「今のオフサイドじゃね？」

ヒロが大声で文句を言うが、いつものことだ。親も子供も相手にしない。ゴールからボールを取って、ハルカちゃんが走ってきた。セットして、早くこいとユウマに手招きする。

「負けたほう、グラウンド三周な」と水島コーチが言い、すぐに笛を吹いた。

えー、と一斉に文句を言いかけた男どもに構わず、ハルカちゃんがボールを蹴り出す。

「ほら、ユウマ」

ボールを受けてドリブルを始めたユウマに、ソウタパパが詰めていく。

「パス、早めに」とショウが声をかける。

さっきのシーンを思い出したのだろう。ユウマはサイドを変えるように強めのパスを出した。受けたのは行也だった。一番近くにいたのは私だ。

「お、親子対決ですね」

行也に向かっていった私に、横からショウパパの声がかかる。

「後ろ、フォローないですから。負けないでくださいよ」

行也がドリブルをしかけてくる。もっと顔を上げろ、と言いたくなる。それじゃボールしか見えないだろ。周りをちゃんと見ないと。

行也が私の前まで真っ直《ます》ぐにくる。どうするつもりか。右に傾《かし》いだ行也の体に合わせて、私はそちらに体重をかけた。と、行也が左側に大きくボールを出した。

パス？　いつの間にかそちらに誰かがきていたのか。

左足を伸ばしたが届かない。が、振り返った先にボールを受けるべき子供もいなかった。

だから、ちゃんと顔を上げてないとダメなんだよ。

私がため息をつきかけた次の瞬間、そのボールに行也が追いついていた。

「お、裏街道」とショウパパが声を上げる。

今、行也がやった技だかフェイントだかの名前だろう。行也はボールを大きく蹴り出し、咄嗟にその行方を追った私の隙《すき》を突いて背後を回った。名前からそう察しがついた。

ふと、いつかの行也の架空のドリブルを思い出した。

これが、あれか。

私はもう追いつけない。そのままゴール前までボールを持ち込んだ行也が足を振り上げた。

打て。

声には出さずに念じた。行也の足がボールを捉えた。そのキックに、私はずっこけそうになった。勢いのないボテボテのシュートがゴールに転がっていく。

防げないはずはなかったが、キーパー役の監督はそのボールを見送った。

「おお、やったじゃん」

ヒロが叫ぶ。ゴールを決めた行也のもとに子供たちが集まっていく。大人たちも笑いながら拍手を送った。私も仕方なく手を叩いた。行也が得意そうにグラウンドの外に親指を立てていた。目をやると、同じポーズを返している香純がいた。

「ああ、今日は奥様もいらしてたんですね」

ボールを蹴ってセンターサークルに向かいながら、ソウタパパが言った。

「ええ」と私は頷いた。「このあと、飯でも食おうっていう話になっていて」

「家族でランチですか。いいですね」

ちょっと眩しそうにソウタパパが言った。この家ではそういうことをしないのだろうかと少し不審に思ったが、ソウタの家に問題があると聞いたことはなかった。

「ああ、ランチって、違います。そんな洒落《しやれ》たもんじゃないです。駅前の中華屋ですよ」

ソウタパパがボールをセットし、私はその横に立った。

「さて、教育上、ユキパパも一点、決めておいたほうがいいんじゃないですか」

「ですよね」

「奥様も見ているし」

いや、そこは別にいいです、と返す暇はなかった。コーチの笛が鳴り、ソウタパパがボールを前に蹴り出した。私は笛の音に押し出されるように、ゴールに向かって走り出した。

## 2　ユウマ

右サイドを駆け上がった嶋田《しまだ》がクロスを上げる。ボールがカーブしていくのは、狙ったのではなく蹴り損ねたせいだ。嶋田が、サッカーどころか、運動らしい運動をしていないのは、走るたびに波打つ腹を見ればわかる。俺はゴールに向けて突っ込みかけていた足を止め、バックステップをしながらボレーで狙った。バイシクルシュートのように蹴ったボールはゴールバーの上を越えていく。

「かっこつけが。ちゃんと決めろよ」

センターライン方向へ戻りながら嶋田が俺に叫ぶ。

「胸で落とせばいいだろが」

「うっせえな。クロスの精度が悪すぎんだよ」

キーパーがゴールエリアにボールをセットする。ゴールキックに備えて、同じ方向へ歩きながら俺は怒鳴り返した。

「あんなもん、クリロナでも外すわ」

「誰だ、それ。お前の推しメンか？」

「お前、まだアイドルに金使ってんの？」

「ほっとけよ」

キーパーが蹴ったゴールキックは、俺のはるか頭上を越えていった。

「相変わらず、仲いいんですねえ」

そのボールの行方を追いながら、俺のマークについていたセンターバックが笑った。

一学年下の後輩だ。

俺が顔を出すのは久しぶりだったが、高校のサッカー部のOB会は毎年、定期的に行われていた。紅白戦も毎年の恒例だと聞いている。

「八番と十一番。うちが一番、国立に近づいたときの最強ホットラインですもんね」

「むかーしむかしの昔話だろが」と俺も笑った。

「今でも、俺の憧れですよ」

「んなもんに憧れるなら、握手券でも買いに行け。無駄金の使い方は、たぶん、あいつが教えてくれる」

ちょうど顎《あご》をしゃくったとき、その先にいた嶋田がボールを奪った。また右サイドを駆け上がっていく。昔のスピードを知っている俺から見れば歩いているような速さだったが、衰えているのは他のメンバーだって同じことだ。ゴール前に向かう俺だって、昔俺が見たら、怒りたくなるぐらいのスピードで走っているのだろう。さっきの後輩ががっちり俺のマークについている。ペナルティエリアの手前で俺は急ブレーキをかける。切り返してディフェンダーを振り切った嶋田が、左足でクロスを上げる構えをする。マークを外された後輩が慌てて俺のほうに体を寄せてくる。それを振り切ろうと下がる素振りを見せ、さらにマークを引き寄せる。そこから一転、俺は後輩の背後を突いてゴール前に走り込んだ。嶋田の姿は見ていない。けれど、俺の予想通りのタイミングで嶋田がボールを蹴る音がする。さっきの構えはフェイントだ。嶋田はもう一度切り返して、得意の右足でクロスを上げたはずだ。俺たちが高三のときの最後の公式戦。その再現だ。だったら、ボールはニアサイドにくる。俺は足を伸ばして押し込めばいいだけだ。

「いや、もう、スポーツがどうとかじゃないよね、この腹。もはや健康問題だよね、これは」

居酒屋の座敷で、俺は隣の嶋田の腹をシャツの上からぺしぺしと叩いた。紅白戦は集まるための口実で、ＯＢ会の本番はこれから先の飲み会だ。さっきの紅白戦にはいなかったやつらも含めて、座敷には三十人くらいが集まっていた。

「あ、最後のシュートを外したの、俺のせいにしようとしてる？」

「お前のせいじゃない。あのクロスがファーサイドにすっぽ抜けたのは、間違いなくこの腹のせいだ。外見のみっともなさはおいておくにしたって、血糖値とか、コレステロール値とか、大丈夫なのかよ」

「血糖値は問題ない。コレステロール値はちょっとまずい」

「マジか」と俺は笑った。

「お前、γ《ガンマ》－GTPは？」

向かいから前原《まえはら》が嶋田に話しかけ、俺はうんざりした。前原もだいぶふやけた腹をしている。

「γ－GTPって、お前ら、いくつだよ。まだ三十代半ばだろ？　生き急ぎすぎてねえか？」

「そうは言ってもなあ、部署が替わってから、接待したりされたりが続いちゃって。もうどうにも止まらない感じ、この腹」

「されたりがあるなら、まだいいだろ。俺なんか、するばっかだぞ」

「どっちにしたって、会社の金じゃないですか」と後輩の一人が口を挟んできた。「うちなんか、そんな経費もないですよ」

そこから、それぞれが所属する会社の話に移っていった。俺たちが通っていたのは、勉強も運動もぼちぼちの高校だった。多くがぼちぼちの大学に行き、ぼちぼちの会社に入っていた。どうやらぼちぼちの仕事をしているらしい。会話の中心が自分たちから離れていったのを見て取って、嶋田がビール瓶を持ち上げた。俺がコップを手にする前にビールを注ぎ、俺が瓶に手を伸ばす前に自分のコップにも注いだ。何となく改めてコップを合わせ、ビールを飲み干す。今度は俺が嶋田のコップにビールを注ぎ、自分のコップにも注いだ。

「サッカーは？　まだやってんの？」

焼き鳥に手を伸ばしながら、嶋田が言った。嶋田とそういう話をするのは久しぶりだった。わずかな時間だったけれど、俺が本気でプロを目指したことをこいつは知っている。高校時代の友人でそれを知っているのは、こいつだけだ。

「いや。ほとんど蹴らないな。今は、たまに審判するだけ」

「審判？」

「息子がサッカーをやっててね。試合のときに、笛吹いてるよ。四級審判だけどな」

「ああ、悠真《ゆうま》くんか。生まれた直後に会ったきりだよな。いくつになったんだっけ？」

「来月で十歳。今、小四」

「早いなあ。もう四年生か」

嶋田は一人で勝手にほのぼのした。プロサッカー選手という夢は破れた。けれど、息子がサッカーを始めたことで、今、俺はサッカーといい距離を保ちながらつき合っていられる。そう思ったのだろう。

「お前も教えたりしてるの？」

卵焼きを頬張って、俺は首を振った。

「いやいや。チームにはちゃんと監督もコーチもいるからな。俺は他のパパたちと一緒に、手伝いをしてるだけ。グラウンド整備したり、球出ししたり」

「そういう道は考えないのか？」

「どういう道？」

「指導者、っていうか、何だ、子供のコーチみたいなやつ。あれって、D級ライセンスだっけ？　すぐ取れるだろ？」

「無理、無理。子供相手だと、技術とかより人柄だからな」

牧原スワンズの監督の顔を思い浮かべながら、俺は言った。

直接の指導はしていないから、監督のサッカー技術がどのレベルなのかも、監督がどんなサッカー観を持っているのかもわからない。コーチたちはみんな、かつてスワンズに所属していたというのだから、監督の指導を直接受けた人もいるのかもしれないが、コーチたちからそのころの話を聞くことはない。毎週、毎週、ボランティアできてくれているコーチたちの様子を見る限り、監督に心酔しているとか、ものすごく感謝しているとかではなく、また逆に監督だけの指導を頼りなく感じていたり、不安に思っていたりするという雰囲気でもない。コーチたちは、自分がそうしてもらったように、地域の子供にサッカーをさせてあげたい、と、単純にそう考えているだけのように見える。そして、その単純な善意の真ん中にいるのが、あの監督なのだ。少年時代から大人になるまで、様々な監督の指導を受けたが、俺の知る監督たちは、みんなもっと負けず嫌いで、もっと口も手も出し、つまりはもっと熱い人たちだった。その熱で選手たちを追い立て、周りを巻き込み、勝負への力に変えていた。スワンズの監督はまったく違う。指導はコーチに任せ、自分は木陰からその光景を見守っているだけ。それなのに、監督がいないと、どこかチームが落ち着かない感じがする。あれが地域の少年サッカーチームの指導に必要な能力だとするのなら、俺には到底務まらない。

「D級より二級だからね。今の俺は」と俺は笑った。「二級整備士。それと危険物取扱者乙種」

きちんと就職したのは悠真が生まれる直前だから十年前。整備工場のあるガソリンスタンドで働き始めて、もう十年が経ったことになる。

「二級整備士か。お前、昔から器用だったもんな」

「実務時間はクリアしてるから、一級も取れないことはない」

「おお、一級かよ。何かわからんけど、一級ってだけですごいな」と嶋田が言った。

「一流の感じがする」

「一流か」と俺は笑った。「確かに、何か一流っぽいな」

サッカーでは一流にはなれなかった。なれないのだと気づくのが遅すぎた。小学校からサッカーを始め、中学、高校でも部活で続けた。俺はどこでもエースだった。もちろん、それがヌルい環境であることはわかっていた。能力と環境に恵まれたやつらは、通常、学校の部活になど入らず、クラブチームに入る。俺の家はそれほど貧乏ではなかったが、それほど裕福でもなかった。何より、親にスポーツに対する理解がなかった。度々の遠征費が必要になるクラブチームに息子を入れることなど考えもしなかったのだろうし、だから俺は、そういう道があることを知らされもしなかった。自分がいる環境は言うなれば二軍なのだ。中学に入り、初めて俺はそのことを知った。けれど、二軍にだって一軍で通用するやつはいる。今、すぐには無理でも、一軍を目指せないことはないはずだ。俺はそう思い、サッカーに打ち込んだ。俺が高校生の時代には、今よりもまだクラブチームが多くはなく、高校選手権のレベルも高かったということもある。高校の三年間で国立まではたどり着けなかったが、俺はまだ前を向いていた。県では三、四番手に名前が挙がる高校のエースとして、地元では少しは名前を知られてもいた。それが、大学に入ると事情が変わった。サッカー推薦で入った大学で、俺はエースになれなかった。エースどころか、同学年でチームを作ってもレギュラーに入れなかった。中学、高校時代にクラブチームにいたやつらは、十八歳になり、トップチームに入れないと、大学のサッカー部に流れてくる。学歴のために、トップチームからの誘いを蹴って大学にくるやつさえいる。同じ『学校のサッカー部』でも、中学、高校の部活と大学のそれとではまったくレベルが違うのだ。それでも心が折れることはなかった。成長できる環境にきた。自分が引っ張るのではなく、誰かの背中を追いかける環境に、初めてくることができた。ここからが、本当の勝負だ。

大学の四年間はあっという間だった。厳しい環境の中で、それなりに成長できたとは思う。ボールの扱い方からゲームに対する考え方まで、俺は多くのものを学んだ。が、自分が成長する以上のペースで、周りが成長していることも認めざるをえなかった。チームスポーツだ。周りとの兼ね合いもあるし、相性もある。だから、四年間を通じてレギュラーに定着できなかったことは仕方がない。けれど、そういうことではなく、周囲がやっているサッカーについていけなくなっている自分を俺は強く感じていた。たまにレギュラー陣の中に交じって試合をすると、言葉の通じない国に一人で放り込まれたような感覚に陥った。周囲が何をしようとしているのかがわからない。ボランチの出したパスの意味がわからない。サイドバックがそのタイミングで上がる意味がわからない。この場所にパスがこない意味がわからない。そしてピッチで俺がおろおろしていても、チームはきちんと機能していた。俺をいないものと計算すれば、どこにも混乱はなかった。チームにとって困るのは、俺がボールに絡むことだった。そういう存在は理解できた。これまでに、何度もそういうやつらと出会ってきた。楽なゲーム展開のときには、そういうやつらに優しいパスを出してあげたりもした。

愕然《がくぜん》とした。膝をついてうずくまりたかった。そして俺はそうすればよかったのかもしれない。そこで負けを認め、自分の才能に見切りをつけ、サッカーを楽しみと健康のためだけにやるようにすればよかったのかもしれない。けれど、俺はそうしなかった。それはボールを蹴るようになって初めて感じた屈辱だった。これを乗り越えなければ、どこにも行けない。この先、何をやってもうまくいくはずがない。俺はそう思い込んだ。

サッカーの強豪大学だったとはいえ、四年間、さしたる実績を残せなかった俺に、プロへの道など拓《ひら》けるはずがなかった。卒業後、どうするのか。まず考えたのは、サッカー留学だった。ヨーロッパか南米か、どこかのクラブチームの門を叩き、そこで揉《も》まれてくることだった。が、そんなコネも金も俺にはなかった。どこでもいい。取りあえず、海外に渡り、仕事をしながらチャンスをうかがうか。そんな計画とも呼べない目論見《もくろみ》を真剣に検討し始めたころだ。大学の監督が、そこまで言うなら、と、チームを紹介してくれた。関東サッカーリーグのチームだった。セレクションを受け、俺はチームへの参加を認められた。

チームは地域リーグからＪＦＬへの昇格を狙っていた。そこから、いずれＪリーグへ参入し、いつかはＪ１へ。

チームは若かった。みんなが夢を見ていた。夢に浮かれ、夢に酔い、夢に躍っていた。

俺はチームに紹介されたスーパーでアルバイトとして働きながら、サッカーを続けた。深夜まで営業しているスーパーは、普通の会社よりはるかに時間の融通をつけやすい。何より、社長が大のサッカーファンだった。練習があれば練習優先、試合があれば試合優先。社長は、そんな勤務スタイルを許してくれた。

決してうまいチームではなかったが、若さと情熱が生む勢いがあった。わずかな不利なら勢いならイーブンに持ち込み、ときに勝ちに結びつけるぐらいの芸当をやってのけた。勢いの生んだ実績が更に勢いを増していった。一年目のシーズンを終えて、チームは天皇杯の出場権を手にした。本戦の一回戦では大学のチームを破り、二回戦ではJ2のチームに競り勝った。三回戦ではJ1のチームに負けてしまったが、それでも手応えのある敗戦だった。そして俺が入団して二年目のシーズンが終わったとき、チームはJFLへの昇格を果たした。わずかなサポーターとともにチームは熱狂した。が、俺個人に待ち受けていたのは、冷酷な現実だった。

チームには必要ない。

はっきりとそう言われた。JFLにはプロ契約をしている選手もいるが、俺はそんなものは望んでいなかった。これまで通り、働きながらで構わなかった。が、そう追いすがることすら許されない口調で、はっきりと不要であることを宣告された。

「ユーティリティープレイヤーとしての君の働きは、我々も高く評価している」

昇格が決まった翌日、俺はクラブの事務所でそう告げられた。

「地域リーグでなら、フィットするチームもあるだろう。よかったら紹介するよ」

考えさせてくれ、と言って、俺は当時借りていたアパートに戻った。部屋では咲子《さきこ》が待っていた。スーパーで事務をしていた子だ。つき合い始めて、一年余りがすぎていた。

昇格のお祝いに、と料理を作ってくれていた咲子に、俺はクビになったことを伝えた。

「そう。ま、それはそれでしょ。たっくんは一つの目標を掲げて、それをやり遂げた。今日はそのお祝い」

さっぱりした女だった。そこが好きだったし、そのときも咲子のそんな性格が救いだった。

「でも、じゃあ、これ、見る気分じゃないかな」

咲子がテレビを指した。ビデオカメラがケーブルでつないである。

「昨日の試合。撮ってたの」

「ああ」

「終了間際のヒールパス、あれ、しびれた。見る？」

「いや」と少し考えて、俺は首を振った。「また今度」

「そうだよね」

その日、俺は咲子が作ってくれた料理を食べながら、愚痴とも文句ともつかない言葉

「一番引っかかってるのは、ユーティリティープレイヤーってとこでさ」

を吐き出した。

チームの昇格のため。この一年、それがすべてだった。時々の戦術に応じて、やれと言われたポジションをどこでもやった。その結果が『ユーティリティープレイヤーとしての君の働きは』だった。もっとわがままに自分のためにサッカーをやっていたら。もっと意固地《いこじ》にフォワードであることにこだわっていたら。

「そうしたら、今、チームはどうなっていたか、俺の評価はどうなっていたかってね。そこんところがどうしても引っかかってる」

通じないなら通じないで構わない。けれど、それならフォワードとして通じないということを確認したかった。

「そう。それで、どうする？」

「他のチームに行くか、さもなければ、そうだな、ブラジルとか、行っちゃおうかな」

「ブラジル？　いきなり？」

冗談だと思ったのだろう。咲子は笑った。

「大学を出てすぐのころ、そうしようかと思って、調べてみたことがある。飛行機代くらいはあるし、練習生としてなら入れてくれるクラブもあるはずなんだ」

「そう」と咲子は言った。

「また向こうで働きながらってことにもなるけど」

「そっか」

うつむいた咲子にもう笑顔はなかった。考えてみれば、その思いつきのどこにも咲子の居場所はなかった。そう気づいて、俺は話を逸らした。

「悪かったな。せっかくのお祝いなのに、とんだサプライズになっちゃって」

「いいよ。こっちからもサプライズを一つ、いい？」

「何？」

咲子は箸を置き、居住まいを正すと、わざとらしくコホンと咳払《せきばら》いをした。そして、俺を真っ直ぐに見て、微笑んだ。

「赤ちゃんが、できました」


もう一軒だけつき合い、俺はそこで帰ることにした。

「お前、つき合い悪いねえ。それ、社会人としてどうなのよ」

すでに酔っている嶋田が絡んできた。

「お前ら、まだ独身だろ。こっち、子持ちよ。二日酔いになってられねえんだよ。明日は子供と遊んでやんないと」

俺以外の既婚者は、一軒目の居酒屋が終わると、みんな帰宅していた。もう少し飲みたくて二軒目までつき合ったのだが、どうも心地よく酔えそうになかった。

「子供なんて、勝手に遊ばせておけよ」

「今日だって、これがなけりゃ子供のサッカーにつき合うつもりだったんだ。明日はその代わりだよ。シルバーウィークだし、何もなしじゃかわいそうだ」

「そっか。まあ、いいや。悠真くんによろしくな。それと美人のかみさんにも」

「誰のかみさんと間違えてんだよ」

「違ったか？　じゃ、ブスのかみさんにもよろしく」

「うるせえよ。そんじゃな」

「ああ、またな」

　電車に乗り、いつもの駅で降りた。マンションに向けて歩き出す。まだ十一時前だったが、住宅街はシンとしていた。鼻歌を歌う気分でもなければ、急いで帰る気分でもなかった。俺はぶらぶらと夜道を歩いた。やがて、悠真が通っている小学校にぶつかった。沿うように右に折れて、暗い校庭を眺めながら歩いた。今日、悠真はここでサッカーをやったのだろう。目を閉じて耳を澄ませば、昼間に響いていたボールを蹴る音が、今でも聞こえそうな気がした。

「牧原スワンズ、か」

　何となく口に出して呟き、何となく声に出さずに笑った。そこが悠真にふさわしいチームだとは思わなかった。たぶん……いや、たぶん、ではなく、間違いなく、だ。才能だけで言うのなら、間違いなく悠真は俺より上だ。咲子にも悠真にも内緒で、いくつか近くのクラブチームを見学してみたが、悠真ならばどのチームでもレギュラーを狙えるように思えた。けれど、俺は悠真をクラブチームに入れなかった。もう四年生だ。その道に進ませるのなら、そろそろどこかのセレクションを受けさせたほうがいい。わかっていながら、俺はずるずると時がすぎるままに任せている。

ふとフェンスの向こうにサッカーボールを見つけて、俺は足を止めた。こちらからは見えるが、校庭から見ると植え込みの陰になる。誰かが捜して見つけられなかったのか、それとも誰かに忘れられてしまったのか。しばらく迷ってから、もう少し先まで歩き、俺は肩ほどの高さの門に手をかけた。酔っていたというのもある。OB会の帰りだったということもある。俺には、そのボールが俺に忘れられてしまったボールに見えた。もしくは俺が捜して見つけられなかったボールに。門を乗り越えて、校庭に降り立ち、俺はボールを見つけた場所まで戻った。が、植え込みの後ろにあったはずのボールがどうしても見つからなかった。中腰になってしつこく捜しても同じだった。

「あっれえ？」

一人で呟いたときだ。いきなり吠《ほ》えられた。

ウォン。

ぎょっとして身を引き、その拍子にバランスを崩して尻餅《しりもち》をついた。フェンスの向こうで賢そうな柴犬が不思議そうに俺を見ていた。

「何をしてるんです？」

柴犬が喋ったのかと思った。もちろん、違った。

「ああ、ユウマのお父さん」

リードを引いていたのは、スワンズの監督だった。

「ああ、どうも」と俺は腰を上げて、言った。

「何か」と言って、監督は俺の様子を少し観察した。「捜し物ですか？」

「ええ、まあ」

酔った頭で文学的に言うのなら、その通りだ。けれど、素《す》に戻った頭で常識的に言うのなら、ただの不法侵入だ。

「ああ、すぐに出ます」

俺は入ってきた門を指差した。

「ああ、あっちですか」

監督が柴犬を促してそちらへ歩き出した。俺も門へ向かった。たどり着き、門の上に手をかけて乗り越えようとしたとき、門の上に柴犬が現れた。

「受け取ってもらっていいですか」

「は？」と聞き返しながら、俺は柴犬を受け取った。七十歳くらいの監督が、両手で柴犬をうんしょと持ち上げているのだ。他にどうしようもない。

「どうも」

俺が柴犬をこちら側に下ろす間に、監督が門を乗り越えてきた。ちょっと驚くぐらいの軽やかな身のこなしだった。

「あ、いいんすか？」

「よくはないです。けど、まあ、いいでしょう」

「はあ」

監督はリードをたぐり、首輪から外してやった。いいの？ そう問いかけるように監督を振り返った柴犬は、監督が頷くと、喜び勇んで駆け出していった。

「村木《むらき》さんのところは、奥さんの実家に帰るとおっしゃってました。もう九十になられるお母様の調子がよくないとか」

面白いですよね、と監督は言った。

「九十になられた方の調子がよくないというのは、いったいどういう状態なんでしょう。本当に体調を崩したのなら、入院なさるでしょうが、そこまではないとおっしゃる。少し食欲がなくなったとか、少し便通が悪くなったとか、そういうことなのだろうか。それは九十になられた方でも、まだ気に病むようなことなのだろうか、と、そう考え出したら、気になってしまいましてね。犬を連れ出して散歩していたところです」

もう何を言っているのかがさっぱりわからなかった。監督と話をしたことは、もちろん何度もある。けれど、話すのはほとんど子供のことで、お題のない会話を監督と長く交わしたことはこれまでなかった。

「ああ、考え事をしたいとき、歩きませんか？　私だけですかね？」

話が通じていないことはわかったらしいが、通じていないポイントはずれていた。

「ああ、いえ。どうっすかね」と俺は言った。「自分は、もともとあんまり考え事はしないんすよね。頭がそうできているみたいで」

「そうですか？」と監督は笑った。

「ええ。あの、それで、村木さんっていうのは？」

「村木さんです。あそこの家の」

監督はフェンス越しに指を向けた。そこにある家の一つを指しているようだが、どの家のことなのかはわからなかった。

「カイホウイインの村木さんです」

「カイホウイインの」と俺は繰り返した。

「学校施設の管理をしている人です。村木さんになって、もう十年ぐらいになりますかね。日曜日の学校の校庭や体育館の管理をしてくれているお役の方です」

「ああ、開放委員」

俺は頷いた。

「責任感が強い方ですので、夜中に校庭に入っていたなんてところを見つかったら、スワンズはしばらく学校の校庭使用を停止されると思います」

「まずいじゃないっすか」と俺は言った。

「ええ、まずいです。でも、今日は、ですから、大丈夫です」

「ああ、奥さんの実家に」

「ええ、行ってらっしゃるものですから、見つかる心配はないです」

ようやく話がつながった。

俺と監督が一言を通じ合う間に、柴犬は鉄棒まで行き、鉄棒の周りをぐるぐる回り、さらに鉄棒の下をSの字に駆け抜け、監督のもとに戻ってきた。何かをほめてほしそうな顔をしていた。監督がしゃがんで頭を軽く撫《な》でてやった。立ち上がった監督がぶらりと歩き出し、俺と柴犬がその横に並んだ。

「昼間には何度もきていますが、夜はまた違った風に見えますね」と監督は周りをしげしげと見ながら歩いた。「ほら、あの桜の木の枝ぶりなんて、怖いくらいです」

俺や監督が乗り越えたのは西門。桜はその西門と正門との中間に、校庭を見渡すような顔つきで立っている。昼に見るとどうということはないが、夜に見ると確かに少し不気味だった。その上に浮かんだ月が赤みがかっているせいだろうか。

「あの桜、樹齢ってどれくらいなんすかね」

「五十九年です」

あっさり答えが返ってきて、俺はびっくりして監督を見た。地元のことに詳しい人だとは思っていたが、桜の樹齢を一年刻みで答えられると、さすがに驚く。

「五十九年っすか。よく知ってますね」

「植えたの、私ですから」

「は？」

「私たちの代が卒業するときに、記念で植えたんです。植樹のときに卒業生代表として、私ともう一人、同級生が土をかけました。スコップで、こう」

「ああ、そうなんすか」と俺は言った。「すごいっすね」

俺の言葉は、五十九年という長さに対する漠然とした驚きだったのだが、監督は勝手に照れた。

「いやいや、それほどでも」

俺と監督と柴犬はぷらぷらと歩き続けた。俺は特に何も考えていなかったのだが、監督はちゃんと考えて歩いていたようだ。

「それで、何をお捜しでした？」

「え？」

「先ほど、この辺りでしたよね？　捜し物をなさっていたのは」

「ああ、ええと、あ、ボールです。サッカーボール。道を歩いていたら、外から見えて。それで、スワンズの誰かが今日の練習で忘れていったのかもしれないと思って」

「ああ、それでわざわざ」と監督は大きく頷いた。「そうでしたか。それはお手数をおかけしました」

監督は俺がさっきそうしたように、植え込みの向こう側を覗き込んだ。が、見つからなかったらしい。姿勢を低くして、今度はこちらから植え込みの下を覗き込んだ。ご主人様の役に立とうと思ったのか、犬もフンフンと鼻を鳴らしながら植え込みを覗き込んだ。そうされては、俺もただ眺めているわけにはいかなくなって、監督とはちょっと離れたところで植え込みの向こうを捜した。五分ほど捜したが、やはりボールは見つからなかった。

「ないですね」

俺に言ったのかと思ったら柴犬に言ったらしい。見やると、「困りましたねえ」と言い返すような顔の柴犬と監督が視線を交わしていた。

「ああ、勘違いだったかもしれないです」と俺は言った。

「勘違いですか？」と監督が聞き返した。

「勘違いですか？」という顔で柴犬が俺を見た。

考えてみれば、そこにボールが見えたように勘違いするというのもおかしな話だ。けれど、酔った頭の中で過去と現実とが交錯したのだと説明するのも面倒だった。だいたい、どう話したらいいのかもわからない。

「勘違いっていうか、あれです。見間違い。そう、見間違いっす」

「ああ、見間違いですか」と監督が頷いた。

「ん？　見間違いですか？」という顔で柴犬が俺を見た。

「まあ、ボールをなくしたという子が出てきたら、また捜してみましょう」

監督は言って、植え込みから離れた。俺もそうした。少し遅れて、柴犬もそうした。

そのまま門に向かうのかと思ったが、監督はまたぷらぷらと歩き出した。柴犬も当然のようについていく。俺も隣を歩いた。俺としては結構、真剣に考えてみたのだが、監督と交わす話題といえば、子供かサッカーくらいしか思いつかなかった。

「監督は、サッカーは、どこで？」

俺が聞くと、監督が大学の名前を挙げた。名門私大だった。サッカー部は関東の一部リーグにいるが、サッカーよりは偏差値の高さで有名な大学だった。俺の知る限りでは、長らくJリーガーも出ていない。

「ああ、名門っすよね」

そうとしか言い様のない大学だった。

「ポジションはどこっすか？」

「守備的ミッドフィルダーと自分では思っていましたが、チームから見れば、球拾いの一人でしょう」

「球拾いですか？」

「ええ。守備的球拾いです」

冗談だったらしい。言ってすぐに監督が、慣れないことをした、というような顔をした。その顔がおかしくて、俺は笑った。

「守備的球拾いっすか」

「お父さんは？」

俺の親父《おやじ》が何なのだろうと思い、すぐにそれが自分への質問だと気がついた。ユウマのお父さん、だ。父親になってもうじき十年になるのに、まだ子供が中心になったやり取りに馴染めずにいる自分がおかしかった。

「自分は……」

フォワードです、と言いかけ、言えなかった。

「便利屋っす」

「便利屋ですか」

「ええ。あっちこっちへひょいひょいと。取柄は腰の軽さぐらいっす」

「それでもプロまで行けばすごいものです」

「ああ」

悠真だ。まだ一年生だか、二年生だかのころ、自分の父親は元サッカー選手だと自慢したらしい。元サッカー選手と言われれば、子供は当然、プロだと思うだろうし、それを伝え聞いた親たちは当然、Ｊリーガーだと思うだろう。当時、悠真をスワンズに連れてきていたのは咲子だった。咲子の口から、Ｊリーガーではない、と説明はしたらしいのだが、うまく伝わらなかったようだ。Ｊ１ではないがＪリーガー、というところで落ち着いてしまったらしい。咲子は言わなかったが、何が起こったのかは、何となく想像がついていた。Ｊリーガーではない。夫が所属していたのは、こういうチームだと、咲子は名前を挙げたのだろう。その名前を検索すれば、元ＪＦＬのチームだと出てくる。ＪＦＬということは、Ｊリーガーだろうと、誰かが間違えた。でなければ俺に気を遣って、そう自分の子供に教えたのかもしれない。たまに話をするチームのお父さんたちは、みんな行儀よく、礼儀正しい人たちだ。その結果、ユウマのお父さんは、Ｊ１までは行けなかったがＪリーガーだった、という線で落ち着いてしまった。

「自分、プロではないんす」と俺は言った。

「ああ、そうでしたか。失礼しました。そう聞いたように思ったものですから」

俺は前にいたチームの名前を挙げた。監督は、ああ、と頷いた。

「JFLですか。それなら、やはり、すごいものです」

確かに俺は、今、そう誤解されるような言い方をした。完全に無意識だった。JFLに上がると決まった途端にクビになり、JFLではプレイしていないのだとはもう言えなかった。

「でも、あのチームは確か……」

「ええ。上がって、二年で解散っす。資金がショートして」

「そうでしたね。お気の毒でした」

チームが解散したのを機に、俺はサッカーを辞めた。監督はそう受け取ったのだろう。

俺は曖昧に頷き返した。

「ユウマは、いい子ですね」

古傷に触ったと誤解したのかもしれない。監督が話を変えた。

「気が弱すぎるんすよね」と俺は笑った。「ゴール前で、いつもこうなっちゃうし」

俺は気をつけの姿勢を取った。

「いえ、こうというより、こうでしょう」

一度、気をつけの姿勢を取った監督は、次にきょろきょろと辺りを見回した。さすがは監督だ。ちゃんと子供を見ている。悠真はゴール前にくると、そこでボールを止め、周りを見回す。棒立ちになったその姿が、緊張しているように見えるようだ。他の子のパパたちは、ユウマは優しすぎると苦笑する。俺も特に反論はしない。

「私も長い間、子供を見ていますが、ああいう子は珍しいです。あの年齢で上手な子は、どうしても自分の世界を作ってしまう。ゴール前まで持ち込んだら、何も考えずに、まずシュートです。もし入らなかったら、と心配するようになるのは、もう少し上の学年です。けれど、ユウマがシュートしないのはそのせいでもない」

確かに監督の言う通りだろう。シュートが入らなかったら。悠真はそう心配してシュートしないのではない。

「仲間を待ってる。私にはそう見えます」

「どうなんすかね」

俺は曖昧に笑って、首をひねった。が、それも監督の言う通りだ。悠真はラストパスを出す相手を捜している。けれど、今のスワンズに悠真の動きについてこられる子はいない。ボールを持ち込んでも、悠真はゴール前で孤立する。

「もう少しあいつが何とかなれば、チームも勝てるんでしょうけどね」

すんません、と俺が頭を下げる前に監督が言った。

「でも、楽しそうです」

「え？」

「ユウマも、他の子たちも、あの学年の子は楽しそうにサッカーをします」

だから、それでいいじゃないですか。

そう言うように監督は微笑んでいた。

スワンズの四年生で点を取る確率が一番高いのは悠真だろう。監督はその悠真の煮え切らないプレイをなじっているのかと思ったのだが、違ったようだ。

「はあ」と俺は曖昧に笑い返した。

監督が何かを捜すように首をぐるりと回し、俺は柴犬がそこにいないことに気がついた。

「ああ」

呟いて監督がしゃがみ、おいでおいでと手招きする。目をやると、柴犬はさっきの植え込みの近くにいた。監督の手招きに従い、植え込みを強引に乗り越えるようにしてこちらに駆けてくる。

「ああ」と俺は言った。

犬が乗り越えた拍子に、植え込みからボールが転がり落ちてきた。俺は近づき、足先でつついて蹴り上げ、手に取った。

〝スワンズ　ヒロ〟

だいぶ褪《あ》せていたが、そう読めた。自分で書いたのだろう。ヒロらしいのびのびとした字だった。

「ヒロのボールっすね」

「そうですか」と監督は笑った。「忘れ物といえば、まずヒロですからね」

「確かにそうっすね」と俺は笑った。

練習後に持ち主不明のものが見つかると、みんな、まずは「これ、誰のだ」と誰にともなく声を上げるだろう。そこで誰からも反応がなければ、おそらくヒロに声をかける。お前のじゃないのか、と。俺ならそうする。他のパパたちもそうだろう。

「ヒロパパにメールしておきますよ」

校舎の端から顔を覗かせているマンションを見やって、俺は言った。ヒロの家は確かそのマンションの一室のはずだ。ヒロパパは練習にはほとんど参加しないので、言葉を交わす機会は少ないが、保護者同士ということで、互いのメアドぐらいは知っていた。

「次の練習のときに持ってきます」

「そうですか。では、お願いします」と監督が言った。

監督と柴犬と俺は、それぞれが入ってきたのと同じやり方でまた西門を乗り越え、そこで別れた。

でも、楽しそうです。

ヒロのボールを蹴りながら、俺は夜道を歩いた。さっきの監督の言葉が蘇った。

悠真とボールを蹴るようになったのは、悠真が三歳くらいのときからだ。特に深い意味はなかった。それは、追いかけっこをしたり、ボール投げをしたりするのと同じ、ただの遊びだった。が、俺にとって、やはりボールを蹴るというのは、特別な動作だった。サッカーに向いているか。ふと気がつくと、いつの間にかそんな目で悠真の動きを見ている自分がいた。そして、どんなに厳しい目で見てみても、悠真はサッカーに向いていた。ボールと自分との距離感、俺からボールを奪おうとするときの体の使い方、足の振りの速さ。そこにあるのは、間違いなく磨かれることを待っている原石だった。

「どうすっかねえ、うちの天才くん。サッカー、させる?」

小学校に上がる前、俺は咲子に軽い口調で相談した。

「いいんじゃない? 今度、近くのチームに連れていってみるわ」

咲子は簡単にそう応じた。

その答えに、俺はホッとした。親として、子供の優れた才能を放置しておくわけにはいかない。その一方で、俺は自分より優れた才能につき合う自信がなかった。咲子がいいチームを見つけ、そのチームの指導者にきちんと指導してもらう。それが悠真と俺とサッカーとの一番いい関係に思えた。だから、ただ近所で練習しているというだけの小さなチームに悠真を入れたと咲子から聞いたとき、俺は言葉をなくした。

「そんなとこでいいのかな」

「合わなかったら、移ればいいんじゃない？　今時、サッカーチームなんて、いくらだってあるんだから」

　そんなことでいいのかな。

　それは口には出せなかった。

　スワンズでサッカーをやっているときの悠真の様子は咲子から度々聞いていた。当然、スワンズというのがどういうチームなのかもそれなりにわかってきた。それは言うなればば学童保育の延長だ。サッカーをやるための組織というより、日曜日に子供を遊ばせるための集団だ。その遊びの内容がサッカーだというだけのことだ。

　悠真は当然、エースだった。小学校一年のとき、一度、練習を見にいった。漫画のような光景だった。悠真は一人ですべての相手を抜き去り、最後にはキーパーまで抜いてシュートを決めていた。抜かれた子たちは、抜いた悠真に感心したり、あまりに鮮やかに抜かれた自分にゲラゲラ笑ったりしていた。コーチたちはそれを微笑ましげに眺めているだけだった。

　三人で連れ立って歩く帰り道、悠真はその日の練習を振り返って喋っていた。いつもはこない俺が見にきた。そのせいもあったのだろう。悠真の口調は得意そうで、言い方を変えるなら、偉そうだった。思わず口をついた。

「あんなもん、サッカーじゃない」

俺の言葉は怒っているように聞こえたと思う。実際、それは怒りに似ていた。悠真がびっくりしたように俺を見た。咲子が咎めるように俺を睨《にら》んだ。

たぶん、かつて誰かがこんな風に語った話の中に、俺も登場したことがあったのだろう。才能がある人にとって、俺は大勢いる脇役の一人でしかなかっただろう。風景の一つにすぎなかっただろう。俺の感情の昂《たかぶ》りは、そう思ったから生まれたものだった。才能を与えられた人に対する嫉妬《しっと》。才能が与えられたものであることに無自覚な人に対する憤り。

その相手が小学校一年生の自分の息子であることを思い出し、俺は言葉を和らげた。

「あ、だから、サッカーって、みんなでやるものだから。一人でやってたって、つまんないだろ？　お前は他の子よりずっとうまいんだから、自分から声をかけて、周りの子たちを上手に使ってあげなきゃな」

あのチームにいる以上、実際のところそれくらいしか悠真に成長の手立てはない。厳しくなった口調への言い訳だったにもかかわらず、俺はそんな風にも考えていた。

「そっか」と悠真は大きく頷いた。「次からそうする」

そして悠真はそうしている。小学校一年生のそのときから、四年生の今まで、ずっとそうし続けている。受ける技量のない仲間にパスを出し続け、自分でゴール前に持ち込んだときには、やってくるはずのない仲間の上がりを待ち続けている。

悠真にそんなサッカーを覚えさせてしまったのは俺だ。早く修正しないと取り返しのつかないことになる。そう思いながら、俺は今の状況に手を出せずにいる。もし、すでに手遅れだったとしたら。たぶん、俺はそれを確認するのが怖いのだ。自分以上の才能に、嫉妬し、憤り、そして潰した。そんな親に自分がなってしまったのではないのか。それを確認するのが怖いのだ。けれど、いつまでも逃げているわけにはいかない。監督はいい人だ。チームにいるのもいい子たちだ。それでも、そこは悠真のいるべき場所ではない。俺は親としての責任を果たさなくてはならない。

マンションに戻り、ドアを開けたところに咲子がいた。

「うん?」とその手元にある新聞紙の束を見て俺は言い、「うん?」と俺の足下にあるボールを見て咲子が言った。

「明日、古紙の日。私、これ、縛《しば》るの下手なのよね」

声を落としているのは、すぐ脇の部屋で眠る悠真を気にしてだろう。

「任せろ。これ、ヒロのボール。今日の練習で忘れたらしい」

俺も声を潜め、新聞紙を束ねるために紙紐《かみひも》に手を伸ばした。

「うん?」

「通りすがりに見かけて、拾ってきた」

「校庭?」

「うん」

「入ったの?」

「大丈夫。監督も一緒だった」

咲子は声を潜めてくすくすと笑った。

「一緒だから大丈夫なんじゃなくて、それ、二人ともダメなんじゃない?」

「いいんだ。村木さんは、今、奥さんの実家だ」

「誰?」

「知らないのか? 開放委員の村木さんだよ」

「何?」

「いいんだ。何でもない」

きつく縛り、最後に紙紐をはさみで切って、俺は咲子に言った。

「それより、ちょっと話がある」

ヒロのボールと縛った新聞を玄関に残し、俺と咲子はリビングに向かった。リビングのドアを閉めると、咲子は声の大きさをいつものものに戻した。

「OB会、久しぶりでしょ。嶋田くんはきてた? あ、コーヒー飲む?」

「ああ、もらう。嶋田は、うん、きてたよ。美人のかみさんによろしくって」

キッチンに向かいかけていた咲子は足を止め、上半身だけをこちらに反らして、にやっと笑った。

「お、言うねえ。嶋田くんは結婚しないの？」

「健康のためにもさっさとしたほうがいいんだろうけどな。そんな話は出なかったな」

咲子がコンロにやかんをかけた。

「結構、きてたの？」

「三十人くらいかな。半分は一次会で帰って、残りの半分は一人を除いて、三次会に向かった」

「二次会で帰ったその一人は、つき合いいいって言われるの、悪いって言われるの？」

「悪いってさ」

「行けばよかったのに。たまになんだから」

「何か、しっくりこなくてな」

「しっくり？」

「ああ、うん、何だろ。期待したのと違う感じ」

「そう。そういうこともあるかもね」

咲子がインスタントコーヒーを淹《い》れてやってきた。ソファに座る俺に手渡し、自分もカップを持ってすぐ隣に座る。できれば向かい合って話したいようにも思ったが、そう言い出すのも大げさに思えた。

「悠真なんだけど」と俺はコーヒーに口をつけてから切り出した。「チーム、替えないか？」

「ん？」と咲子が言った。「どうした？　監督と喧嘩した？」

「違う。監督は関係ない。いい人だし、いいチームだと思うよ。でも悠真には向いてないと思うんだ」

「向いてない？　楽しそうにやってるじゃない」

「楽しいだろうけど、それだけだ。あそこにいたって、悠真はうまくならない。むしろ下手になるだけだ」

下手になるだけって、と咲子は笑った。

「悠真はクリロナになれる？　それともメッシになるの？」

その言い方にかちんときた。

「可能性はある」

咲子がそれまでくっつけていた肩を離した。首を反らし、少し距離を取って、驚いたように俺を見る。

「可能性って、え？　本気？」

「クリロナ、メッシは別の話にしたって、Ｊリーグなら十分に狙える」

「ああ、うん、そうね」と咲子は頷いた。「頑張ればプロになれるかもしれない。そんで、もんのすごーく頑張れば、ヨーロッパのチームにだって行けるのかもしれない。でも、それって悠真が決めることでしょ？　たっくんや私が決めることじゃないんじゃない？」

「子供の才能を伸ばしてやるのは、親の仕事だろ？　まだ小学生だ。自分で物事を決められる年じゃない」

「どうかなあ。私はあの年で極端な環境に入れるのは、ちょっと、何か、嫌だな」

「この才能を伸ばしたいって悠真が思ったときに、手遅れだったたって思ってほしくないんだ。親がきちんと道を決めてやれば、子供の才能はどんどん伸びていく。だけど、道がなければ、あったはずの才能もなかったことになっちまうんじゃないか？」

ふと咲子が何かに気づいたように、俺を見た。

そう思ってるの？

咲子は、そう聞きかけたのだと思う。けれど、それを口に出すほど咲子は残酷ではなかった。

そう思っているのだろうか。

俺は自分に問いかけた。

思っていない。そうは思う。スポーツに理解がなかった親を恨んだことだってない。

むしろ普通の親の普通の育て方だったろうと思っている。けれど、もし自分の親がスポーツに強い関心をもつ親で、子供のころから、高い場所へ導いてくれる道を示せてもらえていたなら。そう思ったことが一度もないとは言えない。クラブチームと練習試合をしたとき、大学で周囲との力の差に愕然としたとき、チームから不要だと申し渡されたとき、そんな思いは脳裏をかすめた。いや、頭の真ん中に居座っていたことだって、度々ある。

少しお尻をずらして座り直し、咲子は俺を見た。

「ひょっとして、たっくん、後悔してる？ あそこでサッカーを辞めたこと」

「後悔も何もない。悠真ができたんだ。他にどうしようもなかったさ。いや、俺の……」

俺の話じゃなく、今は悠真の話だよ。

俺がそう話を戻す前に、咲子はわずかに目を見開き、声を尖らせた。

「たっくんは、悠真のためにサッカーを辞めたの？」

俺は首を振った。

「そうは言ってない。でも、あのタイミングで赤ん坊ができたって言われれば、他にどうしようもないだろ？」

「あのタイミングでって、だって、それじゃ、もっとあとに言えばよかった？ 三ヶ月も、四ヶ月も経ったあと、大きくなったお腹を見せればよかった？」

もちろん子供は一人ではできないし、俺だってそんなことを言っているわけではない。どう言っていいかわからずに黙り込んだ俺を咲子が睨んだ。

「あのとき私が聞いたのは、たっくんの覚悟。将来の見通しなんかじゃない。そうだよね？　あのとき私が聞いたのは、ブラジルに行く？　いいよ、行けばいい。私は日本で子供を産んで、立派に育てる。ブラジルから帰ってきたたっくんは、その子供に胸を張ってみせればいい。お父さんは、頑張ってブラジルでサッカーをやってきたって。それだけの覚悟があるなら、ブラジルに行ってきて。私はそう言ったのよ。違ったとは言わせない」

その通りだ。咲子はそういう女だ。俺はそれを知っていた。悠真ができたことで、咲子が俺からサッカーを取り上げたんじゃない。悠真ができたことで、俺は自分からサッカーを遠ざけたのだ。

俺がそう思ったことを悟ったのだろう。怒ったように俺を見ていた咲子の視線が、柔らかくなった。

「待ってて」

少し考えた咲子は、そう言うと、コーヒーカップを置いて席を立った。きょろきょろと周囲を見回し、壁際にあったＬＥＤの懐中電灯を手にすると、廊下へ出ていった。途端に足音をひそめたようだ。静かになった。やがて咲子は戻ってきた。懐中電灯をもともとあった場所に戻し、俺の隣に戻ると、手にしていた紙切れを俺の顔の前に突き出す。

「何？」

コーヒーカップを置いて、俺は紙切れを手にした。様々なものが箇条書きに羅列されている。

「来月の誕生日にほしいもののリスト」

悠真の部屋から持ってきたのだろう。

リフティングボール、スパイク、サッカーバッグ、ユニ・ユーベ、ユニ・バイエルン、ソフト・ウイイレ……

ほとんどのものには縦線が引かれ、残っていたのは三つだった。

「トレシュー、デジカメ、ラジコン」と俺は読み上げた。

「トレシュー、デジカメ、ラジコン」と咲子は繰り返した。「悠真の頭の中にあるのは、サッカーだけじゃない。新しいトレーニングシューズがほしいのと同じくらいデジカメだってほしいし、ラジコンだってほしいのよ」

「でも、ほとんどはサッカー関係のものだ」

線を引かれたものたちを指して、俺は言った。

「それはしょうがないでしょ。最初に興味を持ったもので、つき合いが一番長いんだから。でも、残ったもののうちでは、三つの中の一つ。他の二つはサッカーとは関係ない」

うまく納得できず、俺はそのリストをもう一度眺めた。咲子はくすりと笑った。

「そのラジコン、わかる？」

最初に見たときから違和感はあった。ラジコンの下にはスカイラインと書かれていて、その下には型番まで書かれている。ずいぶん古い型だ。こんな型のラジコンが売られているのかどうか、俺は知らなかった。

「何？」と俺は聞いた。

「もう何ヶ月も前。五月だったかな。その型のスカイライン、修理で入ったでしょ？」

確かに俺の勤め先に、修理依頼でその型のスカイラインが入庫された。ブレーキ関連の簡単な修理をして、すぐに持ち主に戻したはずだ。

「たっくん、その話をしたの、覚えてない？　あれ、ほしかったんだよな。今見ても、かっこよかった。そう言ったの」

したような気もするが、確かな記憶はなかった。だとすれば、そう長々と話したわけでもないだろう。

「え？　それだけで、悠真はこれをほしがったのか？」

「そ。単純でしょ？」

俺は改めて紙を眺めた。俺に似た下手くそな字だった。

「単純ていうか……馬鹿みたいだな」

くふっと咲子は笑った。

「馬鹿なのよ。小四男子よ。馬鹿に決まってるじゃない。たっくんに教えられて、悠真はサッカーを始めた。たっくんに教えられて、この車がほしくなった。今度、プロ野球でも見に連れてってみなよ。次の日にはグローブがそこに加わっているかもよ」

咲子は紙を指先でつついた。

「悠真にとって大きいのはサッカーじゃない。たっくんだよ」

「俺？」

「当然でしょ、ユウマパパ」

俺はまたそのリストに視線を落とした。

咲子が拳を作り、俺の手の甲をノックするようにぽんぽんと叩いた。

「たっくんにとってサッカーが大事なものだってことは、私だってわかっている。だから、たっくんはそれを隠さずに悠真に伝えてあげればいい。サッカーがどれだけ素晴らしいスポーツか。自分がサッカーからどれだけ多くのものをもらったか」

それに、と咲子はつけ足した。

「自分がどれだけサッカーを好きなのかも」

何となく息を吐き出し、それまで自分が息を詰めていたことに気づいた。

「あとは悠真が自分で考えるよ。私たちの出番はそのあとでいいと思う」

息を吐ききる前に、苦笑が漏れた。俺は首を振った。

「ダメだな、俺は」

「そんなことない。よくやってるよ」

「これ。今、一番はどれなんだ？」

俺は紙をひらひらと振りながら聞いた。

「デジカメらしいよ。虫を撮りたいんだって」

「虫？」

「捕まえるとかわいそうだから、写真に撮るんだって。写真で昆虫採集して、夏休みの自由研究で出すんだって」

「夏休みって？」

「来年の」

「来年の？」

今年の夏休みが終わるころだ。自由研究をやってないことに気がついて、悠真が騒ぎ出した。そういうものは早めに考えておくものだろ。半ば呆れてそう叱《しか》ったが、一年前から考えろと言った覚えはない。

「馬鹿でしょ？」

「馬鹿だな」と俺は苦笑した。「そっか、デジカメか」

「そ。デジカメだって」

「一番、高そうだな」

「そこは、がっつり頑張って。ユウマパパ」

「了解」

俺から紙を受け取ると、咲子はそれを悠真の部屋に返しに行った。

そっか、デジカメか。

頭の後ろで手を組んでソファに身を預け、俺は胸の中でもう一度呟いた。ホッとしたような、物足りないような、妙な気分だった。


悠真に言わせれば、一番はハルカらしい。

「あいつは、一応、蹴る前にキーパーを見てるから、一番確率が高い。ドリブルなら、ユキナリのほうがうまいんだけど、ユキナリはシュートがいまいち。ショウはキック力はまあああるけど、いっつもキーパーのところばっかり蹴るんだ。あれじゃ、絶対入らない」

「ヒロは？」

「あいつは口だけ」

俺は声を立てて笑った。

お前に一番、足りないものだな。

そう言おうとして、やめた。俺や咲子の前ではお喋りなほうなのだが、他の人の前に出ると悠真は突然、寡黙《かもく》になる。

「次、胸な」

返ってきたボールを手で取って、俺は山なりのボールを投げた。悠真は胸でトラップしたボールを下に落とすことなくインサイドで蹴って寄越《よこ》す。ボールが俺の胸元にきっちりと戻ってくる。同じように投げると、今度は左足で同じように返してきた。

近所にはボールを蹴れる公園はほとんどない。俺と悠真はわざわざ自転車でボールを蹴ってもいい公園までやってきた。午前中に小雨が降ったせいか、休日でも公園に人影はまばらだった。

「リキは無理だし、ソウタは無理無理無理だし」

また右のインサイド、次に左のインサイド、と無造作にボールを返しながら、悠真は続けた。スワンズの練習にはつき合っているが、悠真と二人でボールを蹴るのは久しぶりだった。

「ダイゴは？」と俺は聞いた。「あいつ、キック力はあるんだから、キーパーじゃなくフィールドで使ったらどうだ？　キーパーなら、たぶんショウのほうが向いてる」

「ダイゴは無理。ソウタより無理。あいつ、走るのが嫌でキーパーやってるんだから」

「そっか。そりゃ無理だな」と俺は笑い、さりげなく聞いてみた。「他の子じゃなく、お前が決めたっていいだろ?」

「公式戦では、まずアシストって決めてんの」

「何で?」

悠真が口ごもった。

「父ちゃんのせいか?」

軽い口調で言って、俺は悠真の答えを待った。

一年生のとき、俺があんな風に言ったから、そう決めたのか?

そう聞いたつもりだった。また左足でボールを返し、悠真は少し首をひねった。

「せいっていうんじゃないけど」

「そう」と俺は言った。

原因ではないにしても、きっかけではあった。そう言いたいのだろうと思った。が、違った。

「父ちゃん、かっこよかったから」と悠真は言った。

「ん?」と俺は聞いた。

「え?」と悠真が聞き返した。

どうやら話がどこかで食い違ったらしいことはわかったが、どこで食い違ったのかはわからなかった。俺が投げたボールを蹴り返さず、悠真は手で受け止めた。

「父ちゃんの最後の試合。母ちゃんに見せてもらった」

最後の試合？

俺の最後の試合と言えば、ＪＦＬへの昇格を決めた、あの試合だろう。

「見せてもらったって？」

「ビデオ」

「ビデオ？」

「母ちゃんが撮ったやつ」

でも、じゃあ、これ、見る気分じゃないかな。

もう十年以上前の咲子の言葉を思い出した。それきり見ることもなかったあの映像を、いつの間にか悠真に見せていたのか。

「決勝点のアシスト。あのヒールパス。すっげえかっこよかったから、公式戦の最初は、あれって決めてんの。でも決めてくれるやつがなかなかいなくて」

昨日より前に聞いていたら、サッカーをなめるなと怒り出していたかもしれない。けれど、今はわかる。悠真はサッカーをなめているわけではない。小学校四年生の男の子として、ただサッカーを楽しんでいるだけだ。

「だったら、お前が周りのスピードに合わせろ」と俺は言った。

イメージはすぐにできた。

まず右サイドにショウを走らせる。悠真が中央から斜め右に突破してペナルティエリアの前へ。そこで右サイドから中に切れ込んでくるショウにパスを出す振りをする。悠真とショウに詰めてきたディフェンダーを十分に引きつけたところで、左サイドから真ん中に走り込んでくるハルカちゃんへヒールパス。スワンズのメンバーでやろうとしたら、たぶん、これしかない。そもそもボールをある程度扱えるのが、その三人くらいしかいないのだ。それでも、たった一人で、ディフェンダーを二人でも三人でも引きつけていられるフォワードがいるのだ。きっと成功する。

「やり方を教えてやるよ」と俺は言った。

「ホントに？」

悠真の声が弾んだ。

「ああ。ほら、ボール、寄越せ。お前は向こうな。あっちの壁がゴール」

「うん」

コンクリートの壁を指した俺にボールを放って、悠真が少し距離を取った。

「受けて、ドリブルで右に持ち込め。そのあと、俺が左から真ん中に走り込むから、前に出す振りをして、ヒールパスな」

「わかった」

俺は悠真に向けてボールを蹴った。こんな風にわくわくしながらボールを蹴るのは、ずいぶん久しぶりに思えた。ボールを受けた悠真が素早くターンして右に走る。その背後に向かって俺は走り出した。少しの間を取って悠真がヒールパスを出す。ノールックなのにいい場所で、いいタイミングだった。俺は右足を振り上げた。コンクリートの壁に浮かび上がったのはいつのゴールだろう。大学のとき？　地域リーグのとき？　それとも届かなかったプロのゴールか。

いや、たぶん、どれでもない。

笑みが漏れた。

俺は目の前のゴールに向けて足を振り抜いた。

## 3　ヒロ

不意打ちはお互い様だったようだ。玄関を開けた途端、そこにいた哲生《てつお》に私は、あう、というような妙な声を出してしまった。哲生も、ぐっと喉の奥を鳴らすような変な音を立てた。それきり黙って見合う私たちの間を、トイレの水の音だけが白々と横切っていく。

「お、ただいま」と私は言い直した。

うん、という声は空耳だったかもしれない。哲生は軽く頷くようにして、私に背を向けた。廊下を進み、自分の部屋のドアノブに手をかける。その背中に何か親らしい言葉を言おうとして、手を洗えよ、という言葉しか浮かばなかった自分が情けなかった。もっとまともな言葉を思いつく前に、哲生は部屋に入り、ドアを閉めていた。

小さくため息をつき、靴を脱いだ。リビングに向かう途中、そっと中の様子をうかがってみたが、自分の部屋に入った哲生がどうしたのか、わからなかった。椅子に座ったのか、ベッドに寝転がったのか、それともドアを背にして私の気配をうかがっているのか。

廊下の先のドアを開けると、リビングの明かりが眩しいほどにこぼれてくる。

「お帰り」

テレビを見ていた浩史《ひろふみ》が私を振り返り、洗い物をしていた奈緒《なお》も、水道をいったん止めて、私に声をかけた。

「お帰りなさい。お疲れ様」

まるで何事もないような光景だった。何事もないようになってしまった今が、胸に小さな痛みを生んだ。

「ああ、ただいま。何、見てるんだ？」

生まれた小さな痛みは、余韻すらほとんど残さずに消えていく。

「ブンデス」と浩史は言った。「日本人対決」

「おお、先週末のやつな」

深夜の衛星放送を録画したものだ。私が浩史の年ごろのとき、ブンデスリーガなどというリーグの存在すら知らなかった。今では、それぞれに日本人が属するチームが対決することも珍しくない。

「ビール？」

私の夕食をテーブルに並べながら、奈緒が聞いた。

「ああ、いや。今日はいいかな。飯にする」

上着を脱いだところで、ワイシャツのシミが目に入った。今日の昼食にそばを食べたとき、汁が飛んでしまったのだ。

「これ、落ちるかな？」

「ん？　何？」

「そばの汁」

「またやったの？　別に置いておいて」

「わかった」

脱いだワイシャツを手に、廊下に戻った。リビングのドアを閉めると、廊下は急に暗く、静かになる。まるで別世界に迷い込んだようだ。脱衣所に続く引き戸を開け、そこにある洗濯カゴの脇に丸めたワイシャツを置いた。夫婦の寝室に行き、クローゼットの中の衣装ケースからスウェットを出して、着込む。廊下に戻り、リビングのドアに手をかけてから背後を振り返った。暗い廊下だった。引き込まれるような暗さだった。私は部屋にいる哲生のことを考えた。奈緒と浩史はさっき食事を終えたところだったのだろう。自分たちが食べ始める前に、奈緒は哲生の部屋に食事を運んだはずだ。その食事を哲生はどんな顔で食べたのか。せめてスマホで、アニメだかコントだかでも見ながら、気を紛らわせつつ食べたのであってほしいと思った。ただ一人、薄暗い部屋の中、茫然《ぼうぜん》と視線を宙に置いて黙々と箸を動かす哲生の姿は、想像するだけで胸が苦しくなる。私は首を振って、リビングに向かうドアを開けた。

「ウォー、誰だ、これ。この十七番、ハンパねえ」

テレビの前で浩史が拳を突き上げている。ライブではない試合映像にこれだけ盛り上がれるその気安さがおかしかった。帰宅した父親の気分を和《なご》ませようと無理に声を上げているのかもしれないと、一瞬、心配になったが、浩史からそんな気配はまったく感じられない。

「ごはんでいいんだよね？」

テーブルにつかなかった私に、奈緒が怪訝そうな声を上げた。

「あ、ああ」

「こちらへどうぞ、旦那様《だんな》」

おどけて椅子を引くその仕草に合わせて、どっかりと腰を下ろした。

「おう、ご苦労」

何というほどのこともない日常。流したい涙もない。叫びたい言葉もない。ただやるせなさだけが胸の中にぽつねんとたたずんでいる。

「いただきます」

声を張り、手を合わせ、箸を取った。奈緒がお茶を淹れてくれた。浩史は熱心にサッカーを観戦している。

「そういえば、ボール」と思い出して、浩史に言った。「見つかったぞ」

「え？　どこで？」と浩史が私を振り返った。

「学校。日曜日の練習で、お前、忘れてきたんだろ」

「そんなはずないよ」

「よく言うよ。この忘れ物王」と奈緒が声を上げる。

「だって、日曜日には、もうボールなかったもん」

私は噴き出し、奈緒は呆れたように首を振って、洗い物に戻った。

「じゃあ、土曜日に忘れてきたんだろ。土曜日、学校でボール蹴ったか？」

「蹴ったけど、えー？　持って帰ってきたはずだけどなあ」

「今日の昼に、ユウマパパからメールがあったぞ。日曜日の夜、学校の脇を通りかかって、たまたま見つけたって。わざわざ中に入って取ってきてくれたらしい。知らせるのを忘れてて悪かったって謝ってた。次の練習に持ってきてくれるって」

「それなら、今度、ユウマんちに取りに行ってきていい？」

ユウマパパは昼間は仕事だろう。ユウママが働いているかどうかまでは知らなかった。

「いいけど、お母さんがいたら、ちゃんとお礼、言うんだぞ」

はあい、と言って画面に目を戻した浩史が、すぐに声を上げる。

「あっぶねえ。今のキーパーのセーブ、見た？」

「ああ」

「神ってたよね、すっげえ神ってた」

哲生は使わなかった言葉だ。哲生が小学生のときにはまだ使われていなかったのか、大人びていた哲生が使わなかっただけなのか。

「神ってたな、うん、神ってた、神ってた」と私は頷いた。

奈緒は苦笑している。

飯を食いながら、テレビ画面を眺めた。サッカーのことなどわからない私でも、国内リーグとの違いを感じ取れるのだから、さすがヨーロッパ屈指のリーグだ。

「うまいな」と言ってから、私を見た奈緒と目が合った。

「ああ。サッカー？」

「いや、うまいのは、ほら、こっちの、煮つけだ。うん、うまいよ」

「うまいよねえ」と浩史が言って、私を振り返った。「ねえ、ユウマなら、大きくなったら、こういうところ、行けるのかな」

「ユウマか。どうだろうな。これからの努力次第だろ」

おひょひょ、と浩史は笑った。

「オトナなゴイケンー」

浩史がよく口にする言葉だ。何かのキャラクターの真似《まね》なのだろうが、妖怪《ようかい》の次に何が流行《はや》っているのか、私は知らなかった。その口調が耳障《みみざわ》りで、以前は、何度か咎めたことがあったが、これだけ繰り返されると気にもならなくなる。

「ヒロさーん、そろそろお風呂の時間じゃないかなあ？」と奈緒が声を上げた。

「もうちょっと。あと五分」

「また明日見ればいいでしょ。どうせ生放送じゃないんだから」

「おひょひょ」と浩史は今度は笑わずに言って立ち上がった。「オトナなゴイケンー」

口を尖らせながらリモコンを取り、映像を止める。

「テレビはそのままでいいぞ」

NHKのニュースに変わった画面を見て、私は言った。

ふぁーい、と言って、浩史はリビングを出ていった。歯磨きをして、風呂に入るつもりだろう。私はニュースを眺めながら食事を続けた。

「帰りにショウに会ったよ」

ふと思い出して、私は言った。

「ショウくんって、スワンズの？」

「ああ。塾の帰りだって。電車が同じで、駅から少し一緒に歩いた。あの子は大人だな。

ヒロとは大違いだ」

「ショウくん、受験するのかしら？」

「するんじゃないか？　頭、よさそうだし」

「うちのヒロはどうする？」

「え？」

「冗談」

「だよなあ」

浩史の成績じゃ中学受験なんて考えないほうが無難だ。それを前提にした軽口のやり取りだった。が、考えようによっては危ういやり取りでもあった。奈緒もそう思ったのが、表情でわかった。そんな深読みはしていないと伝えるために、私はニュース画面に出てきた大臣の顔について、つまらない軽口を叩いた。奈緒もそれに合わせる。一瞬、波立ちかけた水面が、また穏やかに静まっていくのを感じる。奈緒がパートの勤め先の話題を持ち出し、それに応じているうちに、いつしか私の頭からもその話題は消えていた。再び脳裏に浮かんだのは、食事を済ませ、風呂に入っているときだった。

私立受験というのも一つの道だろうか。

バスタブで温《ぬる》めのお湯に浸《つ》かりながら、ぼんやりとそんなことを考えた。

哲生で失敗した。だから浩史のときは考えもしなかった。が、それもおかしな話ではある。哲生ほどのレベルは期待できなくとも、浩史には浩史のレベルでの中学受験はあってもいい。最初から公立と決めつけていて、本人の希望を聞いたことすらない。一度、浩史と話してみたほうがいいかもしれない。

そう考えてから、自分が嫌になった。私は礼をするようにして、湯船に顔をつけた。

話してみる？

「馬鹿か」

吐き出す言葉は声にはならず、ぶくぶくとあぶくになって消えていく。

うーん、ちょっと退屈なんだ。学校の勉強。

四年生に上がってしばらくしたころだ。浮かない顔をして学校へ通っていることが気にかかって、その理由を尋ねると、哲生は遠慮がちにそう言った。だから、私は私立受験を提案した。私自身が公立中学だったせいか、私立中学への憧れのようなものもあった。哲生は顔をほころばせた。

私立の学校なら、面白い勉強してる？　行きたいなあ。

私は奈緒と哲生とともに塾を選んだ。いくつかの塾から資料を取り寄せ、その中の一つを見学した。紹介されたハードなカリキュラムにちょっと驚き、その後に紹介された受講料にもっと驚いた。それでも高い合格実績にひかれて、そこへの入塾を決めた。塾に通うようになってからは、家での勉強も見てやった。もともと勉強ができる子ではあったが、哲生の素直さは中学受験に向いていた。二年半ほどの受験勉強を乗り切り、第一志望、第二志望、滑り止め、と受験した三校のすべてに合格した。当然、第一志望の学校への進学を決めた。名門として、全国的にも広く名を知られた学校だった。入学式の日に撮った写真には、誇らしげな顔をした哲生の隣に、それ以上に誇らしげな顔をした私と奈緒が写っている。

哲生はしばらくは楽しそうに通学していた。風向きが変わったのは、二年生に上がってしばらくしたころだ。それまで楽しそうに話していた学校のことを、自分からは話さないようになり、やがて水を向けても話を逸らすようになった。頭のいい子だが、素直な子だった。鈍い私や奈緒にも、学校で何かがあるのだとピンときた。

「授業についていけなくなったとかかしら？」

子供二人が寝静まったあと、奈緒と私はリビングで話し合った。

「そういう感じじゃないだろ。あの子があれだけ悩むんだ。もっと、何ていうか、解決策が簡単に見つからないようなことだと思う」

「お父さんから、聞いてもらっていい？」

「ああ、うん、そうだよな。そのほうがいいだろうな」

その週末、チケットをもらったと嘘をついて、哲生を映画に誘った。二人でハリウッドのアクション映画を見て、都内のレストランで夕食を取った。二人だけで外食するなんて、初めてのことだった。そのせいもあって会話がぎこちなくなった。食事の最中に聞き出すつもりだったのだが、うまくきっかけがつかめなかった。食事を終え、帰途についても、どう聞き出せばいいのかがわからず、無駄な会話を途切れがちに交わすことしかできなかった。電車に乗って、いつもの駅に降り立ってからは、会話そのものがなくなってしまった。二人で言葉もなく歩き続け、学校の敷地に突き当たった。その向こうはもう私たちの暮らすマンションだ。どうしようかと焦ったとき、哲生が足を止めた。哲生はフェンス越しに小学校の校舎を眺めていた。私も哲生の横で足を止めた。何かを言い出すようにも見えたし、何か言われるのを待っているようにも見えた。私は哲生の言葉を待つことにした。

「ヒロは、サッカー、どうなの?」

やがて闇《やみ》の中の校舎を眺めたまま、哲生が口を開いた。

「どうって、楽しくやってるんじゃないか?」

「そう。いいな」

哲生はサッカーも、野球も、バスケもやらなかった。本人が興味を示さなかったからだ。

「お前も、サッカーとか、やりたかったのか?」と私は聞いた。

「そうじゃなくて」と哲生は首を振った。「俺はあんまり楽しくなかったから。小学校も楽しくなかったし、ヒロみたいに、どこかのチームに入って、みんなと楽しくスポーツするとか、興味なかったし」

「お前は、ヒロよりずっと大人びてたから」と私は言った。「学校でも、一緒にいて楽しいと思える子が少なかったんだろう。でも、今の学校なら……」

その先がうまく言えず、言葉が中途半端に途切れた。哲生は何も言わずに小学校の校舎を眺めている。うまく聞き出すことを諦《あきら》め、素直に頼むことにした。

「なあ、哲生。お前の悩み事、お父さんに教えてくれないか？　頼りないかもしれないけど、話すと楽になることだってあるかもしれない」

哲生は私を見て、少し微笑んだ。やけに大人びた表情だった。それから校舎に視線を戻してしばらく考え、やがてぽつりと言った。

「いじめられているやつがいるんだ」

その言葉にとてもほっとしたのを覚えている。いじめられているやつがいる。それはつまり哲生はいじめている側でもないし、いじめられている側でもないということだ。起こっていることが無情なものだとしても、当事者でなければ、そこにある痛みも熱さも所詮《しょせん》は想像の産物でしかない。

が、次の瞬間、問われて困った。

「俺、どうすればいいのかな？」

いじめを知った子供に、親はいったいどんなアドバイスを与えるべきなのか。

いじめはよくない。それに異論はない。その通りだ。いじめに加担するなど論外だ。それもその通りだ。では、どうするのか。

学校に知らせる。

模範解答だ。私もそう答えた。

「先生に相談するべきじゃないかな」

「相談?」

「相談っていうか、報告だよな。こういうことが、先生の知らないところで行われているって、知らせるべきなんじゃないか?」

哲生はひどく弱ったような顔をした。

「知らせたら、どうなると思う?」

「それは、先生が事情をきちんと調査して、その事情に合わせて、解決方法を考えてくれるんじゃないか? いじめてる子を指導したりとか。それが先生の仕事でもあるわけだし」

「公立中ならそうかもしれないけど、うち、私立だよ。しかも、ああいう、学校だし」

目を伏せて、言葉を濁《にご》す。しかも、ああいう名門私立校だ、という意味だろうと、私にもわかった。

「うん」

「だから、調査はあるだろうけど、指導はないよ」

哲生は自分の首をチョップした。

「退学で終わり」

そうなのかもしれない。親が学校に高い授業料を払っているのは、それ相応の高いレベルの教育プログラムを期待してのことだし、学校だって、当然、そんなことはわかっている。その障害になるような生徒は、矯正するより追い出すほうが早い。その子以外の生徒の保護者はみんなそう期待するだろうし、私立学校にはそれが許されている。

「それならそれでしょうがないと思う？」

私の思考を先読みしたように、哲生が聞いた。頷きかけてから、哲生がそれを望んでいないように思えて、答えをはぐらかした。

「ああ、いや、どうかなあ」

「俺は思わない」と哲生は言った。「いじめるやつは悪い。絶対に悪い。でも、だからって、それですぐ退学はひどい。そいつだって、きっと頑張ったんだ。俺と同じように、三年間かそこら、頑張って勉強したんだ。それでも自分がやったことに責任を取れっていうんだったら、そういう考え方もあるのかもしれない。でもね……」

哲生は私をちらっと見て、言った。

「でも、そいつが頑張ってた三年間、きっとそいつのお父さんとお母さんも頑張ってた。そいつにだって、仕事で疲れて帰ってきたあとでも勉強を見てくれたりしたお父さんがいるんだ。冬には体があったまるものを、夏には体に熱がたまらないものを、って考えながらご飯を作ってくれたりしたお母さんがいるんだ。兄ちゃんが頑張ってるからって、見たいテレビを我慢してくれた弟だっているかもしれない。俺が先生に言うだけで、その人たちの頑張ったことが全部吹っ飛んじゃうんだ。俺にはそれが正しいことだとは思えない」

私はそのとき、あっけに取られていた。自分の息子が、どうしてこんなにも立派な少年に育ったのか、ほとんど感動すら覚えていた。そのときの哲生に反論できる言葉など、私には一つもなかった。

哲生は自分で自分の言葉を確かめるように、ゆっくりと続けた。

「でも、だからって、いじめているのを放っておくわけにもいかない。いじめられているやつもそろそろ限界だと思う。何とかしなきゃいけないんだ。しかも、すぐに」

「だったら、みんなで……」

私は言いかけた。が、向けられた哲生の視線に、言葉が続かなかった。何も言わなかったけれど、哲生は私にがっかりしていた。とてもがっかりしていた。みんなでどうするか、ではなく、みんながどうするか、でもない。哲生は、自分がどうするかを考えていた。それに対するアドバイスを求めていた。そして私には、哲生にできるアドバイスが何も思い浮かばなかった。

息が苦しくなった。「ああ」という叫び声もあぶくにして、私はお湯から顔を上げた。ばしゃばしゃと乱暴に顔を洗う。

私からアドバイスを得られず、先生を頼ることもせず、哲生は一人で問題を解決しようとした。次の日、哲生は顎にあざを作って帰ってきた。いじめっ子にやられた。そう思ったのだが違った。哲生を殴ったのは、いじめられていた子だった。

「たぶん、いじめていたやつに命令されたんだ。俺を殴れって」

私たちは哲生の部屋にいた。学校から帰って以降、何も喋らなかった哲生は、深夜になってようやく話してくれた。哲生は自分のベッドの上で、背後の壁に頭のてっぺんを預けるようにして座っていた。

「どうして、そんなこと……」

私は聞いた。勉強机の椅子に座って哲生が口を開くのを待ち続け、もう二時間以上が経っていた。

「口封じだよ」

頭のてっぺんを支点にして左右に首をねじるようにしながら、哲生は言った。

「口封じ？」

「俺がいじめのことを喋って、学校で問題になっても、実際に俺を殴ったのはいじめられていたやつだ。何だかんだ言ったって、学校は裁きやすいものを裁く。いじめがあったかどうかなんて問題じゃなくなる。そいつが俺を殴ったことだけが問題になって残るんだ。あいつ、そこまで計算して、やらせたんだ」

哲生が上を向いていたのは、涙がこぼれないようにするためだったと気づいた。抑えきれなかった涙が哲生の目尻から流れ落ちた。哲生の奥歯が音を立てていた。そこまで計算したいじめっ子の汚さに歯ぎしりしているのか、その小ずるい汚さに負けたいじめられっ子の弱さに涙しているのか。首を揺すり続ける哲生に、私は通り一遍の慰めを言うことしかできなかった。

事件は、哲生をひどく傷つけた。それ以降、哲生は学校を休みがちになり、やがて、まったく通わなくなった。学校側からは、退学を勧められた。その無責任さに腹が立った。いじめたやつの責任は問わないのか。いじめられたやつの責任は問わないのか。何より、その状況を放置し続けた学校の責任をどう考えているのか。哲生の担任や学年主任には、電話で何度か激しい言葉をぶつけた。が、手応えはなかった。学校側はこちらに呆れているかのような態度をとり続けた。おたくが主張するいじめ問題を学校側は確認していない。今、我々はおたくのお子さんの不登校問題について話し合っているのだ。その点を踏まえてほしい。

「普通の学校に行かせて」

事件からひと月ほどして、哲生が私と奈緒に頭を下げた。

「お金、いっぱいかかったのに、ごめん」

その学校に入るため、哲生がどれだけ努力したか、私も奈緒も知っていた。それなのに、お金のことで親に頭を下げている息子のいじらしさが、ただ苦しかった。

哲生は近くの公立中学に転入した。まともに通ったのは、最初の一週間だけだった。すぐに哲生は不登校になった。学校が合わなかったのか、集団生活が怖くなってしまったのか、学校に行く意味を見いだせなくなってしまったのか。何度も尋ねたが、哲生から答えが戻ってくることは、もうなかった。学校に行かなくなった哲生は、やがて自分の部屋にこもるようになった。今となっては、哲生に声をかける機会さえほとんどない。私は何もできなかった。最初から最後まで、何もしてやれなかった。とんでもなく無能な親だった。

体を拭《ふ》き、しばらく脱衣所に立っていた。

受験をするか、浩史と話をする？　また息子に決めさせるのか。また息子に決めさせて、息子に考えさせ、息子に行動させて、息子に責任を取らせるのか。

「そんなことはできない」

曇った鏡の前で、一人、呟いた。

「できないよな」

今はただ成り行きのままに、静かに時間をやりすごしていたかった。

九月最後の金曜日。日差しはまだ強い。夏に使い損ねたパワーをここぞとばかりに使っているようにも感じられる。立ち止まって汗を拭《ぬぐ》い、スマホで現在地を確認してから、私はまた歩き出した。

バス通りから一本路地を入ってすぐのところにある小綺麗なアパートが、どうやら目的地らしかった。外階段を上がり、端から二番目の部屋の呼び鈴《りん》を押す。呼び鈴が室内で耳障りな音を立てていた。すぐ脇にある電気メーターは回っている。居留守を使われたらどうしようかと心配したのだが、さほど待つこともなくドアが開いた。

「ああ、三橋《みはし》課長」

他部署の課長の突然の来訪にも、柳本《やなぎもと》くんに驚いた様子はなかった。

「あ、突然、悪いね」と私は言った。「今、ちょっといいかな。話があるんだ」

ここで断られるかと思ったが、柳本くんはあっさり頷いた。

「ええ、どうぞ。あ、狭いですけど」

招き入れられるまま、私は柳本くんの部屋に上がった。小さなキッチンと小さな居室だけの部屋だった。窓から、明るい外の景色が見えた。音楽を聴いていたらしい。つけっぱなしになっていたオーディオを柳本くんが消した。バッハとか、モーツァルトとか、その類《たぐい》の音が消えた。ローテーブルにはティーポットとティーカップがあった。若い会社員が自分勝手な退職願を出した翌日にしては、やけに優雅な昼下がりだった。

「あ、そこ、どうぞ」

柳本くんはローテーブルを片づけながら、クッションを示した。私はそこに腰を下ろした。柳本くんはいったんキッチンに行き、ポットとカップを置くと、すぐに戻ってきた。テーブルを挟んで、私の向かいに腰を下ろす。

「あの」と私が口を開く前に、柳本くんが切り出した。「僕、何かご迷惑をおかけしたでしょうか？」

本気で聞いているらしいその口調に、さすがに少し呆れてしまった。

「迷惑って……君は会社を何だと思ってるんだ？」

思わず声が尖ったが、柳本くんの反応は鈍かった。

「あ、はあ」と言って、うつむく。

その様子から、どうやら自分が会社に迷惑をかけたかどうかを聞いていたのではなく、個人的に私に迷惑をかけたかどうかを気にしていたのだとわかった。そうわかったところで、今更、話の方向を変えるわけにもいかず、私は口調だけを穏やかなものに変えて、話を先に進めた。

「あのさ、毎年、数十、数百って採用する大手企業とは違うんだ。うちみたいな中小企業は、せっかく採用した数人の中の一人にたった半年で辞められてしまうと、それなりに痛い。こういうことは言いたくないけど、採用にだってお金はかかっているんだ。そのコストが無駄になるし、将来の計画も見直さなければならなくなる」

柳本くんはうつむいたまま、何も言わなかった。

「それに、そもそも退社したいというなら、それなりに通すべき筋があると思うんだ。上司である営業部長宛にメール一本出せば済むと思っているなら、その考え方はおかしいんじゃないかな」

営業部の酒井《さかい》部長が気色ばんで総務部にやってきたのは今朝のことだった。しばらく総務部の堤《つつみ》部長と何事かを話し合っていたが、やがて私が呼ばれた。

「ゆとりかさとりか知らんけど、こういうことされると迷惑だから。因果を含めて連れ戻してきてくれ」

柳本くんからのメールを見せて、堤部長が言った。そこには退社したい旨が丁寧な言葉で、簡潔に書いてあった。

柳本くんのことは、入社面接のときに担当になったので覚えていた。頭の回転は速いが、おとなしく、あまり自己主張をしないタイプに見えた。そんな人がこれだけはっきりと退社の意思を示しているのだ。覆《くつがえ》すのは気乗りがしなかった。配属先の営業部が性に合わなかったということだろう。

「そんなに大事な人材なんですか？」と私は聞いた。

　答えかけた堤部長を酒井部長のだみ声が制した。

「入って半年だぞ。大事もくそもあるかよ」

　合わなかったのは営業部ではなく、酒井部長個人かもしれない。そう思いながら、私は、はあ、と相づちを打った。酒井部長は私の肩を抱くようにして、会議室の片隅にあったゴミ箱を示した。

「なあ、三橋、あのゴミ箱が大事か？」

「あ、いえ」

「うん。でも、なかったら困るよな？」

「ええ。まあ」

「だから連れ戻してこいって話だ。必ず連れ戻せよ」

　すぐには手放せなかった仕事を午前中に済ませ、私は午後一番に会社を出て、柳本くんの家を訪ねた。

「それで、本当に退職する気なのかな」

「それは、ええ」とうつむいたまま、柳本くんは頷いた。

　手ぶらで帰れば酒井部長に何を言われるかわかったものではない。柳本くんの意思は固そうだったが、どうにもならないほどではないだろう。現に私を部屋に上げている。

まずは寄り添うことから始めることにした。

「うちの会社にはずけずけ言う人が多い。私も最初は傷ついたし、今でもムッとすることがあるよ。それに、サービス残業も多い。土日出勤も普通にあるし。うち、下の子供がサッカーやってるんだけどね。日曜日でもなかなかつき合ってやれなくて、いつも申し訳ないと思っている。でも、給料はきちんと出るし、休みが全然ないわけでもない。そう思えば、ブラック企業っていうほどひどい会社ではない。違うかな？」

柳本くんは少し考えてから、頷いた。

「それは、ええ。はい」

「百点満点の会社なんてない。せっかく入ったんだ。もうちょっと頑張ってみたらどうだろう？」

柳本くんは口を開きかけ、思い直したように口をぎゅっと閉じた。

「それとも、他にあるのかな。辞めたい理由が、もっと何か」

否定しないのは肯定の意味だろう。柳本くんは上唇を舐《な》めるようにしながら、膝に置いた自分の手を見ていた。私は柳本くんの考えがまとまるのを黙って待った。さらにもうしばらく考えてから、柳本くんは少し上目遣いに、こう切り出した。

「三橋課長は、カネマツ電子、ご存知ですよね」

メーカーとしては業界下位の会社だが、うちの会社にとっては大口の取引先だ。私は頷いた。

「先日、そこの資材部長を接待したんです。水上《みなかみ》先輩と僕の二人で」

カネマツの資材部長と言えば、仙道《せんどう》さんだろう。そこに水上桃子《ももこ》の名前が出てきた時点で嫌な予感はした。水上桃子はうちの会社では一番の美人で、仙道さんは『女好き』を売りにしている中年オヤジだ。その脂ぎっただらしなさは営業部を通じて総務部の私の耳にまで入っている。柳本くんによれば、案の定、その夜、仙道さんはバブル世代特有の図々《ずうずう》しさで水上桃子を口説きにかかったという。

「あれが仕事の範疇だとは、僕には思えませんでした」と柳本くんは言った。

詳細に聞かなくても、その様子は容易に想像できた。

「何でそんなことになったんだ?」と私は聞いた。「カネマツさんなら、担当の山部《やまべ》くんが行けばいいだろ。酒井部長が行ったっていい案件だ。何でモモちゃんが行ったんだ?」

「仙道が酒井部長に指名したみたいです。お前の会社に、可愛《かわい》い女の子がいるだろって。山部さんも知ってたと思います。知ってたから、自分は体調が悪いとか言ってドタキャンして、僕と二人で行かせたんでしょう。あれは、会社ぐるみのセクハラです」

「それが許せなかった?」

私が聞くと、柳本くんは暗い顔で首を横に振った。

「それだけじゃないんです。食事が終わって、会計をしようとしたら、仙道が、会計は俺がするからいいって言い出して。僕が、言いつかっているので、仙道さんに払っていただくわけにはいかないですって返したら、言いつかったものを寄越せって。ちょっと怒ったみたいに言ってきて」

「言いつかったものって？」

「酒井部長から封筒を渡されていました。お金が入った封筒です。ああ、本当は山部さんが渡されていたんですけど、当日、山部さんがこられなくなったんで、僕が預かりました。これで支払いをしておけって。そのときに、おかしいなとは思ったんですよ。普通はカード払いで立て替えて、領収書をもらって、後日精算ですよね？　それに食事代にしてはちょっと多すぎる額だったし。その封筒を仙道に手渡したら、一人で会計をしに行って、戻ってきて領収書だけ渡されました。お釣りはどうしたんだろうって思ったんですけど、仙道はさっさと帰っちゃいました」

「ああ」と私は頷いた。「リベートか」

「賄賂《わいろ》ですよ」と柳本くんは言った。「あれは、賄賂です」

古い業界だ。うちに限らず、まだまだ広く行われているだろう。

「許せなかったのは、そっち？」

「いや。合わせ技、一本、ですかね」と柳本くんは言った。「でも、賄賂のほうは、自分の手を使われた分、余計に嫌な気分になりました」

「そう」

「たいした金額ではありませんし、それが犯罪じゃないのはわかってます。それでも、それはやっぱり、よくないことだと思います。社会の中で機能している会社という組織として、間違ったことだと思います。そう思う僕は、ナイーブすぎますか？」

営業部で聞けば、みんな、うん、と答えるだろう。そんなことでこの業界の営業が務まるものかと、怒り出すかもしれない。けれど、私はそうは思わなかった。

「そんなことはないよ」と私は言った。「そんなことはない」

意外な返答を聞いたように柳本くんはちょっと眉《まゆ》を上げ、それから笑った。力が抜けたような笑い方だった。当たり障りなく受け流されただけだと思ったのかもしれない。本当にそう思っていることを伝えたかったが、伝え方がわからなかった。

どう言おうかと思ったとき、私のスマホに着信があった。応じると、かけてきたのは営業の酒井部長だった。

「で、話はついた？」

「ああ、いえ。まだです」

「ちょっと、電話口に出してくれ」

「え？」

私はちらりと柳本くんを見た。そのだみ声が漏れていたのだろう。柳本くんは困り果てた顔で私を見返した。私は目線で柳本くんに断り、腰を上げた。

「今、話をしている最中ですので」

「話をしているって、幼稚園かよ。話すより怒鳴ったほうが早いってこともあるだろうが」

それこそ大人相手にすることではない。自分の靴をつっかけて、私は柳本くんの部屋を出た。

「事情は聞きました。カネマツさんを接待させたんですって？　ちょっと早すぎたんじゃないですか？」

部屋を出たところで、私は言った。

「あ？　それは営業方針への批判か？　総務部の三橋課長から、営業部の酒井部長への公式なクレームと判断していいのか？」

「ああ、いや、そういうことでは……」

私が言い淀むと、酒井部長は軽くため息をついた。

「あのさあ、三橋。うちみたいな弱小サプライヤーは、泥水すすってでも花を咲かせるしかないんだよ。それくらいわかるよな？　仙道さんは確かにエグい相手だけど、うちで営業やっていくなら、仙道さんの接待くらいは対応できなきゃ話にならない。別に新規契約を取ってこいって言ったわけじゃないぞ」

その言い分ももっともではあった。

「それは、ええ、まあ」

「はっきり言って、あいつを引き留めるのは、カネマツさん専用の御用聞きになってもらうためだ。山部の後釜《あとがま》だよ。あいつは適任だと判断した」

「適任ですか？」

とてもそうは思えなかった。

「もっと他にいそうに思えますけど」

「なあ、三橋。俺が言ったなんて言うなよ」と酒井部長は秘密を打ち明ける口調で言った。「会社が悪いことをさせられるのは、真面目な社員だよ。悪い社員に悪いことさせたら、本当に悪いことをし始める。だから、仙道さんの接待なんて、真面目なやつにしか務まらない。でも、うちにそんな人材がそうそう入ってくると思うか？　三流大学出の、元気と丈夫だけが取柄のアホしか入ってこないだろ？」

はっきりと相づちを打つわけにもいかず、私は、はあ、と言葉を濁した。

そう言われてみれば、山部もうちの会社では珍しいくらい生真面目な男だ。その山部が「エグい」接待に耐えられないようになり、早急に後釜を作る必要に迫られた。そういうことなのだと、ようやく察しがついた。

「柳本がダメなら、お前に責任取ってもらうから。大丈夫だ。真面目なお前なら務まる仕事だよ」

酒井部長ならやりかねなかった。自分が営業に向いているとは思えなかったし、「エグい」接待などしたいわけもない。酒井部長との相性がいいとも思えない。

とにかく、もう少し待ってくださいと言って、私は電話を切った。

「あの」

部屋に戻った私に、柳本くんが不安そうな目を向けた。

「やっぱり三橋課長にご迷惑をおかけしてますね。すみません。せっかく採用してもらったのに」

採用を決めたのは、もちろん私ではない。が、今はその負い目を利用させてもらうことにした。

「そんなことは気にしなくていいよ」と私は穏やかに言った。「それで、次の仕事は決まってるの?」

「あ、いえ。まだ、そういうことは」

昨日の今日だ。もちろんまだ決まっていないだろう。

「じゃあ、異動希望を出してみたらどうかな?」

柳本くんを取りあえず会社に戻せば、私の役割は果たしたことになる。その後の柳本くんをどう扱うかは、私の仕事の範疇ではないはずだ。

「営業じゃなく他の部署で心機一転やり直してみるっていうのは？」

私は勢い込んで言ったのだが、柳本くんは首を振った。

「もうあの会社で働く気はありません。今朝、起きたときに、後悔するかと思ったんですよ。あんなメールを送ったこと。でも、全然、そんな気持ちじゃなくて。むしろ、すっきりしていて。何か違う、何かムカつくって、そう思いながら働き続けるのって、やっぱり違うよなって。ああ、いや、会社にいる三橋課長に、こういうこと言うのもあれなんですけど」

「いいよ」

「すみません。本当にご迷惑をおかけしてしまって」

柳本くんはうつむいて、もう顔を上げなかった。

何か違う、何かムカつく。

その言葉が妙に耳についた。かつて若かったころ、私の中にもそんな衝動があっただろうか。記憶を探ってみたが、わからなかった。私はそれ以上、説得する気をなくした。

「突然、お邪魔して、悪かったね」

そう言って、私は腰を上げた。ほっとしたように柳本くんも立ち上がった。狭いキッチンを通り、玄関の前で靴に足先を入れる。見回したが、靴べらがなかった。

「三橋課長は、ずっとあの会社にいるつもりですか?」

見送りに立った柳本くんが言い、私は振り返った。

「え?」

「ああ、つまり、これから先もずっと。退職する年齢まで」

「いや、どうかな。はっきりイメージを持っているわけじゃないけど、でも、イメージを持ってないってことは、このままこうしているつもりだってことだろうね」

「そうですか」

「悪いけど、靴べら、あるかな?」

すぐ脇の戸を開けて、柳本くんは靴べらを出してくれた。差し出された靴べらに私は手を伸ばした。

「それで、平気ですか?」

柳本くんが手に力を込めた。動かない靴べらを挟んで、私と柳本くんの視線がぶつかった。柳本くんはすぐに手から力を抜いた。私は靴べらを手にして、右の靴に差し込んだ。靴下のかかとの部分が擦《す》れて薄くなっていることに気づいた。新しいものを買ってきてくれるよう、奈緒に頼もうと思った。

「平気って何だよ」

右の靴を履いた。確認してみたが、左の靴下のかかとは擦れていなかった。バラで売っている靴下ってないものだろうかと考えた。

「平気で生きているやつなんて、どこにいるんだよ」

靴べらを差し込んで、左の靴も履いた。意味もなくかかとでコンコンと地面を蹴ってから、私は顔を上げ、靴べらを差し出した。

「ああ、すみません。いや、そういう意味では……」

「いいんだ」

押しつけるように靴べらを返して、柳本くんの部屋を出た。柳本くんがどういう意味で言ったのか、私の答えをどういう意味だと受け取ったのか、自分が柳本くんの言葉の何に腹を立てたのか、どれもわからなかった。

駅までの道を歩きながら、スマホを取り出して、酒井部長に電話をかけた。

成り行きを説明すると、酒井部長は深くため息をついた。

「冗談だと思ったか？　だったらあいにくだったな。本当に、こっちにきてもらうぞ。堤さんとの話はついてる。明日、朝一で俺のところにこい」

明日は土曜日だが、関係ないのだろう。わかりました、と言うしかなかった。

その電話を切ると、すぐに堤部長から電話がかかってきた。

「やっちまったな」

「はい。ええ」

「嘘ついてでも騙《だま》してでも連れ戻してくればよかったんだ。それくらいできただろう? かばう必要、あったの?」

かばったつもりはなかった。ただ、私は重ねてしまったのだ。すすけた正義感と中途半端なナイーブさを必死に守ろうとしている柳本くんに、私は哲生の姿を重ねてしまった。

「まあ、何とかなります」

「そう言うしかないし、そう言われりゃこっちも、そりゃそうだって答えるしかない」

「今日はこのまま帰らせてもらってもいいでしょうか?」

はははは、と堤部長は笑った。

「まあ、営業部に行ったら、有給なんて取れやしないだろうからな。いいよ。有給扱いで半ドンにしてやるよ」

「ありがとうございます」

私は言って、電話を切った。

柳本くんはもう大人だ。そのすすけた正義感と中途半端なナイーブさには自分自身でケリをつければいい。私には、もっとぴかぴかの正義感と、もっと研ぎ澄まされたナイーブさを抱えた、まだまだ子供の息子がいるのだ。

駅につき、電車に乗り、空いていた席に座ると、ネクタイを少し緩めた。公立に転入してからでも三ヶ月。私立のときから数えればもっと長い。その間、哲生は誰にも心を許さず、狭い場所に自分を閉じ込めてきた。いったい何をやっていたのか。自分を罵《ののし》りたい気分だった。

いつもの駅に降り立ち、歩き出した。が、小学校の敷地に突き当たったところで、私の足は止まってしまった。哲生とどう話せばいいのか、心づもりが何もできていなかった。授業が終わったところなのだろう。多くの子供たちが三々五々校舎から出てきて、校庭を横切り、校門に向かっていた。その情景を何となく眺めていると、校舎から浩史が出てきた。友達と連れ立って校門に向かって歩いている。何か馬鹿なことを言ったのかもしれない。左右にいた友達が同時に浩史の肩を小突いて、笑い出した。小突かれて、身をよじらせた浩史が、フェンスの向こうにいる私を見つけた。驚いたように手を挙げる。私が手を挙げ返すと、浩史は挙げた手を左右にぶんぶんと振った。何事かとこちらを見た友達に何かを言い残し、一人で駆け出す。校門を出て、学校の敷地を回り、私のもとにやってきた。

「およよよ。お帰り。今日は早いんだね」

そのまま歩き続けた浩史につられて、私も歩き出した。

「ああ。今日は、仕事が早く終わったんだ」

「焦ったあ。クビになったのかと思ったよ」

どきりとした。浩史は勘だけは妙に鋭いところがある。

「クビにはなってないけど」と笑って誤魔化した。浩史は弾むような足取りで、私の知らない道を行こうとする。「おい、ヒロ。家、こっち」

「知ってる。でも、ユウマんち、こっち」

「ユウマ？」

「ボールだよ。今日、取りに行っていいか聞いたら、いいよって。でも、ユウマのお母さんが家に入っていいって言うかわかんないから、ユウマ、先に行ってボール取ってきて、マンションの下で待ってるって」

私に言いながらも、後ろ向きでどんどん歩いていく。小走りで追いついて、浩史の隣に並んだ。浩史はそのまま後ろ向きで歩いていく。ほんの近所なのに、歩いたことのない道だった。

「そのあと、ユウマと一緒に遊ぶのか？」

「んー、ダイゴんちに一緒に行こうって誘われたんだけど、やめとく」

浩史は器用に後ろ向きのままスキップし始めた。

「どうして？　行けばいいじゃないか」

「ダイゴんちのお母さん、面倒臭いから。ゲームやってると入ってくるし、自分優先だし、負けると怒るし」

「そりゃ面倒臭いな」と私は笑った。「だったら、どうしてダイゴの家に行くんだ?」

「ゲームがある家、どこも時間制限あるから。三十分とか、一時間とか。一人でやるならいいけど、みんなでやるには短すぎる。無制限なのはダイゴの家だけ」

そう言ってちらりと私を見上げる。

「うん。その件についてはお母さんと話せ」と私は言った。

「おひょひょ。オトナなゴイケンー」と笑ったところで軽くつまずき、浩史はようやく前に向き直った。

ぶらぶらと歩いていると、ユウマの家のマンションについた。駐輪場の脇でユウマがリフティングをしている。

「ユウマ、サンキュウ」

浩史が声をかけると、ユウマは浩史に向けてボールを蹴った。私にも頭を下げる。

「こんにちは」

「ああ。こんにちは。相変わらず、上手だね」

軽く首をひねるようにして、ユウマは照れ笑いを浮かべた。練習にほとんど顔を出さない私は、子供たちの個性までは把握していないが、ユウマはあまり口数の多い子ではないと記憶している。

「ボール、ありがとう。お父さんに、そう伝えてくれるかな」

ユウマはこくんと頷き、浩史を見た。

「今日、やっぱ俺、やめとく。ユウマがウイイレ買ったら、教えてよ」と浩史が言った。

「ウイイレはたぶん、買わない」

「誕生日に買ってもらうって言ってなかった?」

「言ったけど、たぶん、やめる。デジカメにする」

「そう。ま、いいや。ダイゴに、また今度って言っておいて」

「わかった」

浩史に言い、私にまた一礼すると、ユウマは駆け出していった。

ボールを蹴りながら歩く浩史と連れ立って、家に向かった。学校方面へ戻ることになる。

「お前のドリブルじゃ危ない。手で持って歩け」

「はーい」

あっさり頷いて、浩史はボールを抱えた。が、十歩も歩かないうちにボールをつき始め、それからさらに十歩も歩かないうちに、またボールを蹴り出した。学校から歩いてくる子供たちは大勢いたが、車が頻繁に通る道でもない。繰り返して注意するのも面倒になって、私はドリブルする浩史と並んで歩いた。毎週日曜日には、ほとんど欠かさずにサッカーの練習をしているはずなのに、ずいぶん大ざっぱなドリブルだった。

「お母さん、もう帰ってるかな」と浩史が言って、私にボールをちょんと蹴った。

「ああ、どうかな」と応じて、ボールを受けた。

奈緒のパート勤めは、浩史が学校から帰ってくる時間に合わせたスケジュールにしているはずだ。それでも月に何度かは、浩史が先に戻ることもあると聞いている。浩史に持たせるために合鍵も作った。そう考えて、気がついた。今までも、月に何度かは、浩史は哲生と二人きりでいたということだ。私や奈緒を避けている哲生も、浩史には違う態度を取っているかもしれない。

「ヘイ」と浩史が小さく手を挙げた。

「お前、最近、兄ちゃんと話したか？」

ボールを軽く蹴り返して、私は聞いた。

「てっちゃんと？　そりゃ少しは話すよ。てっちゃん、あんまり部屋から出てこないから、そんなにいっぱいは喋らないけど。ヘイ」

またちょんとボールを蹴って寄越した浩史に、私はまたボールを返した。

「どんなことを話すんだ？」

「どんなって、別に。学校のこととか、スワンズのこととか。ヘイ」

またボールがきて、また返した。

「兄ちゃんは？　どんなことを話す？」

「てっちゃんは、あんまり喋らない。俺が話すのを聞いてるだけ」

ドリブルのつもりで浩史が蹴り出したボールが、行く手にあった電柱に当たり、浩史の足下に戻ってきた。

「ナイスパス、電柱くん」と電柱に言い、浩史は私に聞いた。「どうして？」

「兄ちゃんとどう喋っていいのか、最近、お父さん、よくわかんなくてな」

「てっちゃんもそう言ってた」と言って浩史は別の電柱にボールを蹴った。「電柱くん二号、ワンツーだ」

戻ってきたボールは少し逸れて、私の足下にきた。

「そう言ってたって？」

ボールを足の横で突いて浩史に返し、私は聞いた。

「お父さんとどう喋っていいのかわかんないって。二人とも話したいことがあるなら、普通に話せばいいのに」

「ああ、いや」と口ごもり、私は聞いた。「それ、いつごろだ？　兄ちゃんがそう言ってたの」

「ちょっと前。先月くらい」

「そう」と私は頷いた。

いい加減な浩史の情報を鵜呑《うの》みにするわけにはいかない。哲生が積極的に私と話そうとしているとまで考えるのは早計だろう。それでも、浩史がこんなことを言う以上、哲生は私を完全に拒絶しているわけではなさそうだ。そのことに、ほっとした。

「ああ、いいこと教えてあげようか」と浩史が言った。

「いいこと？　何だ？」

「仲良くなる言葉」

「仲良くなる言葉って？」

「喧嘩した人と仲直りしたり、知らない人と友達になったり、そういうときに使うやつ」と浩史は言った。「一言でいいんだ。スワンズではみんな使ってる」

「どんなの？」

「聞きたい？」と浩史は笑った。「じゃあ、ゲーム、あと十五分延ばしてくれるようにお母さんに頼んでくれる？」

感じたのは、押し殺した気配だった。部屋のドアをそっと開けている。蝶番《ちょうつがい》のわずかな軋《きし》みにも、動きを止め、その音を聞かれていないか、注意深く探っている。部屋を出て、廊下を静かに歩いていく。慎重に靴を履き、玄関を開け、閉める。どんなに注意しても、外から鍵をかける音だけは殺しようがない。カタンという乾いた音が玄関に響く。それきり静まりかえったのを確認して、私はベッドサイドの明かりをつけた。隣で奈緒も目を開けている。

「知らないふりをしてあげるっていうのもありかと思うけど？」と奈緒が言った。

「俺たちはあいつをそっとしておきすぎた。あいつは傷ついているけど、それは戦ってついた傷だ。逃げてついた傷とは違う。少しだけ背中を押してやれば、あいつはまた戦えるよ」

ふふっと奈緒が笑った。

「何？」と私は聞いた。

「男の子だなあって」

「うん？」

「てっちゃんも、あなたも。ヒロもそのうち、そんな風になるのかしらね」

会社での話は昼間に伝えてあった。若い社員の心意気を守るため、会社相手に意地を通した、と、多少、話を膨らませたのは、私のささやかな見栄《みえ》だ。その話だろうと思い、私は言った。

「すまなかったな。今までより、もっと休みがなくなると思う」

「こっちは大丈夫よ。あなたこそ、明日から帰りが遅くなるんでしょ。今日くらいはあんまり遅くならないようにね」

「わかった」

私は静かに寝室を出た。つけっぱなしだった腕時計を確認する。午前二時すぎ。廊下でじっと耳を澄ますと、浩史のいびきがわずかに聞こえてきた。物音をたてないように気をつけながら靴を履いた。確認してみたが、靴箱の下に浩史のサッカーボールはなかった。

「俺、物は忘れるけど、忘れなかったことは忘れない。土曜日、俺はちゃんとボールを持って帰った」

浩史の言い分は、どうやら本当らしかった。私は玄関を出た。

階段で一階まで下りて、マンションの自動ドアを抜けた。九月も終わりが近づき、さすがにこの時間の風には冷たさが混じる。パーカーのジッパーを上げて歩き出した。ベランダから見える小学校まで、ゆっくり歩いても三分とかからない。正門から校庭を覗いた。哲生は少し先にある別の門を乗り越えたところだった。私がその門まで歩く間に、哲生は校庭で浩史のボールを蹴り始めた。リフティングをするわけでもなければ、ゴールに向かってシュートするわけでもない。地面に置いたボールをただ力いっぱいに蹴っているだけだ。飛んでいくボールを見送り、それが地面に落ちると、そちらに向けて走り出す。ボールが勢いをなくすころ、哲生はボールに追いつく。ボールを止め、助走をつけて、広いほうに向けてまたボールを蹴る。浩史だって運動神経がいいわけではないが、哲生はさらにスポーツが苦手だ。様にならないキックだった。バスッという音が深夜の校庭に響く。しばらく見送り、また追いかける。ひたむきにボールを追いかけては蹴飛ばしていた哲生は、私が門を乗り越えたことには気づかなかった。私はゆっくりと哲生のほうに歩いていった。何度目かのキックで、哲生がボールを私の近くまで飛ばしてきた。私に気づいた哲生が、驚いて動きを止めた。私は駆けていって、ボールを足で受けた。何かを言いかけた哲生に構わず、ボールを蹴り返す。真っ直ぐ蹴ったつもりが、左に曲がっていく。哲生はそちらに向けて走り出し、ボールをトラップした。そのまま動かない。こちらに蹴り返してくる様子もなく、近づいてくる様子もなく、ここを立ち去る様子もなかった。

「仲良くなるには、この一言でいいんだって。監督が言ってた」

私は浩史から教わったその一言を、哲生に向けて発した。

「ヘイ」

哲生は動かなかった。同じ言葉をもう一度繰り返した。

「ヘイ」

少し右手を挙げる。哲生が動いた。立ち去るのかと思ったが、助走だった。少しボールから離れた哲生は、駆け出し、私に向けてボールを蹴った。だいぶ右だった。私はそちらに駆けていった。スポーツどころか、ダッシュすることさえ久しぶりだった。重い体を懸命に動かしてどうにか追いつき、ボールを止めることができた。哲生は蹴った場所にいた。言葉もなく私を見ている。ちょんとボールを前に出してから、私は少し下がった。助走をつけて、哲生を狙う。

「ボールを蹴るときには、相手を見る。相手がどんなボールをほしがっているのかを考える。いいボールが行くように蹴ろうとする」

浩史によれば、監督は子供たちにそう教えたという。

「相手のことをしっかり見て、相手のことを考えて、自分の行動を決められたら、それが仲良くなる第一歩だって」

私は哲生に向けてボールを蹴った。さっきよりは真っ直ぐに飛んだ。少し右に動いた哲生は今度はボールを止めず、そのまま蹴り返してきた。さっきより難しいボールだ。私は左に向けて猛然とダッシュした。一度、弾んだボールが、もう一度地面に落ちる前に太ももでトラップした。少し乱れた息を整え、哲生を見る。私が助走のための距離を取ると、哲生が小さく手を挙げた。

「ヘイ」

哲生目がけてボールを蹴った。少し下を蹴ってしまったようだ。高く上がったボールを哲生が追いかける。バウンドしたボールを体で止めようとしたが間に合わず、大きく弾んだボールは哲生の頭を越えた。哲生は諦めることなく振り返って追いかけ、もう一回バウンドさせたところでボールを止めた。

「ヘイ」

私は手を挙げた。哲生がボールを蹴った。ボールがゴロで真っ直ぐ私の足下にやってきた。ほとんど動かず、私は右足でボールを止めた。

「ナイスキック」と私は言った。

「ヘイ」と哲生が手を挙げた。

私は思いきりボールを蹴った。途端、崩れるようにその場に尻餅をついた。ボールはころころと転がり、哲生よりずっと手前で止まった。

「ナイスキック」

ボールに近づいて、哲生が言った。声が笑っていた。

私は立ち上がり、ズボンの尻をはたいた。バランスを崩したというより、蹴った勢いに軸足の膝が耐え切れなかったという感じだった。昨今の運動不足を痛感した。

「ヘイ」

私は手を挙げた。距離を取り直した哲生がボールを蹴った。相変わらず様になっていないフォームだった。私も似たようなものだろう。いや、客観的に見ればもっとひどいのか。私たちは深夜の校庭で無様にボールを蹴り合った。

「知ってたの？」

ガードレールに腰かけた哲生はそう言って、ボールを足の裏でコロコロと転がした。たっぷりとボールを蹴ったあと、私たちは門を乗り越えて、近くの自動販売機に行った。私は鍵しか持っていなかったが、哲生はＩＣカードを持っていて、私の分のウーロン茶も買ってくれた。

「今日、ヒロから聞いた」

哲生の隣に腰を下ろして、私は言った。

「以前、トイレに起きたときに、お前が家を出ていくのに気づいたらしい。あいつの部屋の窓からは、ほら、ずっとここまで見えるから。お前が門を乗り越えて、校庭でボールを蹴り始めるところまで見ていたらしい」

それ、何で今まで言わなかったんだ？

そう尋ねたら、浩史はきょとんと私を見返した。

忘れてただけだけど、言ったほうがよかった？

「なくなったボールが校庭で見つかったって聞いて、その理由をさんざん考えて、お前の仕業《しわざ》だって、ようやく思い当たったらしい。だから、てっちゃんはあのときだけじゃなく、たぶん、何度も夜中にボールを蹴ってるんだろうって、今日、そう教えてくれた」

少し冷たい風が吹いて、汗をかいた体を冷やしていった。

「ボールを忘れるなんて、お前らしくないな」

「忘れたんじゃないよ。土曜日の夜、ボールを蹴ってたら、あっちの植え込みのほうに行っちゃって。取りに行こうとしたら、道を挟んだ向こう側のどこかの家から怒鳴られてさ。そこで何をやってるって。だから慌てて逃げ出しちゃった」

「ああ」と私は笑った。

「あのおっさんの怒鳴り声のほうが、よっぽど近所迷惑だったと思うけど」

哲生はそう言って、ごくごくとウーロン茶を飲んだ。私はその横顔を眺めた。幼かったころの面影と引き比べ、大きくなったと感心することが、以前は度々あった。浩史には今もあるのだが、哲生にはもうない。哲生は私に、もう過去ではなく未来を見せている。その未来はあまりに漠然と広がりすぎていて、私の頭に像を結ばない。

「何？」

私の視線に気づいて、哲生が言った。

「何でもない」

私は視線を逸らし、ウーロン茶を飲んだ。お前の顔を見ていると泣きそうになるんだ。そんなことを言ったら、間違いなく誤解されるだろう。うれしくて泣きそうになる。そう言っても、わかってもらえないだろう。

「今度、大会があるらしいぞ」

「ああ、ヒロ？」

「そう。市大会。応援に行ってやらないか？」

「負けるんでしょ？」

「それは、ああ、そうだな。いつも負けるらしい。勝ったことないって」

「だったら、ヒロも嫌なんじゃない？　こられるだけ迷惑かもしれない」

「そんなことないだろ」と私は言った。「戦っている姿を応援するんだ。勝ち負けは関係ないよ」

サッカーをしている浩史の姿を、そういえば、だいぶ見ていなかった。チームは弱いのかもしれない。けれど、ああいうことを教えてくれる人が監督なのだ。きっと応援しがいのある試合をしてくれるだろう。

「父さんは行ってくるよ。応援しかできないから、応援してくる」

精いっぱいの思いを込めたつもりだった。私はウーロン茶を飲み干した。哲生はうつむいて、足の裏でボールをもてあそんでいた。

「何か、寒くなってきたな。体、冷えてないか？」

「じゃ、俺も行こうかな。そういうの、苦手なんだけど」

呟くように言って哲生は立ち上がり、手を出す。

「うん？」

「空《から》でしょ？」

「あ、ああ」

私が渡したペットボトルと自分が飲み干したペットボトルを自販機の脇にあったゴミ箱に捨てて、哲生は歩き出した。立ち上がり、私も隣に並ぶ。見上げた夜空に星は見えなかった。

その日は奈緒も誘って、三人で浩史を応援しよう。試合のあと、家族で当てもなくぶらぶら歩くのもいい。サッカーの試合は多少の雨なら行われるという。けれど、その日は晴れるだろう。さわやかな風と柔らかな日差しに恵まれた穏やかな日になるだろう。私たち四人のために、それくらいの幸運はあったっていい。

その日のことを思い、満ち足りた気分で、私は一つくしゃみをした。

# 4 リキ

鏡の中の男がこちらに手を伸ばす。男の指がジョアンの指に触れる。二つの指はそのまま相手の鼻筋を撫で、頬の輪郭をなぞる。

「お前、嫌い」

日本語でジョアンは呟いた。

ジョアンは、小さなころから自分の顔が嫌いだった。太い鼻筋。ぎょろりとした目。吊《つ》り上がった濃い眉。いつも歯を食いしばっているように張った顎。顔だけでなく、体も気に入らなかった。いつだって同じ年の子たちより、頭一つ分ほど背が高く、体は二回りほど大きかった。

男らしい。

誰もがそう思う顔つきで、体つきだった。ことに父親の思い入れは強かった。子供のころから、いつだって男らしくあることを期待された。スポーツも父親が選んだものを強制的にやらされた。最初はいくつかの武術。どれにも適性がないとわかるとフッチボウ。それにも適性がないのは明らかだった。相手と技をかけ合ったり、体をぶつけ合ったりするスポーツよりも、距離を取って相手との駆け引きを楽しむスポーツのほうがジョアンは好きだった。が、フッチボウの次はなかった。ジョアンはテニスをやりたかったのだが、父親は聞き入れてくれなかった。理由は、「お前にはきっと向かないから」。父親にとって、テニスは男らしいスポーツではなかったのだろう。おかげで、ジョアンはあまりスポーツをしない少年時代をすごした。今でもスポーツはやるより見るほうが好きだ。

もしこんな顔やこんな体でなかったら。

鏡を見ると、ジョアンはそんなことを考える。

過剰に男らしくあることを期待されなければ、もっと楽しい子供時代をすごせただろうか。何か夢中になれることスポーツと出会えただろうか。もっと自分に自信が持てただろうか。そして何より、もう少し自分を好きになれただろうか。

カン、カン、カン、という金属音でジョアンは我に返った。鏡から指を離し、水を出しっ放しだった水道の蛇口を締め、改めて耳を澄ます。アパートの外階段を足音が駆け上がってくる。

リキだ。

いつもより早い時間だったが、大人とは明らかに違う軽やかなその音は、リキの足音に間違いなかった。スニーカーに履き替えて帰ってくるよういつも言っているのに、リキはしょっちゅうスパイクのままで帰ってくる。カン、カカンと音がしたのは、外廊下でボールを蹴る仕草をしたせいだ。リキはいつもそれをやる。そして自分が納得できる足の振りができるまで、何度でも繰り返す。まだこの部屋に越してきて間もないころ、隣の部屋の男がそのことで文句を言いにきた。男の言っていることはわかったが、ジョアンはわからない振りをした。不機嫌な顔をしながらポルトガル語でまくし立てると、男は怯《おび》えた顔で引き下がった。それ以来、顔を合わせても、すぐ逃げるようにいなくなる。あのとき、目の前にいる大男が、日本の酒の繊細な味わいと滑らかな飲み口を全力で称賛していたのだと知ったら、彼はどんな顔をするだろう。

なおも何度かタップを踏んでいるようなカカカンという音が小気味よく鳴り、やがて玄関が開いた。

「ただいま」

洗面所からひょいと顔を出して、ジョアンは息子を迎えた。

「お帰りなさい」

リキとは日本語で喋るよう、リツコに言われている。

リキがポルトガル語で喋ってはいけないのか。

驚いてそう抗議すると、リツコはジョアンの鼻に指を乗っけた。

「リキじゃなくて、君だよ、ジョーくん。ジョーくんが日本語を覚えるため。リキ、ポルトガル語、ダメよ」

六つ年上のリッコは、いつもジョアンを子供扱いする。子供扱いする母親と子供扱いされる父親を楽しそうに見比べながら、リキがにまっと笑った。この船の船長はリッコ。リキもそう思っているし、ジョアンもそれに異論はない。

リッコと知り合ったのはブラジルだった。静岡の大学病院とサンパウロの大学病院との交流事業でブラジルに滞在していたリッコが、ジョアンが共同経営していたバールに客としてやってきたのだ。共同経営といっても、幼馴染《おさななじみ》と金を出し合って始めた小さな店だ。ジョアンはほとんど毎日、カウンターに立って料理や酒を作っていた。そこへリッコが看護師仲間とともにやってきた。ジョアンの住む町には日系人が多く住んでいた。ブラジル人気質とは大きく違う彼らの真面目さに、ジョアンは以前から好ましさと、どこかしら親近感を感じていた。だから、リッコにも、リッコとともにやってきた日本人の看護師たちにも愛想よく接した。その時点で、ジョアンに恋愛感情はなかった。もともとジョアンは女性とのつき合いがあまり得意ではなかった。が、やがて、リッコは一人で店にくるようになった。リッコだから心を許したのか、リッコが日本人だから心を許しやすかったのか。今となっては、ジョアン自身にもよくわからない。交際が始まり、リッコが帰国してもスカイプでのやり取りが続いた。やがて、日本での仕事を辞めて、押しかけるようにやってきたリツコと、ブラジルで結婚した。リキもブラジルで生まれたが、リキが四歳のときに三人で日本に移り住んだ。ブラジルで子供を教育することに、リツコの両親が強い難色を示したからだ。

仕事も、住むところも、面倒を見る。

そう言われて心が動いた。もともとジョアンには日本という国に対する漠然とした憧れがあった。陽気な、おおらかな、と評されるブラジル人が住む国より、生真面目な、繊細な、と評される日本人が住む国のほうが、実は自分にとって暮らしやすいのではないか、とも夢見た。そのころ幼馴染との仲が険悪になり、バールの経営から手を引いたということもあった。ジョアンは日本行きを決めた。

リツコの家は富士山が綺麗に見える海辺の町にあった。静岡という場所のことは何も知らなかったが、ジョアンは一目でその土地が気に入った。ここなら楽しく暮らせそうだと心が弾んだ。が、自分の見通しの甘さを悟るのに、さして時間はかからなかった。リツコの両親が仕事の面倒を見る、と言ったのは、条件のよさそうな求人広告を見つけてくることで、住むところの面倒を見る、と言ったのは、自分たちの家に同居するということだった。同居は我慢できた。広くはないが、リツコの家には両親の他にジョアンたち三人が暮らすぐらいの部屋とスペースがあった。ただ、仕事が見つからないことには参った。リツコの両親がそれをたいした問題だと考えていないことも腹立たしかった。

「リッコが働いているんだからいいじゃないか」

看護師のリッコには、えり好みさえしなければ、仕事先がいくらでもあった。

「私たちの蓄えだってあるし、ジョーくんはのんびりすればいいんだよ」

リッコの両親はそう口をそろえた。そうは言われても、大の男が一日、家でゴロゴロしているわけにもいかない。まだ日本語がほとんど理解できなかったジョアンは、リッコの両親と顔を突き合わせていることも気まずかったし、何より退屈だった。そのときになって考えてみれば、ブラジルでリキを教育するのに難色を示したのも、ただ自分たちが孫と暮らしたかっただけのようにも思えた。来日を少し後悔したが、きて早々、帰るわけにもいかない。働かないことの後ろめたさと、働けないことのやるせなさを感じながら、ジョアンはだらだらと日々をすごした。朝、リキを幼稚園に送る。昼すぎに幼稚園が終わったリキを迎えに行き、そのまま近所の公園で遊ぶ。そうやって長く一緒にいたせいもあるだろう。ジョアンとリキとの仲は今でもとてもよかった。ジョアンにしてみれば、それがせめてもの慰めだった。

帰ってきたリキは、ジョアンが何も言わなくても手を洗い、うがいをして、シャワーで足の汚れを落とし、着替えまで済ませた。

「マンイは?」

最近ではすっかり日本語のほうが上手になったリキも、リッコのことは『お母さん』

ではなく『マンイ』と呼ぶ。看護師の仕事は勤務時間が不規則なので、仕事でいないのか、用事で外に出ているのか、リキはよくわからなくなるようだ。

「仕事。病院」とジョアンは答え、聞いた。「今日、練習、よかった?」

練習は日曜日が基本だが、たまたまグラウンドが確保できたということで、連休最終日の今日、リキは練習に出かけていた。

「うん、よかったよ。もうすぐ市大会が始まるから、もう一回ポジションを決め直そうってユウマが言い出して、みんなどこをやりたいか、話し合ったんだ。僕はディフェンスをやることになった。僕はドリブルが苦手だから、ウィングはずっと嫌だったんだよね。だから、ディフェンスをやりたいって言ったら、みんな、それがいいって言ってくれたんだ。右のウィングに僕の代わりにショウが入って、ショウがやっていたトップ下はユウマがやることになった。フォワードはハルカとソウタ。左のウィングはユキナリがやることになった。ユキナリは、最近、左も練習して、左足でも蹴れるようになってるんだ。知ってる? この前からユキナリのマンイが練習を見にくるようになって、それで、ユキナリ、すっごい頑張ってるんだ。キーパーは前と同じダイゴ。ヒロは僕と一緒にディフェンスをする」

バランスの悪い布陣だ。チームでボールを扱えるのは、ユウマとショウとハルカ。その三人をディフェンスに並べ、相手の攻撃を弾き返しながら、タイミングを見て速攻。

あのチームで試合を組み立てようと思ったらそれしかない。そうは思ったが、口には出さなかった。

「ああ、速すぎた？　わからなかった？」

黙り込んだのは、会話についてこられないせいだと思ったようだ。リキが言い直そうとして、ジョアンは首を振った。

「リキ、楽しい。それだから、オーケー」

「それだから」とリキは笑った。

「それだから、違う？」

「間違いじゃないけど、ちょっと変だと思うよ」

「そう」とジョアンも笑った。「それだから、気をつける」

「今のはわざとでしょ。絶対間違い」

今のチームに入ってから、リキはとても明るくなった。いいチームが見つかってよかった、とジョアンは思った。このチームにたどり着くまで、ずいぶん時間がかかった。日本にきてしばらくしたころのことだ。幼稚園が終わったリキを連れて、公園でボールを蹴っていると、ベンチに座っていた老婆に怒られた。彼女が何を怒っているのか、しばらくわからなかった。当時、リキもジョアンも、日本語が十分には理解できなかった。リキはひどく怯えた。ジョアンはひどく困った。この公園ではボールを蹴ってはいけないのだ。そう言われているのだと理解するのに、何度も聞き直した。どうやら聞き間違えているわけではないと知って、わけがわからなくなった。公園でボールを蹴れないのならば、いったいどこでボールを蹴るのか。

リツコに相談すると、珍しいことではないと簡単に言われた。

「むしろ、ボールを蹴っていい公園のほうが少ないと思うよ」

ボールを蹴ると他人に迷惑だから。

そう説明されて、唖然とした。ブラジルにいたときに感じていた日本人の繊細さは、度を超えた神経質さと同居しているのだと初めて気がついた。

どうすればいいんだ、と尋ねると、サッカーチームに入ればいいじゃない、とあっさり言われた。数日後にいくつかのチーム名が書かれたメモを渡された。

「調べてみた。この辺りで強いチームは、こんなのだって」

別にリキにフッチボウをさせたいわけではなかった。ジョアンがリキと遊びたかっただけで、ボールを蹴っていたのはジョアンにとってそれが一番自然な遊びだったからだ。とはいえ、チームに入ることでリキに友達ができるのなら、それはそれでいいことだと思った。ジョアンはリツコに渡されたメモを頼りに、見学に行ってみた。強いチーム、と聞いて、嫌な予感はしていたが、実際に練習を見てみると、その予感は当たっていた。どのチームでも子供たちは、フッチボウを習っていた。ボールの蹴り方を習い、パスの出し方を習い、シュートの仕方を習っていた。リキよりも小さい子供たちですらそうしていた。ここは日本だ、とジョアンはしみじみと思った。三つのチームを見学したが、どこのチームも大差はなかった。

「全部、ダメ。リキにダメ」

「どうして？」とリツコは聞いた。「あ、お金なら、いいよ。うちの親が出すから。娘には厳しいけど、孫には目がないからね」

イシシシ、とリツコは笑った。

「お金、違う」とジョアンは言った。「チーム、ダメ。リキにダメ」

「そりゃ、ブラジル人のジョーくんから見ればレベルが低いチームかもしれないけど、リキだって、ほら、スポーツ苦手だし」

「レベル、違う」とジョアンは言った。「フッチボウ、遊び。フッチボウは、遊ぶこと。このチーム、遊ぶ、してない」

「フッチボウって、ああ、サッカーね」

「そう。サッカー、楽しい。それでいい。蹴り方、どうでもいい。楽しいでオーケー」

ジョアンは両手で自分の両目を吊り上げた。

「これ、フッチボウ、違う。サッカー、違う。リキ、かわいそう」

話は通じたようだが、リツコは、うーん、と唸《うな》り声を上げた。

「でも、それはもう文化の違いだからなあ」

つまりは、サッカーが生活の中に根づいている国と、まだ根づいていない国との違いだ、とリツコは言った。ブラジルでは普通にサッカーを楽しんでいれば、サッカーが上手になるでしょう。上手になるから、より一層サッカーが楽しくなる。それはもともとサッカーが深く広く国民に根づいているからだ。日本ではまず最初にある程度はサッカーを教えなければ、楽しむレベルでサッカーをすることはできない。

「サッカーボールを抱いて生まれてくるあなたたちとは違うのよ」

日本語とポルトガル語を混ぜて、リツコはそう説明した。

「抱いて生まれてこない子もいる」とジョアンは不機嫌になって、ポルトガル語で言い返した。

「知ってるわよ」とリツコはジョアンの頭を撫でた。

ジョアンにいつも男らしさを求めてきた父親といい関係でないことはリツコも知っていた。スポーツをやらされることに嫌気が差した少年時代の話もしていた。

「じゃあ、違うチームを探してみるよ」

リツコはそう言ったが、チームはなかなか見つからなかった。結局、ジョアンは同じ公園でリキとボールを蹴り続けた。何度か同じ老婆を見かけたが、もう声をかけてくることはなかった。ただ文句を言いたそうな目で二人を苦々しく見ているだけだった。どうせ長居はしない土地だ。自分にそう言い聞かせて、ジョアンは老婆を無視することにした。

実際、ジョアンは日本に長く住むつもりはなかった。リキがこのまま日本で落ち着くようなら、自分だけでもブラジルに戻り、新しい仕事を見つけ、いつでも二人が帰ってこられるように準備しておくつもりだった。それともアメリカにでも渡ろうか。そう考えるときもあった。遠い親戚《しんせき》が一人、カリフォルニアにいると聞いたことがある。そのツテを頼ってもいい。不安はあるが、ブラジルに戻るより、ずっと楽しそうだった。それなら三人一緒がいい。折を見て、リツコと相談してみよう。

が、ジョアンたち三人は、日本を出るより前に静岡を出ることになった。リキが小学校に上がってしばらくしたころ、ジョアンとリツコの両親との仲がついにうまくいかなくなったのだ。ジョアンには日本にきたことに関して、リツコの両親に騙された、という意識が残っていた。そんなジョアンに対する引け目と、その裏返しの苛立《いらだ》たしさが両親のほうにもあったのだろう。用事があれば会話はするが、それ以外のやり取りはほとんどなくなってしまった。雰囲気に気づいたリツコは、すぐに引っ越すことを提案した。

「時間をかけると、かえってこじれるのよ。さっさと別れて、チャンスがあったら仲直りすればいいの」

ちょうど東京の病院から誘いがあったという。それを理由にして、リツコは両親に引っ越すことを告げた。ジョアンと別れることはもちろん、自分たちになつかず、父親とばかり遊んでいる孫と別れることにも、あまり抵抗はなかったようだ。リッコの両親はすっきりしたような顔を見せた。ジョアンとリッコはすぐに引っ越しの算段を立てた。

勤め先が東京とはいえ、お金のことを考えると、都内に住むのは難しかった。生活環境と家賃を基準に物件を探し、ようやく条件に合ったアパートを見つけ、早々に引っ越しを済ませた。せめてアパート代くらいは稼ごうと、ジョアンも働いた。が、長続きはしなかった。給与条件がやけにいい募集に申し込んでみたら、食品工場で一日、十二時間以上働かされた。通勤時間も加えれば、寝る時間くらいしか残らない。さすがに二ヶ月で辞めた。そこから学習し、もう少し条件を落としたところに申し込んでみたら、労働時間は一日、十時間になった。少し我慢してみるつもりだったが、今度は三ヶ月で相手から契約を切られた。半ば不貞腐れて、アパートで鬱々《うつうつ》とした日々を送っていたときだ。バールを手伝わないかという誘いがきた。もともと東京でブラジル風のバールをやっていた日系ブラジル人が、首都圏一帯に似たような店を構える計画だという。すでに一軒目の出店を終え、二軒目を開店させるためにスタッフを探していた。面接に行くと、一目で気に入られた。

「その顔のほうがお客が喜ぶんだ」

ジョアンの顔をしげしげと見ながら、オーナーの日系ブラジル人はつまらなさそうにそう言った。

「俺もブラジル人なのにね。この顔では、お客は納得しない。自分は何者かってね。ブラジルにいたときは考えもしなかったのに、日本にきて考えるようになったよ」

その気持ちはとてもよくわかる、とジョアンが言うと、彼は驚いた顔をして、すぐに笑い出した。

「わからないよ。あんたはどこからどう見てもブラジル人だ」

夕方に出勤し、深夜まで働く生活が始まった。大した金額ではなかったが、アパート代くらいは稼げた。その代わり、リキとすごせる時間が短くなってしまった。そうなってみて初めて、ジョアンとリツコはリキに友達がいないことに気がついた。学校ではどうやら仲間外れにされているらしいという話もリツコが聞き込んできた。

「意地悪されたりするわけじゃないんだけど、いつも一人でいるんだって」

「どうして？」

「どう言えばいいのかな。日本人って、自分たちと違うものを受け入れるのに時間がかかるの。単純に外国人に慣れてないっていうのもあるし」

「リキ、かわいそう」

「私も悪かったわ。リキをジョーくんに任せすぎた。リキにとって、ジョーくんが一番仲のいい友達になっちゃった」

出勤しようとするたびに「今日も仕事なの？」と悲しそうな顔で聞かれると、ジョアンも心が痛んだ。

日本にきてから、何もかもうまくいかなくなった。いつしかジョアンはそう考えるようになっていた。自分もそうだし、リキもそうだ。リツコだって、親と気まずい関係になってしまった。自分たち家族に日本は合わなかったのだ。いっそのこと三人でアメリカに行ってみるのはどうだろう。

リツコが新しいサッカーチームを探してきたのはそんなときだった。

「通りかかった小学校の前で配ってた」

差し出したのはチームメイト募集のチラシだった。チームの名前は『牧原スワンズ』。

「シズニ？」とジョアンは聞いた。

「そう、シズニ」とリツコは頷いてから、首をひねった。「そうね、何で白鳥なのかしら」

理由はどうであれ、ワシやタカじゃないところに期待が持てた。練習場所の小学校はちょっと遠かったが通えない距離ではない。練習を見学してみると、おおよそジョアンが期待した通りのチームだった。学年ごとにチームを組むというのは意味がない気がしたが、公式戦が学年を基準にした三つのカテゴリーに分けられていると聞いて納得した。

何より、それを丁寧に説明してくれた監督に好感を持った。

「うまくはなりませんよ」と年老いた監督は言った。「うまくなるのはボールを蹴った回数分だけです。うちの練習にきたからと言って、うまくなるわけではないです。ここにくれば友達がボールを蹴ってます。それだけです」

ジョアンが理解できるまで、何度も繰り返し監督は説明してくれた。

「オーケー」とジョアンはにっこりした。

まさにそういうチームを探していたのです。

そう伝えたかったが言い方がわからず、ジョアンはもう一度微笑んだ。

「オーケー」

明らかに日本人と違う顔立ちのリキが仲間外れにされないか、少し心配したが、全く問題はなかった。サッカーが下手なことを馬鹿にされるようなこともなかった。リキはすぐにチームに馴染んだ。

毎週、日曜日、ジョアンとリキは自転車に乗って、練習場である小学校まで通った。

もちろん、それで何が変わったわけでもない。リキは相変わらず学校では友達がいなかったし、ジョアンに実入りのいい仕事が見つかったわけでもない。リツコの仕事は収入はさほど増えなかった割に、前よりいっそう忙しくなっていた。だから、やはり日本に長居する気はなかった。少し時間を稼げた。ジョアンはそう思っていた。ブラジルに戻るにせよ、アメリカへ移るにせよ、もう少し準備をする必要がある。その間、リキがいられる場所ができた、と。

ジョアンが勤める店はオープンから順調に集客を増やしていた。店員はブラジル人だけでなく、ペルー人も、コロンビア人も、インド人やインドネシア人までいたが、客はみんなブラジル人だと思っているようだった。飾り気のない武骨な店の造りは、単純にオーナーが金をケチったからだったが、客はこれこそが本場のブラジル風であると理解しているようだった。

「結局、本物って何だろうな」とオーナーはぼやいた。

ジョアンは黙って肩をすくめた。

「これとそっくりな店をブラジルに作って、アジア人の顔をした店員にスシを握らせたら、流行るんじゃないかな。これが日本風かって」

そんな店ならすでにある、とジョアンが言うと、オーナーは、やっぱりあるのか、とつまらなさそうに笑った。

客は近くの会社に勤める若い会社員たちが多かった。あるとき、ジョアンがテーブルに料理を運んでいくと、そこにいた客の一人に呼び止められた。

「ちょっと聞いていい？」

派手なネクタイをした男だった。酔って赤い顔をしていた。席にいたのは四人組だったが、向かいに座る二人は、別の話をしていた。隣にいる同僚らしき男は、かなり酔っているようだ。だらんとした顔で自分の連れとジョアンを見比べている。

ジョアンは派手なネクタイの男を見返して、質問を待った。

「おたく、日本で何してるの?」と男は聞いた。

「何してる」

質問の意味が本当にわからなくて、ジョアンは聞き返した。

「ここで、何してるの?」

男はばんばんと足を踏み鳴らしながら、ジョアンに聞いた。酔ってはいるが、絡んでいるつもりはないようだった。

「働いてます」

ジョアンは笑顔で答えた。ひゃはは、と男は笑った。

「いや、そういうことじゃなくてさ。日本でしょ、ここ。日本人じゃないのに、おたくはここで何をしているのですかって聞いてるの」

何をしているのだろう、とジョアンは考えた。

昼前に起きる。だいたいリツコはもう出勤している。遅い朝食を食べて、洗濯をする。学校から帰ってきたリキを迎え、少し話をして、出勤する。店にきて、料理の仕込みを手伝い、店を開け、カウンターに立ち、注文を取り、酒を作り、客に出す。閉店を待たずに仕事を上がる。電車がなくなってしまうからだ。まだ働いている他の従業員たちにはほとんど声をかけることなく、私服に着替え、最終の電車に乗り、アパートに帰る。リキは寝ている。リッコはいれば起きているが、夜勤でいないときもある。いるときでも、いないときでも、リッコは食事を用意しておいてくれる。それを食べて、ビールを飲み、シャワーを浴びて、眠る。

「働いて、ご飯を食べて、寝てます」

まとめて言うなら、そういうことになる。

「そりゃそうだろうけどさ、俺がそうしているのと、おたくがそうしているのとでは意味が違うでしょ？　おたくブラジル人だよね？　だったら、ブラジルで働いて、ご飯を食べて、寝ればいい。そうだよね？　どうしてわざわざ日本でしているの？」

ああ、そういうことか、とジョアンは納得して、答えた。

「奥さん、日本人」

ひゃはは、とまた男は笑った。そして隣にいた同僚らしき人の頭をぺしぺしと叩いた。

「こいつ、まだ独身なの。おもしろいよね。こいつ、日本人。日本に住んでて、独身。おたくブラジル人。日本に住んでて、奥さん、日本人。ねえ？　おたくみたいな男らしい男がきちゃうと、ダメよ、こういう男らしくない日本人は。悪い男じゃないんだよ。給料安いけど、正社員だし。酒は飲むけど、ギャンブルしないし」

男が何を言っているのか、よくわからなかった。けれど、男の言葉が徐々に感情的になっているのにはジョアンも気づいていた。頭を叩かれていた同僚も気づいたようだ。

「俺のことはいいよ。ほら、お兄さんの仕事、邪魔してるだろ」

「お客を構うのも、お兄さんの仕事でしょうが。お、も、て、な、し、って、ね？　知ってる？　それ、仕事だよね？　日本で働くんだもん。それくらいはしなきゃ」

「わかった。わかったから、ほら、飲め」

なおも何か言いたそうな男の肩を抱くと、同僚は向こうに行けというようにジョアンに手を振った。ジョアンは客のテーブルを離れた。理由はわからなくとも、男が自分のような人間を不快に感じていることだけはわかった。同僚の男も、その不快さを共有はしていなくても、理解はしていた。

自分の存在は、この国の人を不快にする。

自分が嫌いなわけではない。ただ観光客としてやってきたのなら、嫌われることはなかっただろう。けれど、この国の女性と結婚し、この国で暮らそうとすると、この国の人は途端に不快に思うようになる。

そういうことなのだろう、とジョアンは納得した。

日本にきて以来、何もかもうまくいかないような、すべてにおいてずれているような、この感じは、つまりそういうことなのだ、と。

ここを出よう。

ジョアンはそう思った。数えてみれば、日本にきてもう六年がすぎようとしていた。十分な時間だった。できる限り早く日本を出ようとジョアンは心に決めた。

その日も、いつもの時間に仕事を終え、私服に着替え、まだ働いている他の従業員たちと目線だけで会釈を交わし、店を出た。いつもの最終電車に乗り、いつもの駅で降りた。アパートまでは歩いて二十分ほどだ。アパートに帰って、リツコがいたら、早速、話をしよう。なぜだかはわからないけれど、この国は僕たちにとってよくない場所なのだと、説得しよう。おそらくリツコもわかってくれる。いや、リツコはもっと前に気づいていたのかもしれない。とにかく、今夜のうちに話をしよう。

そう思ってから、ジョアンは思い出した。今日、リツコは夜勤で、家にはいない。

ジョアンは小さく舌打ちして、足を止めた。

今日の自分の夜食は気にしなくていいと、リツコにそう言ったのを思い出したのだ。仕事が忙しいせいだろう。最近、リツコはやけに疲れていた。そんなリツコの手間を少しでも減らせればと思い、今夜の自分の分の食事は用意しなくていいと強く言っておいたのだった。

もう少し先に小さなコンビニエンスストアがあることを思い起こし、ジョアンは再び歩き出した。日本にきてすぐのころは、コンビニが珍しくてよく足を運んだ。ジョアンが暮らしていた町にこんな店はなかった。似たような外見の店ならばガソリンスタンドに併設されていたが、そこで売られているのは飲み物や菓子ぐらいだった。こんなにも小さなスペースに様々な品物が置かれていることに、ジョアンはほとんど感動を覚えた。ここで買えないものが必要になる状況を想像し合う遊びをリキとよくやったものだ。勝敗を決めるのはリッコ。だが、だいたい勝敗はつかなかった。

「遠足に行くのに、リュックを忘れてきちゃった」

「おや、困ったね、リキくん。でも、大丈夫。はい、お弁当と飲み物。お菓子はそっちで、こっちにおしぼり。レジャーシートがここにあって、カメラはいるかな？　オペラグラスは？　バスの中では、はい、このトランプで遊んじゃおう」

「うちのボスが、しゃっくりのしすぎで死んでしまったんだ。お葬式に行かなくちゃ」

「ああ、ジョーくん。その格好じゃまずいわね。まずはこっちのワイシャツを着ましょう。黒いネクタイは、はい、こちら。これは、お香典袋。日本ではお葬式のとき、これにお金を入れて持っていくのよ。名前はこの薄墨ペンで書きましょう。そして仏様に手を合わせるの。はい、こちらが数珠《じゅず》」

日本にきて間もないころは、よくそんな遊びをしていた。ありふれたコンビニの店内を踊るように歩き回り、ポルトガル語で楽しげに喋る三人は、日本人の目にどんなふうに映っていたのだろう。今はもう、コンビニにときめきも感動もない。この国に対してそうであるように。

電車も終わり、すでに人通りは少ない。小さな四つ角に、コンビニは煌々《こうこう》と明かりを灯《とも》していた。四台ほどの駐車スペースがあったが、車は停まっていなかった。代わりに、五人の少年が輪になり、思い思いの格好で煙草《たばこ》を吸ったり、ビールを飲んだりしていた。五人のうち三人は、明らかに十代だった。そのうちの一人は、ジョアンの目には、中学生くらいに見えた。そんな幼い少年が、こんな時間に外にいて、煙草を吸っていることにぎょっとしたが、すぐに興味をなくした。どこの国にだって、この程度の不良少年はいる。そのまま転落していく子もいれば、どこかで踏みとどまる子もいるだろう。この国で転落の先に何があるのか、ジョアンは知らなかった。確固たる貧困層が薄い分、落ちたところでブラジルより浅い穴のようにも思えたが、世界屈指の資金力を誇るギャングがいる国でもある。ひょっとしたら想像がつかないほどの深い穴が開いているのかもしれない。五人もジョアンに目を向けたが、すぐに興味をなくしたようだ。仲間内の話に戻った。ジョアンは店内に入り、食べ物を物色した。お腹はすいているのに、どれにも食欲がわかなかった。パンにしようかと棚から目を逸らしたとき、ガラス越しに一人の男が店のほうに近づいてくるのが見えた。その男が不意に足を止めたことで、ジョアンは注意を向けた。男は入り口から少し距離のあるところで、闇を透かすように五人組のほうを見ている。やがて男は五人組のほうへ歩き出した。気づいた一人が仲間たちに注意を促し、五人が思い思いに腰を上げる。やけにもったいぶった動きをすることで、動揺していないことを示そうとするのは万国共通のようだ。老人のような気怠《けだる》そうな腰の上げ方だった。なおも近づいてきた男の前に、リーダー格らしき一人が立ちふさがった。が、男は気に留めず、リーダー格の体をよけて、別の少年に話しかけた。ジョアンの目に一番幼く見えた少年だ。茶色い髪を短く刈っている。無視されたことが気に入らなかったのか、リーダー格が声を上げた。おらあ、とか、こらあ、とかいうような声が、店内にいるジョアンの耳まで届いた。レジのほうに目を向けると、外を一瞥《いちべつ》した若い男の店員はすぐに興味をなくしたように誰もいない真正面に向き直った。見ない振りを決め込むらしい。視線を外に戻すと、やってきた男が一番幼い少年の腕に手をかけていた。男の顔に見覚えがあるような気がして目を細め、ジョアンは声を上げそうになった。スワンズのコーチの一人、しかもリキの学年を指導してくれている水島だと気づいたからだ。水島が何をしているのか、ジョアンにはわからなかった。手をかけている少年は水島の子供ではない。水島には最近生まれたばかりの子供が一人いるだけだ。そう聞いている。幼い少年の夜歩きを注意しているのだろうか。親切心は立派だが、あまりに無警戒すぎる。

リーダー格が水島の肩を抱え込んだ。水島は振り払おうとしたが、できなかったようだ。少年たちに取り囲まれるようにしながら、店の脇へと移動していく。水島と五人の少年たちはすぐに見えなくなった。ジョアンはまたレジに目をやった。いつの間にかそちらを見ていた店員は、視線をジョアンに向けた。

「よくあるんすよ」

何が「よくある」のかわからなかった。が、店員の中ではそれですべての説明とカタがついたらしい。レジを離れて、事務室へ引っ込んだ。

ジョアンは出口に足を向けた。ドアを押し開き、一歩外に出たところで立ち止まった。このまま帰るか、水島の様子を見に行くか、どちらとも決めていなかった。

この類のトラブルには慣れていた。ブラジルでバールをやっていたころ、喧嘩の仲裁に入るのは日常茶飯事だった。巻き込まれて、喧嘩の当事者となることだって何度もあった。が、ここは自分の店ではなかった。喧嘩の仲裁をする義務はなかったし、見届ける義務もなかった。この手のトラブルに慣れているからといって、好んで首を突っ込むつもりはない。このまま帰ろうと決めかけたときだ。うらあ、という声が聞こえた。威《い》嚇《かく》ではない。自分の体に勢いをつけるための声だ。水島と少年たちが、今、どうなっているのか、その声だけでわかった。

軽くため息をつき、ジョアンはそちらに足を向けた。店の横に回り込むと、業務用のゴミ入れが並ぶその手前に六人がいた。水島はすでに倒れ込んでいる。一人がすぐにジョアンに気づいた。ジョアンは五人の少年たちを睨んだ。

一番下っ端を徹底的にやる。それでこっちの力を見せつけるんだ。

ファベーラでギャングをしていたという客が、酔ってそんな話をしたことがあった。

なぜ、一番下っ端なのか。そう聞き返すと、彼は答えた。

リーダーをやったら、どっちかが死に絶えるまでの殺し合いになる。下っ端ならそうはならない。うまくこちらの強さを見せつけられれば、相手が引き下がって終わることもある。

ジョアンの目に、一番下っ端は、水島が声をかけた少年に見えた。年も一番下だろう。他の四人が現れたジョアンに気を取られているのに対して、一人だけ倒れている水島を気にしている。けれどまさか、この少年を徹底的に「やる」わけにもいかない。ジョアンにはそんな気もないし、そんな技量もない。

「何だ、お前?」

リーダー格が言った。ジョアンはそちらに目を移した。

「ガイジンさんかよ。日本語、通じますかー?」

自分の顔も体も嫌いだ。けれど、こういうときには役に立つことをジョアンは知っていた。

足を肩幅に広げた。顎を少し引く。それだけでリーダー格の目に怯えが宿った。

十分に視線を交えてから、ジョアンは微《かす》かに頭を振った。

行け。

取りようによっては、そう受け取れるくらいの微かな動きだ。あからさまな動きでは、それは命令になる。命令では従えない相手もいる。命令と受け取られない程度の動作で、相手に逃げ道を示す。

リーダー格にはその道が見えたようだ。左右にゆっくりと首を倒してから、つまんねえな、と言い捨てて、歩き出した。三人が即座にあとを追う。一番年下の少年も、水島を気にしながらも、その場から立ち去った。

五人がいなくなるのを確認してから、ふうと息を吐き、ジョアンは水島に近づいた。気配に、水島が目を向けてきた。驚いたように目を見開く。

「あ、ジョアンさん?」

「怪我《けが》、した?」

聞くまでもなく、水島の唇が切れて、血が出ていた。唇の端にはあざもできている。

「あいつら、行きました?」

水島が小さな声で尋ねる。一度後ろを振り返り、ジョアンは頷いた。

「全部、いない」

「そうですか」

うーん、と水島は寝転んだまま伸びをした。そのまま力を抜き、手足を地面に投げ出す。どうやら大丈夫そうだったので、ジョアンもアスファルトに腰を下ろした。

「ひどい、悪い」とジョアンは言った。

あはは、と水島は笑った。

「ひどい、悪い、ですね。確かに」

笑い事じゃないと言いたかったが、その言い方がわからず、ジョアンはただ頷いた。

もちろん、悪いのはあの少年たちだ。けれど、こうなることは簡単に予想できただろうとも思った。もっとひどいことにだってなりえたのだ。あんな不良たちにのこのこと近づいて声をかけた水島の態度も大いに疑問ではあった。

「悪い子供、いる。それ、警察のこと。声かける、危ない。叱る、危ない」

「そうですよね。夜、場違いに出歩いている子供がいたら、大人は声をかけてあげましょう、なーんて、まあ、綺麗事としてはわかりますけど、でも、そんなリスク、おかせませんよねえ。僕、この前、子供生まれたんですよ。パパですよ。守るべき自分の子供がいるんです。見も知らない子供のために、いちいち、注意なんてしませんよ。それが正しい大人の在り方だっていうなら、僕は正しい大人になんてなれないです」

意外な答えだった。だったら、何をしていたのか。ジョアンは水島を見た。ジョアンの気持ちを察したように、水島が口を開いた。

「あのタンパツのチャパツいたでしょ？」

意味がわからずに見返したジョアンに、水島は、ああと呟いた。

「タンパツ、ショートヘアー」と言って、髪の毛を撫でつけるように手を頭にやり、「チャパツ、ブラウンヘアー」と髪を指した。

一番年下の少年のことだとわかった。ジョアンは頷いた。

「あれ、前にスワンズにいたんですよ。小学校三年生から、六年生まで。すっごい下手でしたけどね。練習では楽しそうにやってて。ムードメーカーってわかりますかね。周りを笑わせて、盛り上げる、明るい、いい子だったんです」

すべてはわからなかったが、水島が小さいころのあの少年をほめていることぐらいはジョアンにもわかった。

「変わった。どうして？」

「どうしてなんでしょうねえ。本人のハートが変わっちゃったのか、学校で悪い仲間に出会ったのか、家庭で何かあったのか。わかりません」

ジョアンは頷いた。子供は小さなことにも大きな影響を受ける。小学生時代の性格のまま大きくなるほうがどうかしている。

ああ、と気づいて、ジョアンは聞いた。

「その子、助けた？」

いえいえ、助けたなんて話じゃないんですけどね、と水島は笑った。

「正しい大人にはなれなくても、でも、やっぱりいい大人にはなりたいなと思うんですよ。だから、リスクをおかせないなら、時間をかけようって、そう思っているんです。僕はあそこにいた他の子供たちには声をかけられない。でも、あの子にになら声をかけられる。僕にはあの子に声をかける理由があるし、あの子には僕の声を聞く理由がある。僕は小学校三年生から六年生まで、ほとんど毎週日曜日、あの子とボールを蹴っていました。それは十分じゃないかもしれないけれど、でも、きちんと時間をかけたんです。だから、通じたんです」

最後の言葉の意味がわからず、ジョアンは水島を見た。

「んんん」とジョアンは声を上げた。「通じた？」

「ええ、通じた」

「通じた？」

自分を指差し、次に水島を指差した。

「そう、通じた」と頷いて、水島が同じ仕草をした。

が、ジョアンには通じていなかった。あの少年と水島との間に何かが通じたという意味なのか。それならば、あの少年は水島を助ける行動に出たはずではないのか。通じたというのは、いったいどういう意味なのか。

「あれ？　見てなかったんですか？」

「見る。何、見る」

「手を出さなかったでしょ？　あいつ、仲間たちが僕をぼこぼこにするのを見ても、自分は手を出さなかった。一度も僕を殴らなかったし、蹴らなかった。あのとき、あいつは仲間であることをやめたんですよ」

「一緒、行った。まだ仲間」

「そうかもしれません。でも仲間じゃない時間を作った。悪ぶっているあいつを見かけて、今度は監督が声をかけるかもしれない。次はウキタコーチが声をかけるかもしれない。次はシラハタコーチがかけるかもしれない。コーチたちはみんなスワンズのOBです。この近くに住んでいる人も多いし、少なくとも縁のある人たちです。コーチだけじゃない。あいつと同じ時期にチームにいた子たちのお父さんもいるんです。そういう大人たちがあいつを見ている。別に注意したり、叱ったりしなくていいんです。よう、元気でやってるか。そう肩を叩いてくれる大人がいれば、あいつはそうそう悪いことはできない。そう思うんです。そういう大人の一人にならなら、僕だってなれると思うんです」

　水島の話はだいたい理解できた。それは日本人にはよくある考え方なのか、水島独自の考え方なのか、ジョアンにはわからなかった。ただ、素直に感想を述べた。

「ミズシマさん、偉い」

　偉くないですよー、と水島は笑った。

「だって、ジョアンさんだって、そうでしょ?」

「私?」

「練習、よくきてくれますよね。これから五年、六年経って、ユウマとか、ショウとか、ハルカとかが、この町で行儀の悪いことをしてたら、そういうのを見かけたら、叱るでしょ? お前、何をやってるんだって。いや、叱らなくても、声ぐらいはかけるでしょ?」

練習によく行くのは、練習場所の小学校が、リキ一人で行かせるには、少し遠いからだ。それに、五年、六年も先に、自分はここにはいない。

ジョアンはそう言いかけ、やめた。その代わりに想像してみた。

五年、六年も先、もしこの町に自分がいたら、そしてあまりよくない風になっている彼らを見かけたら、どうするだろう?

ユウマ、ショウ、ハルカと水島は例に挙げたが、ジョアンにとっては、ユキナリやソウタやダイゴのほうが親近感があった。最初にスワンズに入ったとき、リキに声をかけてくれたのがユキナリだった。リフティングも一緒にやろうと誘ってくれて、今、二人とも少しずつ数を増やしている。ソウタはリキと同じくらいボールを扱うのが下手だから、いつもパスの練習を一緒にやっている。ダイゴは通っている小学校は違うが、リキが学校に友達がいないことを知っていて、よく自分の家に遊びにくるよう誘ってくれる。

不良になった五、六年後の彼らの姿を想像して、ジョアンは思わず、うふふと笑ってしまった。

「何です?」と水島が聞いた。

「ユキナリくん、ソウタくん、ダイゴくん。悪い子、考えた」

「え?」

「ユキナリくん、ソウタくん、ダイゴくん」とジョアンは言い、アスファルトに座ったまま、両手の親指をジーンズのポケットにひっかけ、ちょっと肩を怒らせた。「悪い子」

「ああ」

「おかしい」

「確かに」と水島は笑った。「あいつらが不良になった姿って、ちょっとイメージしにくいですよね」

そう言われてまた想像してしまい、ジョアンはぶっと噴き出した。

「いや、でもわかりませんよ。そういうのって、わからないんですよ、本当に。意外な子がぐれちゃったりしますからね。あ、ぐれるってわかんないですよね。悪くなることです。バッドボーイになること。リキだって、わかんないですよ」

「リキ? リキ、バッドボーイ?」

「ああ、いや、可能性って話です。でも、大丈夫ですよ。私もいますし、みんなもいます。そう簡単にバッドボーイにはさせませんよ」

リキがこの町で育ったら、どんな少年時代をすごし、どんな大人になるのだろう。そう想像した自分に少し驚いた。

「あ」と水島が言った。

彼らが戻ってきたのかと思って周囲を見回したが、そんなことはなかった。気配に目を戻すと、水島が体を起こしていた。

「シャーベット、忘れてました」と言って、水島が立ち上がり、お尻を手で払った。「買ってこいって、命令が下ったんです。妻から。ほら、赤ん坊がいるから、自分は出られないんで。乳製品は避けてるから、シャーベットがいいらしいんです」

よくわからなかったが、水島が妻のために買い物にきたことだけはわかった。

「じゃ、僕、行きますね」

水島は店の中に入っていった。ジョアンは何となくその場に座ったままでいた。二、三分ほどで水島は出てきた。そして、まだそこにいたジョアンに声をかけた。

「ありがとうございました。助かりました。ジョアンさんも、もう帰ったほうがいいですよ」

ジョアンは手を挙げて応え、腰を上げた。それを確認すると、水島は小走りに駆けていった。ジョアンはその背中を見送った。

傷を作ってコンビニから帰ってきた夫を、水島の妻はどんな風に迎えるのだろう。その傷がついたいきさつをどんな顔で聞くのだろう。聞き終えたあとはどうするのだろう。無理をしないでと叱るのか、よくやったと額にキスをするのか。ジョアンは、その夫婦の傍《かたわ》らで、すやすやと眠る赤ん坊の寝顔を想像した。

それは、これまでにあまり馴染みのない感覚だった。

アパートまでの道のりを歩きながら、ジョアンは遠くない場所で眠っているはずのユキナリの寝顔を想像し、ソウタの寝顔を想像し、ダイゴの寝顔を想像した。

自然と足取りが速くなった。

夕食を取ったあと、出勤する母親を見送り、一人でシャワーを浴び、一人で歯磨きをして、一人でベッドに入った息子が、やはりこの町で今、眠っている。早く帰って、そっと頭を撫で、その額にキスをしてやりたかった。

「じゃ、三年生は今日は上がりで。おい、四年。親子対決やるぞー。四年生のお父さん方、入ってください」

水島に言われて、グラウンドの脇で練習を見ていた父親たちが動き出す。代わりに、今まで親子サッカーをしていた三年生の子供たちとその父親たちがフィールドから出てくる。ジョアンは動かず、何となくフィールドを眺めていた。入っていったのは、ユキナリとショウとソウタとユウマのお父さんだ。

「ジョアンさん、どうです？」

水島が言い、ジョアンは軽く手を広げて、自分の格好を示した。ボタンダウンの白いシャツに普通のスラックス。足は革靴だ。練習を見にくるときには、だいたいそういう格好をしてくるように心がけている。練習の手伝いを求められないようにだ。日本にきてまで、フッチボウをさせられるのはごめんだった。

「ま、そう言わずに。軽くでいいので」

水島が近寄ってきて、ジョアンの腕を取った。水島がそこまでするのは珍しい。他のお父さんたちも意外に思ったようだ。こちらを見ていた。反論しようと思ったが、うまく言葉が浮かばなかった。フィールドの中では、リキが手招きをしている。

水島に手を引かれるまま、ジョアンはフィールドに向けて歩き出した。途端に、ちょっとしたざわめきが起こる。周囲を見ると、帰り支度を始めていた三年生とその保護者も、興味深そうにフィールドの近くに戻ってきた。他の学年の子供も、保護者も、こちらを見ている。

頬が火照《ほて》るのを感じた。

いつもそうだ。人一倍、体が大きく、見栄えのするジョアンがピッチに立つと、みんなが視線を向けてきた。かなりやりそうだが、どれだけできるのか。華麗で、力強いプレイを期待する目だ。始まって五分もすれば、その視線から熱がなくなるのは知っている。けれど、その五分がジョアンには耐えがたい時間だった。

「ジョアンさんとやるの、初めてっすよね。どっち行きます？」

ユウマのお父さんが近づいてきた。前をやるのか、後ろをやるかを指で聞く。

来週から始まる市大会を見越して、子供にゲーム感覚をつかませるための親子サッカーだ。だったら、子供に多くボールを持たせるだろう。大人チームはディフェンスが仕事になる。

ジョアンは前を指した。

「いい？」

「もちろんです。点、取ってきてください」

ユウマのお父さんはそう言って、自分はディフェンスの場所に下がった。

「おーい、いいかあ？」

水島の声に目をやると、センターサークルの中でユウマとショウとハルカが顔を寄せて話し合っている。ゲーム前の作戦会議のようだ。何か企みがあるのだろうか。そんなことをしているのを見るのは初めてだった。

「オッケーです」

叫んだショウがセンターサークルを離れ、ハルカがボールを蹴り出して、ゲームが始まった。

　ユウマがドリブルを始めるのを見て、ジョアンはその前をふさいだ。右足の動きに合わせて左足を出した途端、股を抜かれた。すぐに振り返り、ドリブルを続けるユウマに体を寄せる。体格差を考えると、さすがに体をぶつけることはできなかった。並走すれば外に逃げるだろうとジョアンは思ったのだが、ユウマは強引に中に向かい、ゴールに迫ろうとした。体がぶつかり、ユウマが転ぶ。

「ああ、ごめんなさい」

　手を差し出そうとしたジョアンに背後から声がかかった。

「ノーファウルっすよ。ほら、ユウマ、立て」

　確かにファウルではないとジョアンにも思えた。ユウマも素早く立ち上がり、ジョアンからボールを奪おうと足を出す。咄嗟に足の裏でボールを引き、ユウマとの間に体を入れた。右手にフリーでいるソウタのお父さんを見つけ、パスを出す。

　おお、という声がフィールドの外から湧いた。そちらに目を向けたが、何のつもりで発したのかわからなかった。ソウタのお父さんがライン際を走り出したユキナリのお父さんにパスを出す。ユキナリのお父さんがドリブルで前に運ぶ。フォワードとしては、どう考えてもゴール前に走り込むしかない状況だったので、ジョアンはそうした。ユキナリのお父さんがセンタリングを上げる。精度は悪いが、子供たちのディフェンスも甘い。右手からリキが走り込んでくるのを目の端にとらえながら、ジョアンはスピードを上げてボールに追いつき、胸で一度トラップした。リキをかわすために体を左回りに回転させて、ボールを前に押し出す。それだけでリキは置き去りにできた。もうキーパーと一対一だ。ゴールの真ん中で硬く構えているダイゴを見て、ゴールの右隅にアウトサイドで緩いボールを蹴った。グラウンダーのボールがゴールに吸い込まれる。

おお、というどよめきはさっきより大きかった。フィールドの外から拍手が湧き起こる。気づくとほとんどの子供と保護者とが親子サッカーを見物していた。

「やっぱりうまいですね」

自陣へと戻りながら、ユキナリのお父さんが言った。

「ブラジルの人だから、うまいだろうと思ってはいたんですけど、いやあ、やっぱりうまいです」

うまいわけがない。うまければ、あのボールは前に落として、右からくるリキを半身《はんみ》で押さえながら左足でシュートしている。リキに怪我をさせたくなかったというのもあるが、できないと思ったから、あんな間が抜けたシュートになったのだ。

そう言いたかったが、言い方がわからなかった。

「ナイスシューです」

ソウタのお父さんも言い、ショウのお父さんも手を叩いている。

「わかったろ? 股抜くぐらいじゃ、ちゃんとしたディフェンスはついてくるんだよ」

ユウマのお父さんがユウマにそう言っていた。

「そのあとを早くしろ。ジョアンさんを抜けたら、普通の四年生に負けることはないから」

ユウマは、うん、うんと頷いている。それを確認して、ユウマのお父さんがジョアンに親指を立てた。

「ナイスゴールっす。ユキパパも、ナイスアシストっすよ」

「最近、ユキナリとちょっとボールを蹴ったりしてるものですから」

照れるほどのプレイではないはずだったが、ユキナリのお父さんは照れていた。視線を感じて振り返ると、リキがちょっと得意そうな顔でジョアンを見ていた。リキが頷いたので、ジョアンも頷き返した。

「ジョアンさん、子供の練習ですので、ちょっと抑え気味でお願いします」

水島がそう言った。

どうやら本当に、自分はうまいプレイヤーだと認識されたらしい。

そう理解できるまでに、しばらく時間が必要だった。ブラジルの友人が聞いたら噴き出すだろう。けれどここは日本だ。確かに、普通の日本人の大人より、自分は多くボールを蹴っているだろうし、多くの試合を見ているだろうし、多くのうまいプレイを見知っているだろう。

「ジョアンさん、もう一点、いっちゃいましょうか」

ユキナリのお父さんが近づいてきて、小声で言った。

「聞こえてますよ」と水島が笑う。

その笑顔からするなら、もう一点、取りにいっても問題はなさそうだった。目をやると、ユウマとショウとハルカはボールを足下に置いて、また作戦会議をしていた。

「ユキパパさん、足」と言って、ジョアンは軸足を踏み込む仕草をした。「ボール、こっち蹴る。足、こっち。ボール蹴ると同じ」

「あ、ああ。ボールを蹴る方向に軸足を向けるって、ええと、こう、ですか?」

「そう。いい。それ、正しい、いいパス」

「なるほど。ボールが逸れるのは、蹴る足じゃなくて軸足の問題ですか」

「ユキパパさん、いいウィング」

「ユキパパでいいですよ。さんはおかしいです」

「ユキパパ」

「ええ」

「オッケーです」とまたショウが言い、センターサークルを離れた。

「じゃ、リキパパ、もう一点、いきましょう」

ぽんと背中を叩かれた。

ハルカがまた前にボールを出す。受けたユウマは今度はドリブルせずに、すぐにショウにパスを出した。

ジョアンの視界には不器用にボールを操る子供たちがいて、それを見守る父親たちがいた。

自分が何者であるのか。自分の居場所がどこにあるのか。それを探し続けるのもいい。けれど、居場所をここと決めてしまうことで、何者かになれるときもあるのかもしれない。

真っ白なシャツの胸に、さっきトラップしたボールの跡が残っていた。ジョアンは指先で汚れをはたくと、攻めてくる子供たちを待ち構えた。

# 5　ショウ

坂道を上りながら、こんなナゾナゾを思いついた。

毎日、大勢の人が集まるのに、交通の便が悪くても構わない場所って、どーこだ？

答え。小学校。

最寄りの駅から歩き続けてもう二十分。この長い坂を上りきった先にようやく目的地の小学校がある。周囲は古い住宅街でコインパーキングはない。バスも本数が少ない上に、最寄りのバス停は小学校まで徒歩十分以上の場所にある。それなら駅から歩いたほうが早いだろうということで、保護者たちの意見も一致した。市大会の予選ブロックは三週に分けて、同じ会場で行われる。だから、今日を含めて三回、私たちはこの坂を上り下りすることになる。

忌々《いまいま》しさに舌打ちしそうになったときだ。

「おはようございます」

背後から元気のいい声がかけられた。私が振り返るより先に、同じ調子の声が次々と私の右を通りすぎていく。

「ああ、おはよう。おはよう。おはよう」

相づちを打つように挨拶を返していく私に頭を下げながら、赤いユニフォームを着た子供たちがずんずんと坂を上っていった。

『館川《たちかわ》ルークス』

ユニフォームにはそう書いてある。

「同じ会場ですよね？」

私と同じように挨拶を返したあと、少し後ろを歩いていたヒロパパが近づいてきた。

「ええ。同じ予選グループのチームです」

「あれで四年生ですか。大きいですねえ。何か、動きもきびきびしていませんか？」

ヒロパパが感嘆したような声を上げた。普段の練習には顔を出さないのだが、大会ということで、今日は応援にきたようだ。すぐ後ろには奥さんとヒロのお兄さんもいた。

練習を手伝わないのは構わない。家庭や仕事の事情もあるだろうし、ボランティアで動くチームを標榜《ひょうぼう》する以上、自主性のない人を咎めても仕方がない。それでも試合のときだけふらりとやってきて、無邪気に他のチームをほめるようなことを言われると、かちんとはくる。

「あれでも二軍ですよ」と私は言った。

「二軍って？」

「ルークスは各学年、三軍までいると聞いたことがあります。四十人を上限に募集して、毎年、上限まで集まるらしいです。背番号からすると、今のはたぶん、二軍です」

通りすぎていった背番号は十番台半ばから二十番台だった。予選なら二軍で十分ということなのだろう。

「はあ、すごいですねえ。うちとはやっている種目が違うみたいな感じですね」

ろくに練習に顔を出さないくせに、「うち」と言われたことにまたかちんとくる。まして や「やっている種目が違う」などと言われる筋合いもないと思う。ヒロパパが休日を満喫しているときにだって、練習を見てくれている監督やコーチがいて、それを手伝っている保護者たちがいるのだ。

「ま、十点差以内だったらほめてやりましょう」と私は言った。

背後から奥さんが声をかけたのを機に、私は足を速めて、ヒロパパから離れた。

市大会は八つのグループに分かれて、一グループ六チームの総当たり戦が行われる。グループごとに上位二チーム、計十六チームが決勝トーナメントに進む。そこでの上位四チームはさらに上の県大会に出場する。県大会まで考えれば、年をまたいだ長丁場になるのだが、スワンズにそんなことを気にかけている関係者はいない。このグループリーグが終わる十月で、今年の公式戦は終わりになるだろう。

ヒロパパから逃げるように足を速めた結果、ユキパパに追いついた。何か声をかけてくるのかと思った私が何も言わなかったからだろう。少し歩いたあと、ユキパパが口を開いた。

「対戦表、ご覧になりましたか？　ついてないですよね。初戦から花岡《はなおか》キッカーズですから」

「そうですね」と私は苦笑した。

「しかも最終戦が、ルークスでしょう？」

花岡キッカーズは近くの地区のチームなので、よく知っている。もともと中堅どころのチームだったのだが、やり手のコーチが入って、急に力をつけた。スワンズが勝てるのは、歴史の長さぐらいだろう。ルークスに至っては、市内最強の呼び声の高いチームだ。実際に目にするのは今回が初めてだが、その強さは噂《うわさ》に聞いたことがある。嫌な始まり方で、最悪の終わり方だと言える。

「トラウマにならないといいですけど」とユキパパは言った。

「そこは大丈夫でしょう。打たれ強さだけは、他のチームよりありますから」

私が言うと、ユキパパは笑った。

「打たれ強いのか、打たれ鈍いのか、よくわからないですけどね。うちのなんか、試合で負けてもけろっとしてますけど、ショウはどうです？」

「うちのも応えてないですね」

坂の上を見ると、私たちの前にまだ何人かの保護者が歩いていて、さらにその先を子供たちが歩いている。今日は大会ということで、みんな黒襟に白地のユニフォームを着ている。道幅を目いっぱい使って、うきゃうきゃと歩いているスワンズの子供たちの脇を、ルークスの子供たちが真っ直ぐに追い抜いていった。やっている種目が違うというより、もはや動物としての種が違うといった感じだ。さしずめ子ザルと警察犬か。

携帯が鳴り、私はユキパパに軽く目礼してから少し距離を取って、携帯を耳に当てた。

「帰ってきた」

私が何かを言う前に、妻がため息とともに言った。耳から携帯を離して、時間を確認した。九時すぎだった。十六時間ぶりに十六歳の娘の所在がつかめた。

「今は？」

「部屋で寝てる。帰ってきて、すぐに寝たわ」

「飲んでたのか？」

「アルコールの臭《にお》いはしなかった」

だからと言って、飲んでいないとは限らない。昨晩飲んで、もう醒《さ》めているだけなのかもしれない。

「ああ、匂いって言えば……」

「何だ？」

煙草かと思ったが、違った。少しためらい、妻は言った。

「シャンプー」

「シャンプー？」

「私の脇を通りすぎたとき、香水の匂いじゃなくて、知らないシャンプーの匂いがした」

優樹菜《ゆきな》は昨晩、うちじゃないどこかで香水の匂いを落とし、シャンプーを使った。妻はそう言っているのだと気づいた。

「あいつ……」

避妊って知っているのか？

そう聞きかけて、言葉を呑んだ。他の保護者に聞かれたくなかったからだが、考えてみれば、意味のない質問だった。知っていればそれでいいというものでもない。

「ごめん。電話で言うことじゃなかったね」と妻が言った。

「いや」と私は口ごもった。

男親としてのショックがじわりと湧いてきたのは、そのあとだった。優樹菜がまだ赤ん坊のころ、私は仕事から帰ると、真っ直ぐにベッドの脇に行って、寝ている優樹菜の姿を眺めたものだった。一緒に風呂に入っていたのは、何歳までだっただろう。足の裏を洗ってやると、いつも大げさにきゃあきゃあと笑った。昨日の晩、あの優樹菜をどこかの誰かが女として扱った。いや、女として扱ったのならまだいい。人形として扱われた可能性もある。優樹菜は昨晩、何の対象になったのだろう。愛情か、欲望か。相手は同じ年ごろの少年だろうか。

一度きつく目を閉じて、右手から左手へと携帯を持ちかえた。すべては想像だ。昨晩、何があったのか、私にも妻にもわかりはしない。自分にそう言い聞かせた。

「飯は？」

「食べなかった。お腹がすいてないから寝たのか、お腹がすいているけど寝たのかはわからないけど」

妻の声が疲れていた。優樹菜が家を空けるのは、初めてのことではない。最初のときは、私は町に捜しに出かけ、妻は心当たりに片っ端から連絡した。妻が知る優樹菜の友人たちが、とうに優樹菜の友人でなくなっていたのを知ったのは、そのときだ。何人かは親身になって優樹菜を心配し、私たちを気遣ってくれた。が、彼女たちは、今の優樹菜や優樹菜の仲間のことをほとんど知らなかった。

「でも、事件に巻き込まれたとか、そういうことではないと思います」

一人の子は、少し申し訳なさそうに、妻に言ったそうだ。

優樹菜が今、つき合っているのは、そういう人たちだから、と。

「そういう人たちって？」と私は聞いた。

「私もそう聞いた」と妻は言った。「夜行性の人たち、って、その子は言ってた」

ははっ、と乾いた笑い声が漏れた。他人事《ひとごと》のような笑い方だったと思い、言い訳を考えたが、妻に私を責める気配はなかった。困ったような表情で私を見ただけだった。

最初はひっそりと、やがて明らかに、優樹菜は夜行性動物に姿を変えていった。

心配しても仕方がない。

今では私たちはそう言い合っている。それでも、やはり心配なのだろう。優樹菜が家を空けた夜は、妻は必ずその帰りを待っていた。ふと目を覚ますとベッドに妻の姿はなく、リビングに下りていくと、撮りためた昔のビデオの編集なんかをしている。

寝ろよ。

水を飲んで、妻にそう声をかける私自身、優樹菜のいない夜は眠りが浅い。

歩く速度が落ちていた私をヒロの家族が追い抜いていった。ヒロパパ、奥さん、それにヒロの兄。何を話しているのか、三人で言葉を交わしている。はしゃいでいるわけではないが、坂道を上る三人の足取りは軽かった。

「こっち、くるか?」

ついにその場で立ち止まって、私は妻に言った。

眠れるならいい。が、また出ていくかもしれない優樹菜を心配して、どうせ眠れはしないだろう。

「いい天気だぞ。気持ちのいい日だ」

空を仰いだ。ため息が出そうなほどの青空だった。

「今日は二試合だっけ？」

「ああ。十時と十一時二十分」

十五分ハーフで、インターバルが五分。十二時前には終わる。そのまま帰れば、一時すぎには家に戻れるだろう。夜行性動物は、まだきっと寝ている。似たような計算はしたはずだが、妻は誘いに乗らなかった。

「やっぱり、やめとくわ」

「そうか」

「ちゃんと応援してきて。負けても叱らないであげて」

「負けて叱ったことなんてないよ」と私は言った。

やる気を見せなかったこと、全力で走らなかったこと、目の前のボールを取りに行かなかったことを叱っている。それが毎度だから、毎度叱ることになる。毎度負けるものだから、負けたから叱っているように見える。

「翔《しょう》が言ったのか？　負けたら叱られるって？」

「言わないわよ。でも、お父さん、試合があった日は、いつも翔を叱ってるから」

「負けて叱ってるわけじゃない。それは翔もわかってるよ」

「なら、いいけど。お昼はどうする？」

「帰るよ」

「チャーハンでいい？」

「ああ」

私たちは電話を切った。再び歩き出すと、たまたまそこにいたユウマパパの横に並ぶことになった。ジャージの下に審判服が見える。市大会に参加するチームは、審判の有資格者を帯同することを求められる。主審と二人の副審は、同じグループリーグを戦う別のチームが分担する。監督やコーチが審判を務めるチームもあるにはあるが、多くのチームでは保護者が資格を取って審判をしている。指導者は試合に集中してほしいということなのだろう。スワンズでも保護者が審判を務めるが、理由は単にそこまで監督やコーチにやらせるのは申し訳ないからだ。うちの学年では、私とユウマパパが審判資格を取っていた。今日は二ゲームで副審が割り当てられていたが、一人でできるというユウマパパの言葉に甘えて、私は審判の用意はしてこなかった。

「ユウマは試合に負けたあとって、どうなんです？」とユキパパとの会話の流れで私は聞いた。「落ち込んだりするんですか？」

「いやいや、ちーっともないっすね。まだそういうレベルじゃないんすよ」

高校の部活までしかサッカーをしていない私でも物足りなく思うのだ。プロまで行ったユウマパパが、チームに満足しているはずがない。ましてやあれだけボールを蹴れるユウマだ。不満は溜《た》まっているはずだが、ユウマパパからそんな気配は感じられなかった。以前からずっと聞きたかったことを思い切って聞いてみた。

「もっと強いクラブチームに移籍とかは考えないんですか？」

「ああ、いや、ユウマがスワンズを気に入ってるんで」と言ったユウマパパは、何かを思い出したようにちょっと笑った。「それに、自分も楽しんでますし」

「ユウマパパも。ああ、そうですか」

とても本音とは考えにくかったが、それ以上重ねて聞くのもおかしなものだった。

坂を上りきって、さらにしばらく歩くと、試合会場になっている小学校についた。グラウンドの準備はすでに終わっており、フィールドを取り囲むスペースに、各チームの居場所が割り当てられている。スワンズの場所はプールを囲むフェンスの脇だった。『牧原スワンズ』と書かれた紙が貼《は》ってある前に、持ってきたブルーシートを敷き、荷物を載せる。他のチームも続々とやってきた。スワンズの子供たちは荷物を放り出すと、のぼり棒の周りに集まって遊び始めた。他のチームがミーティングを始めたのとは対照的だ。目で捜したが、監督と水島コーチの姿はまだない。スワンズの子供たちの遠慮ない笑い声が校庭に響き、さすがに私は注意をしに行った。

「ほら、使用禁止。書いてあるだろ」

これはどこの学校へ行っても同じだ。うんていや鉄棒にもその紙が貼られている。

「だいたい、何しにきたんだよ。遊びにきたわけじゃないだろ」

オトナなゴイケンー、と誰かが言い、一斉に笑い声が起こる。

こういうとき、誰に言っていいのかわからないのが、スワンズの困ったところだ。キャプテンシーのある子がいない。小学校から高校までサッカーをやっていた私の経験からするなら、子供のキャプテンシーは指導者が育ててやるものだと思う。が、スワンズの監督やコーチにそういう意識はないようだ。チームを代表する子供がいないのだから、私としては翔に言うしかなくなる。

「遊びたいならそこらの公園に行ってこい。すぐに試合だろ。もっと緊張感を持てよ。勝ち負け以前の問題だ。お前、まだ靴も履き替えていないじゃないか」

「ああ、うん」と翔が頷いた。

スパイクに履き替えてないのは翔だけではなかった。翔が促すようにみんなを見ると、子供たちは荷物を置いたほうへ歩き出した。殊勝にしていたのは数歩の間だけだ。すぐに誰かが誰かを小突き、誰かが私にはわからないギャグを言い、けらけらと笑い声が上がる。

「早く行けよ。本部挨拶も、終わってないだろ?」

ついに怒鳴りつけた私の言葉に押されるように、子供たちは走り出した。子供たちがブルーシートのところに戻ったとき、ちょうど監督と水島コーチがやってきた。子ザルたちも監督の前では少しだけ行儀がよくなる。身支度を整えると、フィールドの脇に立てられた本部テントに駆けていった。本部テントには長机とパイプ椅子があり、このグループリーグの運営をしてくれている幹事チーム、澤北《さわきた》ドラゴンズの保護者たちがいる。

「牧原スワンズです。今日一日、よろしくお願いします」

ユウマの声が聞こえた。子供たちが一斉に礼をして、幹事チームの保護者たちが拍手で応える。どこのチームもだいたい同じような挨拶をするのだが、スワンズの挨拶は、他のチームよりだらしなく見えてしまう。挨拶を終えた子供たちが監督と水島コーチのもとに戻った。保護者も何となく近くに集まる。私ものぼり棒を離れて、そちらに歩いていった。

「今日も休まずに、よくきてくれました」

監督がニコニコと言っていた。試合前の厳しさは感じられない。

「十時から第一試合ですね。じきにゴールが使えるでしょう。それまでに体をあっためておいてください」

はい、と元気な返事が子供たちから返ってくる。

「よーし、それじゃ、今日の先発を発表するぞー」

水島コーチが言い、子供たちがきょとんとする。

「一回、言ってみたかっただけ」

子供も保護者も笑い出し、私も仕方なく苦笑した。子供の球蹴りだ。勝利至上主義がいいとは思わないが、試合のときまでこうも緩いのはやっぱり考え物だと思う。

「邪魔にならないようにアップして。今日は、そうだな、ヒロ、お前、キャプテンな」

「えー、俺ー？」

声を上げたヒロと同じくらいには私も不満だった。キャプテンシーが育たない理由の一つがこれだ。スワンズにはキャプテンがいない。試合があるときだけ、日替わりでキャプテンを決める。その場当たり的な態度はスワンズを象徴しているように思える。本気で翔にサッカーをやらせるつもりなら、とうに別のチームに移籍させているだろう。が、あと一年と思えば、移るのも手間なだけだ。

サッカーは五年の夏休みまで。それが終わったら受験に専念する。翔にも言い渡してある。不服そうだが、球蹴りと中学受験。どちらが翔のその先の人生につながっているのかは、考えるまでもない。ほしいものを与えるのが親の仕事ではない。必要なものを与えるのが親の仕事だ。

軽いアップのあと、第一試合の二チームにフィールドが開放された。それぞれ半面を使い、スワンズと花岡キッカーズが練習を始める。水島コーチとユウマパパが球出しをし、ダイゴがゴールキーパーをして、他の子供たちがシュートしていく。期せずして花岡キッカーズも同じ練習をしていた。目で数えてみると、メンバーは十三人。二人のコーチが出す球をテンポよく次々に蹴っていく。

「なかなか上手ですね」

近くで見ていたソウタパパが言い、私は頷いた。きちんと蹴れているのは二人に一人くらいだし、蹴れている子のレベルは翔とさほど変わらない。が、蹴れていない子のレベルがスワンズとは違う。

「うちみたいなのはいないですね」

ソウタパパが苦笑する通り、ソウタやリキほどボールを蹴れない子はいないようだ。基礎をきちんと教えているのだろう。

「すいません、いつも足を引っ張ってしまって」

「よしてください。ソウタがいなかったら、そもそも八人揃わないんですから」

言ってすぐ、これではまるで「ただの人数合わせ」と言っているように受け取られそうな気がした。が、私が上手に言い繕《つくろ》う前に、バシッという小気味いい音がして、少し離れた一角から小さなどよめきが起こった。見やると、ユウマがシュートをしたところだった。どよめきが起こったのは、花岡キッカーズの保護者がいる一角なのだろう。試合前の練習では自分のチームより敵のチームが気になるのは、あちらも同じのようだ。

十分弱で練習時間は終わり、ラインが引き直される。本部テントの左右にベンチが置かれ、それぞれの監督とコーチが自チームの子供たちに最後の注意を与える。こういうときスワンズの監督やコーチが何を言うのか、きちんと聞いたことはないが、おおよその想像はつく。みんなで仲良く、元気に、怪我に気をつけて、楽しんできてください。そんなところだろう。

やがて主審の笛で集合がかけられ、両チームが主審と二人の副審に続いて入場してくる。両チームの保護者たちは、ベンチとは反対のサイドに、ハーフラインを挟むようにして陣取る。子供たちがセンターサークル付近で一列に並び、まず本部テントとベンチがあるほうへ一礼。振り返り、応援する保護者に向けて一礼。保護者たちから声が上がる。

「しっかりやれよー」と私も手を叩いた。

コイントスで陣地を決めると、相手のキャプテンとヒロが握手を交わし、各陣地に分かれる。スワンズの子たちがすぐにポジションに散らばったのに対して、花岡キッカーズの子たちは円陣を組んで、声を上げた。

「絶対勝つぞー」

「おー」

スワンズにそういった儀式はない。

「ああいうの、ないですよね。やればいいと思うんですけど」と隣でユキパパが言った。

「まあ、そういうチームじゃないですからね」と私は苦笑した。「形だけやっても、意味がないでしょう」

主審の笛が鳴り、私は腕時計のタイマーを動かした。ハルカちゃんがボールを蹴り出し、受けたユウマが軽くドリブルをする。

「ん？」

隣でユキパパが怪訝そうな声を上げた。理由は私にもわかった。左右のウィングが相手の裏のスペースを狙っている。右が翔。左がユキナリだ。

「何でしょう？　聞いてます？」とユキパパが言った。

「いや。生意気に作戦でも立てたんですかね」

花岡キッカーズの子がユウマのドリブルを止めようと近づいていく。軽く切り返して、ユウマが右サイドに大きくボールを蹴り出した。

「ナイス」

ユキパパと私の声が重なった。これまでの試合では見せたことのない大きな展開だった。右のウィングが走ってボールを押さえ、中央に折り返す。走り込んだフォワードがゴール前で合わせる。そうなるはずだった。ウィングにボールをコントロールする力があれば。

声を上げたユキパパと私は、すぐにため息をつくことになった。翔は追いつきはしたが、コントロールができず、ボールはラインを割り、相手のスローインとなった。悪い、というように、ユウマが手を挙げる。気にするな、というように翔が手を挙げ返す。もちろん、悪いのはユウマではない。

「翔、一歩目が遅い」と私は声を上げた。「十分、間に合ったパスだろ」

翔はこちらをちらりと見ただけだった。

「ユウマくん、ボンパス」とジョアンさんがユウマに親指を上げた。

ナイス、ナイス、と他の保護者からも声がかかる。

が、ナイスと掛値なく言えたのは、このワンプレイだけだった。そのあとはいつものスワンズのサッカーに戻った。相手がボールを持つ。みんながボールのほうに集まる。一本パスが出る。受けた相手は完全にフリーだ。その相手に向かってまたみんなが寄っていく。寄せきる前にパスが出る。受けた相手はまたフリーだ。だいたい、二本か三本のパスでゴール前に迫れる。が、あまりにフリーすぎて力んでしまうのか、ゴール前の簡単な場面で、相手が続けざまに三本、シュートを外してくれた。

「ナイス、ダイゴ。いいプレッシャーだったぞ」

ユウマパパがそう言ったが、ダイゴが特にプレッシャーをかけていないのはわかっているはずだ。一対一の場面。パスを受けた花岡キッカーズの子が不十分な体勢で打ったシュートは、うまく足にヒットせず、右に逸れた。おそらく、キーパーが前に出てコースを消すより先にシュートしてしまおうと思ったのだろうが、買いかぶりすぎだ。ボールを持ち直して、十分なシュート体勢を作っても、ダイゴが立っている場所はきっと同じだった。

ダイゴのゴールキックがユウマには届かず、相手に渡る。近くの子だけではなく、遠くの子まで吸い寄せられるようにボールのほうに集まろうとする。ユウマがそうするのはわかる。他の子が行ったところで、ボールを奪える確率は低い。だったら、遠いところからでも自分が行くしかない。そう思うのだろう。

「翔」と私は声を上げた。「お前までボールに行ってどうするんだよ。次の展開を考えろよ」

お前は馬鹿か、という言葉はすんでのところで堪《こら》える。昨今の少年スポーツの現場では、指導者はもちろん、親の言葉遣いにもうるさく注文がつけられる。親がかけていいのは応援のポジティブな言葉だけ。罵倒《ばとう》するような言葉は決して発してはいけないことになっている。

ユウマがうまく体を入れてボールを奪い、すぐに前を向く。が、パスを出したいところに味方はいない。ヘイ、とパスを要求する声は出るが、その声を出しているヒロやリキはユウマのすぐ近くにいる。私の目には、むしろ邪魔をしているように見えるほどだ。ユウマが敵も味方もまとめて振り切るように大きくボールを蹴り出して、ドリブルを始める。せめてそのときに左右に開くなり、裏を狙うなりの動きがあればいいのだが、それもない。ドリブルするユウマを見ながら、同じ距離感のままでヘイ、ヘイとパスを要求するだけだ。

「翔」

焦《じ》れて私は声を上げた。ユウマがパスを出したいときには、まず翔を見る。スワンズの中でパスを受けられるのは翔しかいないからだ。次の選択肢はハルカちゃんになるのだろうが、ハルカちゃんはトラップがいまひとつ上手ではないし、かなり無理のある場所からでもダイレクトでシュートを打ちたがる。

今もユウマが翔を見た。それでようやく翔が前に走り始める。詰めてきたもう一人をかわして、ユウマがパスを出す。

「バ……」

カ、をどうにか口の中に呑み込んだ途端《とたん》、副審のフラッグが上がり、主審の笛が鳴った。

「オフサイドですか。惜しいですね」とユキパパが言った。

「翔」とまた私は声を上げた。「ちゃんとラインを見ろよ。完全にオフサイドじゃないか」

ほとんどスワンズのゴール側で試合が展開しているのだ。選手もフィールドのそちら半分に集まっている。ハーフラインから先でパスを待てば、ほぼオフサイドになる状況だ。

「少し考えろよ」

翔が私を見た。何か言いたげな顔をしたあと、すぐに視線を逸らす。むかっ腹の立つ仕草だった。

「何だ、あの野郎」と私は言った。

「まあ、まあ」とユキパパが笑い、自分の息子に声をかけた。「ユキナリ、もっと走って」

走ってるよ、と言いたげな顔でユキナリがこちらを見た。

「走ってないから言ってるんだろ」とユキパパが呆れた顔で呟いた。

その後、ダイゴのスーパーセーブがあったものの、偶然に助けられたのはそこまでだった。前半の十分に一点失い、その二分後にもう一点失った。前半はその二失点で何とか乗り切ったが、後半は五分刻みで一点ずつ失い、結局、五対ゼロで負けた。

「まあ、上出来ですかね」とユキパパが苦笑混じりに呟いた。

「もう二、三点取られてても文句を言えない展開でしたからね」と私は言った。

とはいえ、完敗だ。U－10の試合なのだから、相手は上級生ではない。同じ四年生だ。ひょっとしたら、三年生だって交じっていたのかもしれない。それなのに、スワンズの子たちに落ち込む様子はない。ふざけ合い、じゃれ合いながら、引きあげてくる。その様子にも腹が立つ。

「次は十一時二十分だな。他のチームの試合もちゃんと見ておけよ。そのうち当たるんだから」

あまり期待していない口調で水島コーチが言う。

「ちゃんと水を入れてくださいね。何か食べるなら、早めに。では次も頑張りましょう」

そう言った監督に、はいと返事をして、子供たちがブルーシートの上の自分の荷物に手を伸ばす。すぐにお菓子の交換が始まる。

「あ、水筒忘れた」とハルカちゃんが言った。

咄嗟に周囲を見たが、ハルカパパは今日はきていないようだった。

「珍しい。ヒロみたいだ」と翔が言い、「何だよ、それ」とヒロが翔を小突く。ダイゴがハルカちゃんに向けて自分の水筒を突き出した。

「ほれ」

「え？」

「水筒」

「あ、ありがと」

ハルカちゃんが水筒を受け取る。多くの子が使っているタイプで、ワンタッチで蓋《ふた》が開き、飲み口が出てくる仕様だ。ぱかっと蓋を開け、飲み口を見て、ハルカちゃんがちょっとためらった。が、すぐに飲み口に口をつけ、水筒を少し傾ける。さらに傾けてから、ハルカちゃんは姿勢を戻した。水筒を振り、ダイゴに向けて突き出す。

「何、これ」

「だから、水筒」

「空だよ」

「うん。水、あっち。入れてきて」

「はあ？　あんた、いつも水入れてないの？」

「だって、水入れて持ってきたら重いだろ」

「馬ッ鹿じゃない？」

「水筒を忘れたやつに言われたくない」

こいつ、絶対馬鹿だ、大馬鹿だと文句を言いながらもハルカちゃんはダイゴの水筒を持って水飲み場のほうへ歩いていった。

「あ、ルークス、始まりますね」

ソウタパパが言い、私はフィールドに目をやった。子供たちが入場してくるところだった。先頭に立って歩く副審の一人はユウマパパだ。相手はこのブロックの幹事チーム、澤北ドラゴンズ。いつもこの小学校で練習をしているのだろう。応援の保護者の数も多い。フェンスのところに『行くぞ！　澤北ドラゴンズ』と大きく書かれた横断幕が掲げられていた。他方でルークスの応援の保護者はあまり多くなかった。

子供たちが本部テントとベンチに向けて挨拶をする。振り返り、保護者に向けて礼をする。その間に、ベンチ同士も挨拶をする。通常、その場で相手のベンチに向けて軽い目礼をするのだが、ルークスの二人の若い指導者は、わざわざドラゴンズのベンチに向けて歩いていった。様子からするなら、どちらかが監督ではなく、二人ともコーチだろう。自分たちから手を出してドラゴンズの監督とコーチに握手を求める。

「ずいぶん丁寧だな」

ただの独り言だったが、たまたま隣にいた水島コーチが応じた。

「あのお行儀のよさは怖いですね」

「え？」

「あ、いえ」

答えをはぐらかすと、水島コーチはドラゴンズの保護者の背後に行った。そこでゲームを見るつもりらしい。スワンズの子供たちは案の定、ゲームに関心を示さず、うんていの向こうに集まって、何かを決めるためのじゃんけんをしていた。

コイントスで陣地を決めた両軍が左右に分かれた。

「行くぞー」

「おー」

ドラゴンズの円陣から上がった子供らしい甲高い声をかき消すように、ドスの利いた声が響いた。何事かとそちらを見ると、ウオォというやはりドスの利いた声が続いた。ルークスの円陣から発せられた声だった。円陣を解いたルークスの子供たちが大人びたハイタッチをかわしながらポジションに散らばっていく。トップ下についた子がディフェンスに向けて声で指示を出し、ディフェンスの二人の子が手の仕草で何かを確認し合っていた。笛はまだ鳴っていない。ボールはまだ動いていない。それなのに、フィールドでどちらが主役なのかはもう決まっていた。

私は歩いていって水島コーチの隣に立った。私にちらりと目を向け、水島コーチが囁《ささや》いた。

「ルークス、見参ってとこですね」

「二軍とはいえ、どこまでやるんですかね」

主審の笛が鳴り、ドラゴンズのキックオフでプレイが始まった。小柄な子がちょんと前に出すと、隣の子がいきなり大きくロングボールを蹴る。どのゲームでも最初にやるお約束のプレイなのかもしれない。ロングボールが蹴られるのと同時に小柄な子が駆け出していた。速い。ボールが落ちてくるのを待ち構える体の大きなルークスのディフェンスに、小柄なドラゴンズのフォワードが突っ込んでいった。そのスピードはルークスの子にとっても誤算だったようだ。ルークスの子がボールを収める前に、横からきたドラゴンズの子がボールをさらった。左サイドに向けてトラップして前を向き、ゴールに向けてボールを押し出す。まだ少し距離があるが、最初のプレイがチームに勢いをつけるということもある。シュートを狙ったその判断は間違いではなかっただろう。が、ドラゴンズの子が足を振り上げようとしたとき、さっきかわされたルークスのディフェンスが横から体をぶつけた。大きな子が多いルークスの中でも一際大きなそのディフェンスと、三年生かもしれないと思えるほど小柄なドラゴンズのフォワードとがぶつかったのだ。吹き飛ばされるようにドラゴンズの子が転がった。ルークスの子はボールを奪い、すぐに左サイドにパスを出す。受けた子がサイドライン沿いを走る。

「ファウルだろ」

「主審、見てないのかよ」

「今のプレイ、危ないですよね」

私たちの前にいたドラゴンズの保護者からそんな声が漏れた。

「どう思います？」と私は小声で聞いた。

「私なら吹きますけど、難しいとこですね」と水島コーチが小声で応じた。

私ならファウルは取らない場面だ。

「吹きますか？」と私は言った。

「両軍に体格差がありすぎます。あれを流すと、あとで困るかもしれない。吹きますね」

サッカーの競技規則はわずか十七条。そのうちファウルと不正行為に関しては、第十二条に極めてシンプルに記されているだけだ。チャージは「不用意に、無謀に、または、過剰な力で犯した」ときにファウルになるが、そうでないチャージはファウルではない。両者の間に明確に線を引くことは難しい。

サイドラインを走った子が、いったんボールを止める。その後ろをディフェンスの子がオーバーラップして走っていく。ボールを持った子が中に切り込むフェイントをかけて、自分を追い抜いたディフェンスにパスを出す。そちらのサイドで副審をしていたユウマパパがすかさずフラッグを上げた。主審が笛を吹き、「うっそ」とパスを出した子が声を出した。私の耳にまで届く声だった。当然、ユウマパパの耳にも届いただろう。が、ユウマパパはそちらには目もくれず、しっかりと旗を傾けて、オフサイドがあった場所を示した。

パスを出した子がユウマパパのその仕草を見ていた。

「タット。タイミング遅いぞ。もっと早く出してやれ」

ルークスのベンチから声が上がる。

「はい」とその子が返事を返した。

その後もルークスがボールを支配したが、点は入らなかった。技術的にはうまいのだが、気持ちにむらがあるのだろう。時間が進むにつれて、強引なシュートや独りよがりなパスが増えていく。

今も強引なドリブルがドラゴンズのディフェンスに止められた。一方的に攻めながら、勝手に攻めあぐねている感じだった。

「この辺りが二軍ってことですかね」

そのプレイを見て、水島コーチが呟いた。

ドリブルを止められたルークスの子が、すぐに追いすがり、ボールを取り返した。ドラゴンズの子が倒れたが、笛は鳴らない。

「それでも十分に強いですけどね」と私は言った。

最終日、このチームとスワンズとの対戦を想像すると、暗澹《あんたん》とした気分になった。

ボールを奪った子が、すぐにロングシュートを放つ。ボールはゴールの上を越えていった。それが前半最後のプレイだった。前半終了を告げる主審の笛とともに、前にいるドラゴンズの保護者からほっとしたような大きなため息が漏れる。

「このままじゃ終わらないでしょう。後半、どう立て直してきますかね」と私は言った。

「どうでしょうね」

おしゃべりな水島コーチらしくなかった。珍しくその一言だけで黙り込み、眉間《みけん》にしわを寄せてルークスのベンチを眺めていた。

後半になると、ルークスの子たちの動きが明らかに変わった。プレイに落ち着きが出て、前半のように攻め急ぐことはなくなった。

「ヤマ、自分で持っていけ」

ベンチから声がかかり、ボールを持った子が、ハーフラインをゆっくりと越えてドリブルしていく。

「右サイド」

ベンチの声を受けて、右サイドの子が走り出す。『ヤマ』がそこに向けてパスを出す。受けたところにドラゴンズの子が詰めてくる。

「後ろ」

すかさず後ろにフォローがくる。ボールを持った子が、その子にボールを戻す。

「サイドチェンジ」

受けた子は左サイドに向けて大きくボールを蹴る。

「操り人形かよ」

水島コーチが苦々しげに呟いた。

ハーフタイムの間に、そういう話があったのか。子供たちはベンチからの指示を待ち、その通りに動いている。結果として、前半のように焦ってボールを失うようなことがなくなった。水島コーチは不満そうだが、ベンチの指示通りに動けるルークスの子たちの技術に私はむしろ感心していた。スワンズではこうはいかないだろう。ルークスはきちんとサッカーを教えているということでもある。

「タケシ」

声を受けて、今度は左のディフェンスがオーバーラップをかける。ボールがその子に回る。

「ヤマ」

『タケシ』から『ヤマ』へ。左サイドから中央にボールが折り返される。

「シュート」

走り込んできた『ヤマ』がダイレクトでシュートを打つ。ボールはゴールの左上に突き刺さった。シュートを打った子が両手を挙げ、仲間たちが祝福に駆け寄る。後半が始まって三分も経っていなかった。

「ナイスシューだ。それでいい」

ベンチから声がかかる。

「それでいいのかよ」と水島コーチが呟く。

「マルちゃん。いいけど、もっと持っててもいいぞ。替わってるからな。わかってるよな」

オーバーラップしたディフェンスの『タケシ』にパスを出した子が周囲をちらっと見

るような仕草をしてから、頷いた。何の指示なのかはわからなかった。

そこから先はルークスの独壇場だった。ベンチからの指示通りに子供たちはフィールドを動き回り、正確にボールをつないでいく。後半のボール支配率は八割を超えるだろう。二点、三点と重ねるにつれて、ルークスの子たちの動きがよくなり、プレイがダイナミックになっていく。

パスをカットされたルークスの子が猛然と相手に向かい、体をぶつけてボールを奪い返した。たまらずにドラゴンズの子が転ぶ。さすがにやりすぎのプレイに見えた。

「ファウル」と私は思わず呟いた。

が、笛は鳴らない。副審をしているユウマパパがファウルをアピールするかのように主審に目を向けるが、主審とは目が合わない。

「ユウマパパ、旗を上げてしまえばいいのに」

通常、プレイ中のファウルは主審が判断する。が、副審のほうが見やすい位置にいたら、副審はファウルをアピールできるし、少年サッカー、しかも予選レベルならば、慣れた副審が慣れていない主審にファウルをアピールすることも珍しくない。

「前半の最初のプレイを流してしまってますからね。あのプレイで笛を吹いていない主審に、今のプレイでファウルをアピールするのは難しいでしょう」

ファウルは取ることだけに意味があるわけではない。取らないことにも意味はあるのだ。最初のプレイで笛を吹かなかった主審は、次の同じようなプレイでも笛を吹けなくなる。二度、同じようなプレイが流されれば、少なくともその試合ではそれが標準になる。この主審は、このプレイではファウルは取らない。この試合ではこの程度のラフプレイは許される。プレイヤーはそう考える。それは子供であっても同じだ。ルークスの体の寄せ方がどんどん乱暴になる。それでも主審は笛を吹かない。もう吹けなくなっているのだろう。

「とにかく、一度、吹いてしまえばいいのに」

私の口調は主審を責めるものになった。

「主審は悪くないですよ。大方はただのお父さん。サッカーの経験がない人だって少なくない。これまで経験がなくて、年間数試合しか審判をやっていない人に、高度なジャッジを期待するほうがおかしい。あのお父さんだって、しっかり審判の勉強はしていると思いますよ」

バウンドしたボールにつられて、ドラゴンズの子が足を高く上げた。主審が笛を吹いた。手を挙げて、間接フリーキックであることを示す。ドラゴンズの保護者たちから、不満そうな声が上がる。ぶつかっていないのでわかりにくいが、すぐ近くにルークスの子がいた。あれは危険なプレイ。間違いなくファウルだ。それでも、さんざん倒されてもファウルを取ってもらえないドラゴンズの側から見れば、不公平なジャッジに思えるのだろう。

「あのプレイで即座に笛を吹けるくらいには、きちんと勉強してる人です。ルークスのプレイをノーファウルだと判断したそれ自体も必ずしも間違いとは言えない。問題があるのは、そんなプレイをさせているあっちでしょう」

水島コーチが見やったのは、ルークスのベンチだった。今も子供に向けて細かな指示を出し続けている。

「ルールの教え方には二通りあるんです。やってはいけない意味を教える方法と、やってはいけないことを教える方法と。やってはいけない意味を教えるのは手間がかかる。でも、やってはいけないことを教えるのは簡単なんです。罰を受けることはやってはいけない。そう言えばいいだけです。サッカーで言うなら、ファウルを取られることはやってはいけない。そう教えればいいんです。だから、ルークスの子たちに悪気はないと思いますよ。彼らにとって、ファウルだと言われないプレイはどこまでも正当なプレイなんです。相手が倒れようと、怪我しようと、それは相手の勝手なんです。だって自分たちが悪いなら、ファウルを取られているはずなんですから」

ルークスのベンチを非難するその言い分は、負け惜しみにも聞こえた。

「でも、強いですよね、ルークス。ルールの範囲の中で勝ちにいくことが悪いこととは言えないんじゃないですか?」

「ええ。いい悪いは一概には言えません。そのあと、子供たちがどんなプレイヤーになったか。どんな大人になったのか。それを見て決めるしかないことですから」

話の大きさに鼻白んだ。

「だから、今は決められません。でも僕には、あの二人のコーチが、中学でサッカーを続けたときの子供たちがどんなプレイヤーになっているか。高校でもやったなら、そこではどんなサッカーをしているのか。それを見たがっているようには思えない。ましてや、サッカーを辞めたあと、あの子たちがどんな大人になっていくのか。それを楽しみにしているようには思えないんです」

裏を返せば、水島コーチはそこまで考えているということか。あっけに取られた私に、水島コーチは照れ笑いを浮かべた。

「いや、少なくとも僕は、彼らにずっとサッカーを続けてほしいと思っています。部活はサッカー部に入ってほしいとか、そういうことではなくて、テストの点がダメだったときとか、女の子に振られたときとか、ただ退屈なときとか、何でもいいんです。何か楽しいことないかな、って思ったときには、ボールを蹴ろうっていう気持ちになってくれたらうれしいし、そのためには、今、楽しくサッカーをやっていてほしいんです」

サッカーが楽しい記憶と結びつくように願っている。そう言っているのだろうと理解した。そして、その青臭さに、やっぱり私は少し鼻白んだ。青臭さは往々にして独りよがりと同居する。

「彼らは違うと言い切れますか？」

ルークスの二人のコーチを見て、私は言った。

「彼らだって、彼らなりに子供のことを考えているのかもしれない」

途端に水島コーチが厳しい表情を見せた。

「マルちゃん、もっと持っててもいいぞ。替わってるからな。わかってるよな」

淡々とした口調で水島コーチが言った。

「後半に入って一点目のあと、ベンチがそう言ったのを覚えていますか？」

「ええ。そんなことを言ってましたね」

「どういう意味かわかります？」

「いえ」

「マルちゃん、もっとボールを長く持って、パスを出すタイミングを遅らせてもいいぞ。オフサイドのタイミングでも構わない。サイドが替われば、副審も替わっている。こっちの副審は判定が甘い。それは、わかってるよな。そう言ったんです」

私は唖然とした。

「オフサイドになるパスを指示した？」

「こっちのサイドでやるときにはオフサイドは取られないから、オフサイドポジションにパスを出してもいいと指示したんです」

確かにユウマパパと違って、もう一人の副審は判定が甘かったし、判定に自信がなさそうな仕草も垣間《かいま》見えた。

「でも、それはオフサイドですよね」

「でも、取られない。取られないオフサイドは、オフサイドでしょうか？」

裁かれない罪は、はたして罪であるか。哲学問答のようだった。真理としての答えはともかく、小学生のプレイヤーに出すべき指示ではない。

「確かですか？　確かにベンチはそういう意味で言ってたんですか？」

「私もまさかと思って考えたんですけど、それ以外に解釈のしようがありません。それに、ユウマパパが最初にオフサイドを取ったときにも、ちょっと変な指示が出ました。タットト。タイミング遅いぞ。もっと早く出してやれ。言葉としてはおかしくなくても、あのレベルの子に出すには、あまりに当たり前の指示です。あれは、そっちのサイドではオフサイドに気をつけろという確認だったんでしょう。彼らにとって、あっちのサイドとこっちのサイドではやっていいことが違うんです」

高度と言えば高度な指示ではある。ただ何の意味もない高度さだ。もしそれが意味を持つとすれば、それは子供たちにとってではない。私は茫然とルークスのベンチを眺めた。

「勝たなきゃいけないんですよ、ああいうチームは。うちみたいなボランティアじゃなく、商売ですからね。子供が集まってくれないと、食えなくなる。その点は同情します」

「でも、そんなこと……いくら強いからって、そんなチームに人は……」

言いかけて言葉を呑んだ。そんなチームに人は集まっているのだ。一学年で三軍まで作れるほどに。

「親はいったい何を……」

私はルークスの保護者たちを見た。メンバー全員の保護者はいないだろう。二軍ですら、予選リーグは通過点。わざわざ応援にくるほどでもないということか。そこにいる保護者たちでさえ、あまり熱心に試合を見ていなかった。一つ一つのプレイに声が上がるドラゴンズの保護者たちとは対照的だ。水島コーチもそちらを見た。

「向こうの親にそれを言ったら、同じ質問を返されますよ。あなたこそ、いったい何を考えてあんなチームに子供を預けてるんですか。あんな弱いチームに。あんなうまくならないチームに。お金が安いからですか、って」

水島コーチは軽く笑って、首を振った。

「いろいろなんですよ。どっちが良くてどっちが悪いってことはないんです。ただ、僕は間違ってもスワンズをああいうチームみたいにはしたくないです」

その後も一方的な展開は変わらなかった。結局、ルークスは五対ゼロでドラゴンズを下した。

「あちゃー」と水島コーチは笑った。「うちは十対ゼロも厳しいかもしれませんね」

二十点は取られたくないなー、と言いながら、水島コーチは子供たちが遊んでいるうんていのほうへ歩いていった。

私はハイタッチをするルークスの子たちを見ていた。勝てばうれしい。当たり前だ。その喜びを非難する資格は誰にもない。けれど、そのうちの何人かが今のゲームを楽しんでいただろう。そのうちの何人が将来にわたって楽しくサッカーを続けるだろう。

ドラゴンズの保護者たちがその場から離れていった。ふと気づくと端っこのほうで翔が一人で座り、フィールドを見ていた。私はそちらに歩いていった。

「遊んでたんじゃないのか？」

「途中まではね」と翔は私を見上げて言った。「後半から見てた」

私はちらりとうんていのほうを見た。水島コーチが行ったので、さすがに子供たちは遊ぶのをやめていた。私は翔の隣に腰を下ろした。

「どうだった？」

「強いね」

聞いたのはそういうことではなかったが、どう聞けばいいのかわからなかった。スワンズとルークス。今から選べるなら、どっちに入りたかった？　そう聞くのも違う気がした。

「優樹菜は帰ったの？」

突然そう聞かれて、私は驚いた。

優樹菜の外泊について、翔に話したことはない。夜行性動物に変わっていった六つ年上の姉をどう思っているのか、特に聞いたこともない。ずっと『ユキちゃん』と呼んでいたのが、最近『優樹菜』に変わったのは、照れ以外の理由があるのか、それも確認したことはない。

「あ、ああ。帰ってきたよ」と私は頷き、聞いた。「でも、何で、今、優樹菜なんだ？」

「何でってことはないよ。朝、優樹菜、いなかったから、帰ったのかどうか聞いただけ」

翔の質問には本当に理由はなかったのかもしれない。けれど、翔の質問に理由を求めた私には、求めるだけの理由があった。

操り人形かよ。

苦々しく呟いた水島コーチの言葉を思い出した。

一年前、まるっきり同じ言葉を私は優樹菜から聞いた。その言葉は猛々《たけだけ》しく、刺々《とげとげ》しかった。娘から抜身《ぬきみ》の敵意をぶつけられたのは、それが初めてだった。

「どうかした？」

立ち上がった翔が私を見下ろしていた。ルークスのコーチと子供を見て、翔は無意識にそこに私と優樹菜の姿を重ねたのだろうか。

お父さんは、厳しすぎるのか？

思わずそう聞きそうになり、狼狽した。

人に迷惑をかけることだけはするな。そう言い続けて育てた。よそより多少は厳しかったかもしれない。が、常識の範疇だ。

「いや」と濁した言葉で応じ、腰を上げて、歩き出したときだ。

「考えてるよ」

翔が言った。私は翔を振り返った。翔は少し顎を上げるようにして、私に言った。

「さっき、少し考えろって。でも、俺も考えてる」

翔は真っ直ぐに、少し挑むように私を見ていた。馬鹿か。まず最初にそう思った。何を生意気な。次にそう思った。

「考えてるように見えないから言ったんだろ？　あれが考えたプレイか？」

「考えてるよ。うまくいってないけど……」

「それじゃ、意味ないだろ。考えた結果を見せろよ」

「もういいよ」

立ち去りかけた翔の腕をつかんだ。

「もういいって何だ。誰のために、日曜日にこんなところまできてると思ってるんだ」

翔の表情が歪《ゆが》んだ。一年前の優樹菜の表情と重なった。

誰にも迷惑かけてないでしょ。

人に迷惑をかけることだけはするな。そう言い続けてきた娘に、叫ぶようにそう言われて、私は言葉をなくした。

「もうこなくていいよ。今までは、ありがとう。でも、もういい」

強い言葉だったら跳ね返せた。その心の準備はあった。が、甲高く叫んだ優樹菜と違い、翔の言葉は静かだった。けれどその言葉は、やっぱり悲鳴だった。

「もう」

強い意志を目に込めて、翔は口を開いた。もう、きてほしくない。そう言うつもりだったのだろう。それは翔なりの最後通告だったはずだ。私は茫然とその言葉を待つしかなかった。が、翔の言葉は途中で遮《さえぎ》られた。

「ショオー、集合だよー」

水島コーチだった。咄嗟に反応できず、私も翔も黙って水島コーチを見返した。

「ほら、あっち」

水島コーチが指差した。監督のもとにみんなが集まっていた。私の手から離れて、翔はそちらに歩いていった。

「いいですねえ」とその背を見送りながら水島コーチが言った。「なかなか生意気になってきたじゃないですか。最初のころは、おとなしすぎて心配してたんですよ」

「はあ」と私は曖昧に頷いた。

今、問題なのは翔の性格ではなく、私と翔との信頼関係だ。が、そんなことを他人の水島コーチに言っても仕方がない。

それきり翔と口をきくことはなく、スワンズの二試合目が始まった。その試合を私はスワンズの保護者の後ろで、鉄棒に寄りかかりながら眺めた。近くで見ているとまた声を上げてしまいそうだった。

考えてると言った割には、翔のプレイはいつもと同じだった。スワンズの試合ぶりも相変わらずだった。前半と後半に二点ずつを失い、得点できそうなシーンは前後半を通じて一度もなかった。四対ゼロで負けても、子供たちに落ち込む様子はなかった。試合中、私は一言も声を発しなかった。

ユウマパパが副審を担当した次の試合が終わるのを待って、スワンズは会場をあとにした。少し離れたところにある植物園まで散歩するというヒロの一家と別れて、私たちは駅へと歩き出した。うんざりしながら上ってきた坂を、違う意味でうんざりしながら下っていると、隣に水島コーチがやってきた。

「ナイスゲームでしたね」

しばらく考え、私は聞いた。

「どっちの話です？」

「どっちもですよ。一試合目も、二試合目も、いいゲームでした」

「はあ」

冗談なのかどうかがわからず、私は半笑いを浮かべて、曖昧に頷いた。

「成長の速度はそれぞれです」と水島コーチが言った。

「成長」と私は言った。「してましたか？　いつもと同じように見えましたけど」

「そんなことないですよ。だって……」

水島コーチはずっと先を歩く子供たちをちらりと見て、少し声を落とした。

「何かやろうとしてたでしょ？」

「え？」

「ショウとユウマと、あとたぶんハルカ。ユキナリはどうかな。ショウの動きを真似しているだけかもしれません。でも、少なくとも三人は何かを企んでます。一試合目は、ほら、ユウマが大きくショウに蹴り出したでしょ。あのとき、ハルカは左サイド、ユキナリの後ろに回るような動きをしたんです。二試合目は、ショウとユウマがワンツーをしかけようとした。ハルカはやっぱり左サイドに動いた」

「ああ、ええ」

「下手くそすぎて形にならないけど、何かをやろうとしている。これまでのあいつらにはなかったことです。それって成長ですよね」

いや、それを形にすることが成長ではないのか。

そう思ったが言わなかった。無邪気なまでに青臭い水島コーチを相手にして、そんなやり取りをする元気が残っていなかった。

「だといいですけど」とだけ私は言って、やっぱり半笑いを浮かべた。

みんなで同じ電車に乗り、リキとジョアンさんが最初に降り、次にハルカちゃんが間際にダイゴのお尻を蹴り上げて電車を降りた。次の駅でソウタ親子が降り、さらに次の駅で残りのみんなが降りる。改札を抜けて、一番最初に別れたのが、私と翔だった。みんなに向けて明るく手を振った翔は、二人になると少し距離を取って私の前を歩いた。声をかける気にもなれず、私もその距離を守って歩いた。結局、家につくまで、私たちは一言も口をきかなかった。

「お帰り」

玄関で妻が私たちを迎えた。

「ただいま」

一言言って、翔は荷物も降ろさずに階段を上っていった。自分の部屋に入る音がする。

「また叱ったの？」

靴を脱いだ私に、妻が呆れたような声をかけた。

「何で？」

「泣いてた」

「今？」

「目、真っ赤」

「そうか」

前を歩いたのも、口をきかなかったのも、そのせいか。

「叱らないでって言ったでしょ？」

「叱ってはいないよ」と言って、私は言い直した。「叱ったつもりはなかった」

何かを言いかけ、妻は言葉を呑んだ。

「チャーハン、あっためるね」

妻に続いて、リビングに向かった。

「優樹菜は？」

ソファに体を投げ出し、私は聞いた。キッチンに立った妻が答えた。

「まだ寝てる。帰ってからずっと寝てる」

「そうか」

言ってから、ふと手が汚れていることに気がついた。鉄棒の錆《さび》がついたらしい。リビングを出て、洗面所で手を洗った。リビングに戻りかけ、階段を下から見上げて、二階の様子をうかがった。何の音もしなかった。少し迷ってから、私は階段を上った。三つの部屋のうち、二つのドアがぴったりと閉まっていた。閉まっているドアの一つに向かって、私は言った。

「翔、飯」

短い答えが返ってきた。

「今、いらない」

ひどい答えにも、もっともな答えにも思えた。次に隣のドアの前に立ち、言った。

「優樹菜、飯」

返事はなかった。

私はそっとドアを開けた。優樹菜の部屋に入るのは、ずいぶん久しぶりだった。優樹菜はちょうどそこで行き倒れたように、ベッドに寝ていた。布団をかけてもいなかった。音を立てないように気をつけて近づき、寝顔を眺めた。化粧すら落とさなかったのか。メイクをしたその顔は、知らない人のようだった。見れば見るほどそう思えてきた。揺り起こして、本当に優樹菜なのか、自分の娘なのか、確認したい衝動に駆られた。と、何の前触れもなく、優樹菜が目を覚ました。ぱちっと目を開けて私を認めた優樹菜は、一瞬、不思議そうな顔をして、すぐに眼光を鋭くした。

「出てって」

犬に命じるような口調だった。むっとした。お前が出ていけ。ほとんど口から出かけた。が、それは言うべきではない言葉だった。何とか呑み込んだ。言うべきではない言葉を呑み込むと、私の口の中に言葉は何も残っていなかった。

「ああ」と私は唸るように言って、優樹菜の部屋を出た。

翔の部屋のドアはやっぱり閉まっていた。階段を下りて、リビングに戻ると、テーブルで二人分のチャーハンが湯気を立てていた。妻は椅子に座って、回覧板を見ていた。

「翔、いらないって」と私は言った。

「そう。よかった」

「よかったって？」

「味つけ、失敗したの。おいしくないよ」

「そうか」

私は妻の向かいに腰を下ろし、スプーンを手にした。一口食べてみたが、さほどまずくもなかった。

「まずくないよ」と私は言った。

「まずいとは言ってない。おいしくないだけ」

「ああ、なるほど」と私は言った。

妻はまた回覧板に目を落とした。私はおいしくもまずくもないチャーハンを黙って食べ続けた。静かな日曜日の午後だった。二階には誰もいないような静けさだった。

「どこで間違えたのかな」

ふと口をついた。妻が顔を上げ、聞き返すように首を傾げた。

「何で失敗したんだろう」と私は言った。

妻がまた回覧板に目を落とした。もう一度口を開こうとしたとき、妻が回覧板に目を落としたまま言った。

「間違いも失敗もないでしょ。間違いなら改めればいい。失敗なら諦めればいい。どっちもできないでしょ？ どこかの子と取り換えるの？ 子育ては終わりって放り出すの？ それとも今から、もう一人作ってみる？」

妻が顔を上げ、私を見た。

「私たちは間違えてもいないし、失敗してもいない。だから、改める気もないし、諦める気もない。私は食べてもらえなくても毎日ご飯を作って、お父さんは無視されても毎日働いて家族を養うのよ」

回覧板を隣の椅子に置くと、妻は手を伸ばして翔の分の皿を引き寄せ、スプーンを手にして、チャーハンを食べ始めた。

「今のが子供の話ならね」ともぐもぐとやりながら妻は言った。「チャーハンの話なら、間違えたのは味つけのとき。失敗した理由は、醤油と間違えてソースを少し垂らしちゃったから。ちょっとくらい平気だろうって思ったんだけど、やっぱり変な味になったね。ちなみにどっちの話だった？」

「チャーハンの話だよ」と私は言った。「決まってるだろ」

「そりゃそうよね」と妻は頷いた。

私たちは黙ってチャーハンを食べた。

それはやっぱり、静かな日曜日の午後だった。

# 6　ダイゴ

三日ぶりに我が家に帰ると、美佳《みか》が食卓で塗り絵をしていた。誰に似たのか、美佳の集中力はすさまじい。一度、入り込むと、ちょっとやそっとのことではその世界から戻ってこない。美佳の向かいでは、聖哉《せいや》がスマホをいじっていた。俺はそちらに向けて、唇の前でひとさし指を立てた。背後に忍び寄って見てみると、美佳は女の子のキャラクターの髪をピンク色に塗り上げているところだった。

「それは誰なのだ？」

美佳がぱっと俺を振り返った。

「ぬおっ、おとう」

顔いっぱいに笑みを浮かべ、体をねじりながら両手を伸ばしてくる。入り込むときは深く入り込むが、戻ってくるときも全速力だ。俺は色鉛筆を放り出した美佳の脇に手を入れて、椅子から持ち上げた。そのままぎゅっと抱きしめると、美佳がばんばんばんと四回、俺の背中を力強く叩く。いつもの挨拶を交わして、俺は美佳を椅子に戻した。

美佳は座らずに、座面に立って、背もたれに手をついた。

「おとう、どこ行ってたの？」

「福岡って、美佳りん、わかるかな？　あ、椅子、ガタガタすると危ないぞ。九州さんの頭だ。九州さんは日本さんのお尻。だから、おとうはお尻の頭に行ってたのだな。そこに荷物を運んで、そこで違う荷物を乗っけて、帰ってきた。これで明後日《あさって》まで休みなのだ。ところで、美佳りんは、どうしてここで塗り絵をしていたのだ？」

アパートの玄関を開けると、キッチンと食卓のある板敷のみんなの部屋。奥の右のふすまを開けると俺と紗也佳《さやか》の和室。左のふすまを開けると子供部屋の洋室だ。いつもは開け放してあるそのふすまが、今日は閉じられていた。

「ニゴーがソウケッキシューカイするの」と美佳が言った。「だから、出てけって」

総決起集会？

「むむ」と俺は言った。「美佳りんは難しい言葉を知っているのだな。意味、わかるの？」

「みんなで頑張るぞー、おー」

右手を突き上げた美佳の頭を撫でた。

「すごいな。美佳りんは物知りさんだな」

「イチゴーに教えてもらった」

一号こと聖哉はすでにスマホに戻っている。高校に入ったときに買い与えて以来、何が楽しいのか、しょっちゅういじっている。

「おかあは？」とその聖哉に聞くと、「パート」という答えが返ってきた。

俺自身が、一週間の区切りがあまりない生活をしているせいで忘れがちだが、今日は土曜日で、土日は時給が上がるとかで、紗也佳はよくパートのシフトに入っている。

もう一度美佳の脇に手を入れて椅子に座り直させたところで、ふすまが開き、二号こと大吾《だいご》が出てきた。

「あ、帰ったの？」

「迷惑そうに言うな。抱っこしてやろうか？」

俺が両手を広げると、大吾の足が鋭く金的を狙ってきた。半身になって、かろうじてかわす。ほんの三、四年前までは今の美佳よりもお父さん子だったのだが、時の流れに文句を言っても仕方がない。

「総決起集会って、何だ？」と俺は聞いた。

「あー」と大吾はしばらく斜め上を見て考え、首を振った。「秘密」

「嘘つけ。今、面倒臭いと思ったろ。説明できるけど長くなるから面倒臭いし、どうせ相手はおとうだから、まあいいや、と思ったろ。な、聖哉。今、そういう感じだったよな」

「いやいや」と大吾は俺に言い、美佳に言った。「美佳りん、おとうと遊んでやれ」

「何だ、それ。おとうは今、何になったんだ？　強いものが弱いものに押しつける何かになったな？　それは何だ？　ニンジン嫌いな子のニンジンか？　タマネギ嫌いな子のタマネギか？」

「おとう、落ち着け」といつの間にか立ち上がっていた聖哉が、冷蔵庫を開けながら言った。「たまに帰ってきてうれしいのはわかるけど、はしゃぎすぎ。ビール飲む？」

芸をしたアシカにくれてやるような投げ方で缶ビールが飛んできた。どうにかキャッチする。冷蔵庫の扉を押さえていた聖哉の腕をくぐるようにして、大吾が冷蔵庫の中を覗き込んだ。

「ジュースないの？　C．C．レモンは？」

「昨日、飲んじまったよ」

「えー。あれ、今日のためにとっておいたのに」

「嘘つけ。底のほうにちびっと残っているだけだったぞ」

「そうだったっけ？」

「相変わらずテキトーだな、お前は。友達、何人くんの？」

「四人。俺を入れて五人」

「C．C．レモンでいいのか？」

「あ、コーラでもいい。メッツでもいい。ポカリでもいい。おにい、ありがとう」

「おとうに言え」

「おとう、ありがとう」

大吾が俺にぴょこんと頭を下げ、隣で聖哉がうん、うんと頷いている。三日ぶりに帰宅して十分と経っていないのにこの扱いだ。

「どういたしまして」と俺は言って、まだ開けていなかった缶ビールを聖哉に投げ返した。「美佳りん、お買い物、行こうか」

「雪見だいふく？」

二分の一では厳しい。六分の一なら可能性がある。

「ピノ」と俺は言った。

「行くー」

財布をポケットに押し込み、靴を履いて、美佳にも靴を履かせ、玄関を開けると、目の前に男の子がいた。ちょうど呼び鈴を押そうとしていたところだったようだ。びくっとして俺を見た。

「あ、ハーイ」と俺は手を挙げた。「えーと、ハワユー」

男の子は困ったように笑った。俺も困ったように笑い返した。へにゃっと二秒くらい微笑み合ってから、俺は家の中に叫んだ。

「おーい、外人さんがきたぞー」

やってきた大吾が膝の裏にローキックをかましてきた。

「外人さんじゃない。リキだよ。リキ、これ、うちのおとう。見るの、初めてだよね。長距離トラックの運転手だから、あんまり家にいないんだ。スワンズの練習もこないし」

「こんにちは」とリキくんが言った。

「こんにちは」と俺も言った。

俺と入れ違いにリキくんが家に入った。俺は美佳と一緒に近くのコンビニに行き、種類をいろいろ取り混ぜた五百ミリリットルのペットボトルを六本と、ポッキーとポテコをかごに入れた。その間に美佳はピノからアイスの実に心を移していた。レジで支払いを済ませ、リスのようにほっぺを膨らませて冷たさを楽しんでいる美佳に、一粒くだせえませ、とおねだりしながら家に戻ると、たたきには子供靴があふれていた。ペットボトルの一本を聖哉に手渡し、残りを持ってふすまを開ける。大吾と友達が車座になって座っていた。みんな一斉に俺を見る。運転手仲間から『一発芸のやっさん』と敬われている俺としては、反射的に、袋の中身を使って一発芸を披露したくなった。が、十八禁でないものが思いつかなかった。だってポッキーとポテコだ。

「うちのおとう」と気配を察したらしく、大吾が急いで言った。

「やあやあ、いらっしゃい」と俺は言った。「ほい、これな」

「ありがとう。もういいから」

大吾に背中を押されるようにして部屋を出る。背後でぴたりと閉められたふすまを振り返り、すかさず耳を当てた。

「やめろよ」とジンジャーエールを飲んでいる聖哉が言った。

「だって、気になるだろ？」と俺は小声で言った。「総決起集会だぞ」

「気になるけど、やめろよ」

「どうして……」と俺が言ったとき、ふすまの向こうから大吾の声が聞こえてきた。

「じゃ、総決起集会の始まり、始まりー」

「うん」と聖哉が頷いた。「そんなことしなくても聞こえるから、やめろ。見苦しい。そこ、座れ」

俺は改めて冷蔵庫から缶ビールを取って、美佳の隣に腰を下ろした。美佳はもうあっちの世界に行っていて、ライオンみたいな動物のたてがみを灰色に染めていた。そっとアイスの実に手を伸ばしたが、美佳は気づかなかった。

「まずは、みんなに確認しておく」と大吾の声がした。「俺たちは、カスだ」

俺は聖哉を見た。聖哉が肩をすくめた。取り立ててブーイングが上がらないところをみると、ふすまの向こうでは俺たちはカスだという合意がすでにあるのだろう。なかなかのメンタルだ。

「ユウマとショウとハルカ。うちのチームはこの三人で成り立っている。こっちのチームは三人。相手のチームは八人。これじゃ勝てるわけがない」

「でも、他のチームにだって、俺たちと同じくらいのやつはいる」

「いる。でも五人もいない。一人か二人か、多くても三人。でも、うちには五人もいる。だから負ける。うちのチームが弱いのは、俺たちのせいだ」

「僕のせいだよ」と言った声は、どうやらさっきのリキくんらしい。「僕はみんなよりもずっと下手だし」

「そんなこと言ったら、僕だって同じだよ」

「変わらないよ。リキもソウタも下手だけど、俺だって下手だし、ダイゴだって、ヒロだって下手だ」

「えー、俺、この中では一番うまいと思ってたけどなー」と言ったのは、会話の流れからしてヒロくんだろう。

「ユキナリのほうがうまいよ」とリキくんが言った。「ユキナリ、最近、頑張って左でも蹴れるし」

「俺もユキナリだと思うけど、まあ、今、それはいいんだ。どうでも」と大吾が言った。

「俺が言いたいのは、俺たちがもっと頑張んないと、うちはいつまで経っても勝てないってこと」

「弱いのか？」と俺はふすまのほうを指して、聖哉に小声で聞いた。

「市内最弱だ」と聖哉は頷いた。「あいつらは、そのチームでも歴代最弱と呼ばれている」

「おお、それはそれで何かすごいな」と言って、俺はビールを飲んだ。

「あいつらにそう言ってやれば？」

アイスの実の残り香とビールの苦みが口の中で混ざった。一つげっぷをして、俺はまた聞き耳を立てた。

「この前も五対ゼロと四対ゼロだった」と大吾が言った。「市大会はあと三試合しかない。明日の日曜日に二試合。来週の日曜日にもう一試合。それはルークスだから、問題外。だから、明日の二試合のどちらかに勝たないと、俺たちは今年、一度も勝たないままになっちまう」

ビールを噴きそうになった。

「一度も？」とちょっとむせながら、俺は声を抑えて聞いた。「あいつら、今年、一度も勝ってないの？　もう十月だぞ」

「今年も、だよ」と聖哉は頷いた。「今まで一度も勝ってないんだ」

「そんなんでサッカーやってて、楽しいもんか？」

「ヒロもリキも、ウイイレは上手なんだけどな」

「パートないときはおかあも交じって、一緒によくウイイレしてる」

「よくくんの？」

ふうんと俺は頷いた。俺と紗也佳がゲームをするために買ったプレステだったが、紗也佳の度を越した負けず嫌いにうんざりして、最近では俺は触ってもいない。さすがの紗也佳も、子供相手なら、負けて怒ったり拗《す》ねたりキレたりしないのだろう。

「まだ来年もある。再来年もある。俺はそう思っていた。みんなもそうだろう。しかーし、俺たちは今年、何としても勝たなくてはならなくなった。それはみんなわかってるよな？」

ふすまの向こうに沈黙が落ちる。やがて、小さな声がいくつか交わされ、最後にヒロくんがその声をまとめた。

「何で？」

「は？」と大吾が言った。

「勝ったらうれしいだろうけど、何で今年中に勝たなきゃダメなの？」

「何でって、お前、ヒロさあ、ハルカのために最後に勝ってやろうっていう気にはならないの？」

ふすまの向こうが少しざわつく。またヒロくんが意見をまとめた。

「何でハルカのために勝たなきゃダメなの？」

「俺たち、仲間だろ？　ずっとこのメンバーで、ああ、リキは途中からだけど、他は一年生からずっとやってきたじゃないか。リキだって、もう一年以上一緒にやってる。その仲間に、最後にみんなで一勝をプレゼントしようって、え？　俺だけ？　みんな、当然そう思っているとと思ったのに」

　ふすまの向こうがまたざわつく。

「ダイゴ、最後ってどういうこと？　ハルカ、スワンズを辞めちゃうの？」

「そうだよ」と大吾は言った。「ユキナリ、聞いてないの？」

「聞いてないよ」とユキナリくんが答え、聞いた。「みんな、聞いてる？」

　どうやら否定的なリアクションがあったようだ。

「嘘だろ？　あー、あれ？」と大吾が言った。

「あれじゃないよ」とユキナリくんが言う。

「どういうことさ」とリキくんもソウタくんも大吾に詰め寄る気配がする。

「どうせ、また何か勘違いしたんだろ？　ダイゴ、いっつもそうじゃん」とヒロくんが言った。

「勘違い？　勘違いかな。いや、違うだろ。え？　みんな、聞いてないの？　ハルカ、もうじき引っ越すって。何か、すごい遠くに引っ越すって。先週の試合のあと、帰り道に、俺、聞いたよ。ハルカ本人から」

「他にそれ、聞いてた人」とユキナリくんが聞いた。

「しーん」というヒロくんの声以外に返事はなかった。

「何だよ、またテキトーだな。ダイゴは」とヒロくんが言った。「もう、それ、いいよ。ウイイレやろう」

「いや、違うって。あれえ。おかしいなあ」

大吾がぶつぶつ言っていたが、誰も相手にしなかった。ふすまの向こうの緊張が解けていく。すぐにふすまが開いた。

「あ、テレビ、いいですか？」

声からして、その子がヒロくんのようだ。間延びした顔がヒラメみたいで、なかなかいかしている。

「ああ。いいよ」

子供部屋から大吾の友達がぞろぞろと出てくる。俺たちは食卓を大吾の友達に譲って、子供部屋に移動した。美佳は自分の机に向かい、一心不乱にライオンに色を塗り続ける。聖哉は二段ベッドの上に上がって漫画を読み出した。どちらも相手をしてくれそうにないので、俺は二段ベッドの下に腰かけて首をひねっている大吾の隣に腰を下ろした。

「何か勘違いだって？」

「勘違いなわけないいんだけどなあ。この前、みんなで一緒に電車で帰ってくるときに、確かにハルカがそう言ってたんだけどなあ」

「何かを聞き間違えたんだろ。みんな、聞いてないって言ってるんだし」

「そのときには聞いてないと思うよ。ちょっとみんなと離れて、俺と二人でいたときだったし。でも、そんな大事な話なら、みんなにも言っているはずだしなあ。あれえ。やっぱり勘違いなのかなあ。ハルカの友達の話だったっけなあ」

まだ首をひねりながらも大吾は立ち上がり、ウイイレを始めた友達に交じった。俺は二段ベッドの下の段から立ち上がった。上の段では、聖哉が漫画を脇に置いて宙を眺めている。

「どうした?」

「いや、やっぱり何かおかしくね?」

「何が?」

「いくら大吾がそそっかしいからって、そんな話、聞き間違えるかな。ハルカは大吾にだけ引っ越すことを教えた。他のやつには教えなかった。そう考えるだろ、普通」

「相手が大吾でなければ、な。でも、それも不自然だろ。どうしてハルカくんは大吾にだけ引っ越すことを教えるんだ? みんな仲間なんだろ?」

「え?」と聖哉は言ってから、納得したように笑った。「ああ、そっか。ちょっと待て」

聖哉は二段ベッドを下りると、大吾の机の引き出しをあさり、やがて俺に向けて一枚の写真を差し出した。

「スワンズのあいつと同じ学年のメンバー。これがハルカ」

　聖哉が指差した子の顔を見て、俺はのけぞった。

「は？　何、このスーパー美少女。何で、こんなところでサッカーやってんの？　罰ゲーム？　何かの罰ゲームなの？」

「それは知らん。機会があったら本人に聞いてくれ。で、わかったろ？　ハルカは女の子」

見ると、聖哉は取り澄ました顔で俺を見ていた。ニキビ面の分際で、どうやら言葉以上の何かを言ったつもりらしかった。

「女の子はわかったけど、え？　だから？」

「だからさ、引っ越しが決まったんだよ。で、みんなに言う前に、大吾に言いたかったんだよ。女の子なんだよ。わかるだろ？」

「いやあ」と俺は言った。「いやいやいやいやいや」

　俺は写真を聖哉につき返した。

「何、言ってんの、聖哉くんさあ。だって、この美少女でしょ？　それに大吾でしょ？　いやいやいやいやいや、それはないって。ああ、聖哉くん、そういう幻想をまだ持っているなら、そろそろ考え直そう。人類全般不平等。ね？　人生万事分相応。しっかり覚えておこう。さあ、おとうのあとについて言ってみようか。リピートアフタヌーン」

「アフターミーな。今、言ったのが英語だと仮定してな」と聖哉は言い、俺の手から写真を取った。「だって、よくテレビであるじゃないか。アイドルの初恋の人の写真とか、結構、みんな不細工だぞ」

「そりゃそうだろ。みんなに夢と希望を与えるのがアイドルの仕事だろ？　そこでイケメン出してきたら、夢も希望もないだろ？　あれは仕事の一環ですう、残念でしたあ」

「むっかつくなあ。じゃあ、だって他にどんな理由があるんだよ。女の子が大吾にだけ引っ越すことを教えた理由」

そう言われて、俺はぐっと考え込んだ。確かに、思いつかない。

「現実を教えてやるのも大事なんだろうけどさあ」と聖哉が言った。「子供の可能性を信じてやるのも親の大事な仕事なんじゃないの？」

「むむう」と俺は唸った。

「で、その可能性を信じてやった場合、だな」と聖哉は続けた。「すごく遠くに引っ越してしまう美少女が歯切れ悪く伝えた熱い心は、大吾には伝わらないままになっちまうんだ。まあ、どっちサイドから見たって自業自得だ。放っておきゃいいって言えば、その通りかもしれないけど、二人ともまだ子供だ。ここは大人がしっかり責任をもって、回線接続のお手伝いをしてやるべきじゃないのか？」

「お手伝い。俺が？」

「明後日まで暇なんだろ？」

そう言って聖哉はまた二段ベッドの上に上がり、ごろりと寝転ぶと、漫画を読み始めた。俺はその主人公の少年探偵の口癖を真似した。

「オトナなゴイケンー」

それからしばらく、俺はビールを飲みながら、ブラジル対スペイン戦とか、イタリア対ドイツ戦とか、ワールドカップ決勝並みの豪華なカードを眺めた。ふと気づくと、窓の外は暗くなり始めていた。

「みんな、時間、大丈夫なのか？」と俺が聞いたときには、「大丈夫でーす」という元気な声が返ってきたのだが、その五分後に紗也佳が帰ってくると、途端に様子が変わった。

「ああ、みんなきてたの。いらっしゃい。あ、ウイイレ？　ウイイレやってんの？」

「あ、やっていたんです」

ポルトガル対日本戦の途中で、ヒロくんがゲームを切った。

「今、終わって帰るところです。な？」

そうです、終わるところです、とか言いながら、子供たちはそそくさとゲームを片づけ始めた。飲み終えたペットボトルまで片づけ出す。

「えー、残念。次は私も入れてよね。そうだよ、リキ、決着つけようよ。次は私対リキね。約束だよ」

「ああ、はい」とリキくんが頷いた。笑顔が引きつっているように見えたのは、たぶん俺の気のせいだろう。

子供たちが、それじゃ、とか、お邪魔しました、とか言い出したところで、ようやく紗也佳は俺に気づいた。

「ああ、おとう。帰ってたんだ。いいタイミング。今日の夕飯は豪勢だよ。五割引きでも売れそうになかった刺身の盛り合わせを、店長に交渉して七割引きで買い取ってきた。しかも、三割引きでも売れなかったイカフライとアジフライがおまけ。ね、すごいでしょ？」

「おお、すごいな」

それを子供の友達の前で得意そうに言えてしまう紗也佳がおかしかった。紗也佳は本当に得意に思っているのだ。が、それをおかしく思えない人もいるらしい。前の男は「君の能天気さは、今、僕の限度を超えた」と言い捨てて、紗也佳の前から姿を消したと聞いた。その言い分は実はわからなくもないし、その腹立ちも想像できないこともないのだが、だったら、最初から紗也佳はないだろうとも思う。チョコの甘さやカレーの辛さに文句を言うくらいなら、はなから別なものを食っておけばいいのだ。

子供たちが帰っていき、紗也佳が食卓に戦利品を並べた。

「お皿、このままでいいよね。このまま捨てちゃえばいいし。水も洗剤も使わないから、エコだよね」

「エコだな、うん、エコだ。おかあはエコ主婦だな」と言いながら、俺はそれを手伝った。

「おとう、明日、休みだよね？　美佳りん、頼める？」

「明日？　ああ、明日か。明日ね。いいよ」と俺は頷いた。「じゃ、大吾の試合を見に行ってこよう」

「ああ、いいかも。私たちもあとで合流しようかな。大吾のサッカー、あんまり見たことないし」

「そうだ。ハルカちゃんって、知ってるか？　サッカーチームにいる子」

俺が聞くと、紗也佳の声が高くなった。

「知ってるよー。めちゃめちゃ可愛い子でしょ。美佳りんもあれくらい可愛くなってくれたらいいな」

「うちにきたりもすんの？」

「ずっと前に何回かきたよ。最近は全然こないけど」

最近は全然こないなら、その目はないじゃないかと思ってから、俺は思い直した。小さいころは仲良く遊べていたが、最近になって、男の子としての大吾を意識するようになり、足が遠のいたということだってあり得る。いや、チームメイトはこれだけ遊びにきているのに、その子だけがまったくこないのはむしろ不自然だ。これは、ひょっとすると、ひょっとするのかもしれない。子供の可能性は無限だ。

すげえ。子供ってすげえ。

「痛いよ」とトイレに行こうとしていた大吾が言った。「え、何？　俺、何で、今、叩かれたの？」

「叩いたんじゃない。これは、おとうの喜びの舞だ」

「何、言ってんの？」

俺は喜びの歌を歌いながら、大吾の頭をはたき、ケツを蹴飛ばしてやった。

「何なんだよな、もう」と言いながら、大吾はトイレに逃げ込んだ。

可能性があるのなら、回線接続のお手伝いもやぶさかではない。そしてお手伝いをするのなら、ハルカちゃんのことも知っておかなければならない。俺は夕飯のときに大吾にハルカちゃんについて聞いてみた。

「ハルカ？　スワンズには一年のときからいるよ。っていうか、俺たちが誘ったんだけど」

「誘った？　誘ったの？」

あんな美少女を？　怖《こえ》え。子供って怖え。

「そうだよ。近所にはあんまり友達いなかったんじゃないかな。こっちのほうの公園でよく一人で遊んでた。だから、声をかけたんだ。一緒にサッカーやろうって」

「ハルカちゃん、友達いなかったの？」

「最近はそんなことないけど、昔はちょっと変だったから。一人で喋ってたり」

あ、そっち系の子？

「何で？」

「あ、いやあ、あれだけの美少女だからさ。サッカーを始めたのは、誘われたからにしても、続けているのには何かもっと理由があるんじゃないかと思ってさ。そういうの、ハルカちゃんに一度、聞いてみたらどうだ？」

「へ？　どうして？」

「だってチームメイトだろ？　仲間だろ？　そういうことは、しっかり知っておいたほうがいいよ。いいよな？」

聖哉に聞くと、聖哉はアジフライを食いながら、うん、うんと頷いた。

「聞くほどの話じゃないと思うけどなあ」

「あ、それと、明日、試合を見に行くからな」

「え？　そうなの？」

「美佳りんに、カッコいいところを見せてくれ。美佳りん、明日、おとうと二号の応援に行くのだ」

「ソウケッキシューカイだー、おー」と美佳が両手を拳にして突き上げた。

「おー」と俺も拳を突き上げた。


こいつのせいで登校拒否になった子供が毎年一人はいるはずだ。俺はそう確信した。ものすごく長い上り坂だった。しかも道が細く、両脇には住宅があって車両の逃げ場がない。少しでも凍結したらこの坂は嫌だな、この地区が担当の配送トラックの運ちゃんはかわいそうだな、などと考えながら俺は坂を上った。

大吾のチームの第一試合は十時四十五分から。チームは、試合の一時間ほど前には集合するものらしい。が、俺としては休日の睡眠時間を削るわけにはいかなかった。三日稼働、二日休み、四日稼働、一日休み。それが今の俺の基本的なシフトだ。稼働日にだって休憩時間はあるが、まとまった睡眠時間はなかなか取れない。休日にたっぷり眠ることで、どうにか帳尻を合わせているのだ。それを怠ると、仕事に差し支えるどころか、命にかかわる。俺はしっかり睡眠を取って、十時近くに家を出た。一緒に家を出た紗也佳と聖哉とは駅で別れ、美佳と二人で電車を乗り継ぎ、駅から延々と歩き続けて、最後に待ち受けていた坂を二人で文句を言いながら上りきった。

俺たちが学校に到着したとき、すでに第一試合は後半に入っていた。サッカーコートの脇が応援する場所と決まっているらしい。お父さんとお母さんがずらりと並んで、声援を送っていた。コートの半分でチームが分かれているのは声援の様子でわかる。大吾のチームの応援場所は奥の半分らしかったが、知り合いがいるわけでもなく、何となく交じりにくくて、俺はサッカーゴールのだいぶ後ろのほうから試合を眺めた。

「ニゴーだ」とすかさず見つけて美佳が叫ぶ。「ニゴー」

「どこ？」

「あっち。手袋してる」

反対側のゴールを守っているのが大吾だった。

「おお、本当だ。二号はキーパーなんだな」

「キーパーって何？」

「手を使っていい人だ。みんな、ほら、足で蹴ってるだろ？　でも、キーパーさんだけは手を使っていいんだ」

「ニゴー、偉いの？」

「そう。偉いんだ」

「おお、ニゴー、かっけえ」

俺たちはしばらくそこでゲームを眺めた。さすが市内最弱チームの歴代最弱と呼ばれるだけのことはある。相手だってあまりうまいようには見えないが、スワンズのゴール前だけでボールがあっちへこっちへと蹴飛ばされていた。

「何で、こっちこないの？」

「ん。みんな、向こうでやりたいんだな」

「おお、ニゴー、取った」

大吾がボールをキャッチしたときだ。

「ダイゴ」

大きな声を上げて、女の子がこちらに走ってくる。ハルカちゃんだ。写真より実物はさらに可愛い。大吾がボールを蹴る。走るハルカちゃん目がけて、一直線に飛んでいく。おお、という声がスワンズの応援団から上がった。歓声というより、驚きの声のようだった。大吾がそんなにいいボールを蹴るのは滅多にないのだろう。ハルカちゃんと敵のディフェンスの間でボールが弾んだ。

「ハルカちゃん、止まるな。越えるぞ」

スワンズの応援団から上がった声に従うように、二人の間で大きく弾んだボールはディフェンスの頭を越えた。ディフェンスは振り返ってボールに触ろうとするが、ハルカちゃんのほうが早かった。ディフェンスとボールの間に体を入れる。その目はもうボールではなく、ゴールを見ている。ゴールの後ろにいる俺には、ハルカちゃんのきりっとした表情がよく見えた。ボールがバウンドした次の瞬間、ハルカちゃんの右足がシュッと振り抜かれる。

「だーかーらー」

悲鳴のような声がスワンズの応援団から上がった。ハルカちゃんが蹴ったボールは、ゴールのずっと上を越えて、俺のほうに飛んでくる。俺はバウンドしたボールを手で取って、相手チームのキーパーの子に投げてやった。その間に、スワンズの応援団からハルカちゃんに声がかかる。

「ハルカちゃん、もっと落ち着いて打ってよかったよ」

「ナイシュー。次は枠に行こう」

どうやらボールを持ったらすぐシュートをして、ゴールから外すというのがハルカちゃんの欠点のようだ。ああ、またか、という苦笑が混じったような声だった。

ゴールキックから再開した試合は、また向こうのゴール近くでごちゃごちゃとボールが蹴られているうちに終了した。点数は掲示されていなかったが、勝敗は明らかだ。挨拶を終え、選手と審判がコートから退場する。スワンズの子たちはプールのほうへ歩いていった。終了直後はうなだれていたのに、もう立ち直っている。歩きながらふざけていた。さすがカスを自認しているだけはある。強靭《きょうじん》なメンタルだ。大吾もヒロくんとふざけ合っていた。ハルカちゃんは、と見ると、みんなから少し遅れて、一人だけうつむいて歩いていた。

「おとう、あっち行こう」

美佳に言われ、俺はプールのほうへ歩き出した。『牧原スワンズ』という紙がプールのフェンスに貼ってあって、その下にブルーシートが敷かれていた。子供たちも親たちもそこに集まっている。

「ああ、おとう」

大吾が近づいていった俺を見つけて言った。みんなの視線が集まる。お母さんは二人だけで、ほとんどがお父さんだ。ついトラック仲間に囲まれているような気になって一発芸を披露したくなったが、やっぱり十八禁のものしか浮かばなかった。今日は手ぶらなのだから、きっとそれは俺の芸風で、昨日の衝動もポッキーとポテコのせいではなかったのだろう。

「あー、どうも」

監督らしき人とコーチらしき人に向かって、俺は頭を下げた。

いつも息子がお世話になっています。チームのお手伝いができなくて、すいません。ちゃんとした大人ならそう言うべきだと思いついたのは、言い直すタイミングを逃してからだ。チームは保護者のボランティアで回っているという話は聞いていた。が、うちはほとんど貢献していない。冷たい視線を向けられるかと思ったのだが、そんなことはなかった。

「ダイゴパパ」

奥にいたからその存在に気づかなかった。巨人がのしのしと前に出てきて、俺はびびった。

「リキパパ」と巨人は自分を指したあと、「ありがとう」と握手を求めてきた。わけもわからず握り返した。

「リキ、ダイゴくんの家、遊ぶ。ありがとう」

「ああ、そんなこと。いや、いつでもきてください」

そこまで熱い歓迎をしてくれたのは巨人だけだったが、監督、コーチからはもちろん、他のお父さんからも冷たい視線は感じなかった。ヒロくんのお父さんからは「うちも全然手伝ってないんです」と連帯感を込めて囁かれた。誰が誰の親で、というような紹介が一通り終わったときだ。

「ああ、また水筒忘れた」

声に振り返ると、ハルカちゃんが大吾に手を突き出していた。

「何？」

「水筒。水、入れてきてあげる」

「入れてきてあげるって、自分が飲みたいからだろ」と言いながら、大吾が自分のリュックから水筒を出した。

「大吾」と俺は思わず声をかけた。「お前、水筒に水、入れてきてないのか？」

「だって、入れてきたら重いだろ？」

「そんな馬鹿な」

「そうなんです。こいつ、馬鹿なんです。大馬鹿です」とハルカちゃんが言い、水筒を手にして歩き出した。

「あー、でも、そこまで言っちゃうのもどうだろう」という俺の声は届かなかったようだ。子供には無限の可能性もあるし、という言葉は届きそうにないから言わなかった。

「大吾、行ってこい」と俺は言った。

「は？」

「お前の水筒だろ」

「行ってこい、ニゴー」

腰に手を当てた美佳がハルカちゃんが歩いていったほうを指差し、子供たちの間に笑い声が上がる。行ってこい、ニゴー、と仲間たちにまではやされて、大吾はしぶしぶハルカちゃんのあとを追いかけた。

子供たちはブルーシートに座り、お菓子の交換を始めた。おにぎりを頬張っている子もいる。水飲み場の様子をうかがうと、大吾とハルカちゃんが何かを話していた。

「美佳りん、ちょっとここで待つのだ」と美佳に言い、俺は何気ない風を装いながら二人のほうへ歩いていった。水飲み場の近くにあった倉庫らしきプレハブの建物に身を寄せて、二人の会話に聞き耳を立てる。

「だから、引っ越すよ。そう言ったでしょ？」

「言ったよな。そうだよな。みんな、聞いてないって言うからさ」

「みんなには言ってないから」

「え？　じゃあ、何で俺には言ったの？」

「はあ？」

「え？」

「それは……一回くらい、勝ちたいからに決まってるでしょ？　あんたキーパーでしょ？　キーパーのあんたが一点も取られなければ負けない。それでフォワードの私が一点決めれば勝てる。だから、あんたと私がわかってればいいの。みんなに変なプレッシャーかけたくないから、言わないでよ」

ハルカちゃんはそう言って歩き出した。すぐに足を止め、振り返る。

「次、勝つよ」

「お、おう」と大吾は言った。

「一点も取られないで」

「わかった。一点もやらない」

ハルカちゃんがこっちに歩いてきたので、俺は背を向けた。首に手を当ててさり気なく顔を隠し、やりすごす。が、水筒に水を入れてから歩いてきた大吾には気づかれた。

「おとう、何やってんの？」

「何って、あ、いや、別に何でもない。水は？」

「ああ、入れた。やっぱりハルカ、引っ越すみたい」

「あ、そうなの？」

「でも、みんなには内緒ね。知ってるの、俺だけ。だから、次の試合は絶対に勝たなきゃ。負けちゃったら、あとで知らされるみんなに悪いし。次の試合、一点もやらないから」

うん、と一人で勝手に頷き、大吾はみんなのもとに戻っていった。

それから一時間ほどあとにスワンズの二試合目が始まった。相手のドラゴンズはホームチームらしい。俺たちの隣に大勢の保護者がやってきた。

「先週より増えてません？」とヒロくんのお父さんがそちらをちらっと見て聞き、「見に行くなら、勝てる試合を見たいですからね」と白髪の交じったお父さんが少しぶっきら棒に答えていた。確かショウくんのお父さんだ。

コイントスが終わり、スワンズの子供たちがそれぞれのポジションにつく。ドラゴンズの子たちは円陣を組んだ。勝つぞー、おー、というかけ声のあと、ポジションに散らばっていく。

「かっけえ」と美佳が言った。「ニゴーたちはやらないの?」

「やらないみたいだな」と俺は言った。「美佳りん、ああいうカッコだけの男には気をつけるのだぞ」

「ふうん」と美佳が鼻を鳴らしたところで、主審が笛を吹き、ドラゴンズのキックオフで試合が始まった。小さい子がちょこんとボールを出し、隣の大きい子が強くボールを蹴る。同時に、小さい子がものすごいスピードで走り出していた。上を飛ぶボール、追いかける小さい子。スワンズの陣地で動いているのはその二つだけだ。スワンズの子たちは茫然とボールを目で追っている。ボールが落ちてきて、小さい子がトラップしたとき、初めて魔法が解けたようにスワンズの子たちが動き出した。一番近くにいたリキくんが駆け寄るが、簡単に抜かれてしまう。ただすれ違っただけのようにしか見えなかった。リキくんの代わりに人懐っこい犬を置いたほうが、役に立ったかもしれない。その点、ヒロくんはもう少し上手だった。ヒロくんをかわすために、相手はちゃんとフェイントを使った。右足で左に蹴って、すぐに左足で右に蹴る。左に対応しようと、そちらに体重をかけていたヒロくんは、もう間に合わない。あっという間に置き去りにされる。諦めもいい。ドリブルする相手をその場でただ見送った。その潔さは男らしいが、やっぱり人懐っこい犬のほうがチームの役には立ちそうだった。相手の子がゴールに向かう。迎撃するように、大吾が前に出た。腰を落とし、両手を腰の高さ辺りで広げている。相手の子が放ったシュートは、ゴールよりもだいぶ左に逸れて、ラインを越えた。

「ナイスキー」と誰かのお父さんから声が上がった。

「ダイゴが前に出ましたね」

独り言のように呟いたのは、ソウタくんのお父さんだった。どうやら驚いているらしい。

「シュートを打たれる前にダイゴが動くの、私、初めて見ましたよ」とユキナリくんのお父さんも言った。

低い期待が高い評価を生んだ感動の瞬間らしかった。

「あの、何でうちの大吾がキーパーなんでしょう？」

俺は近くにいた若いお父さんに聞いた。確か、ユウマくんのお父さんだ。

「本人の希望っすよ」

「あ、本人の」と俺は少し驚いて言った。くじ引きかじゃんけんの結果だと思ったのだ。

「じゃ、やる気はあるんですね」

「やる気っていうか」とユウマくんのお父さんは言いにくそうに言って、ちょっと笑った。「走らなくてすむから、キーパーがいいらしいっす」

「ああ、走らないから」と俺は言った。「ああ、なるほど」

大吾は幼いころから、何かにムキになったり、必死になったりすることがあまりなかった。あれほど負けず嫌いな紗也佳のDNAはいったいどこに行ってしまったのだろうと不思議になるほどだ。「おにいと比べないように育てようってやったのが、かえってまずかったのかな」と紗也佳は言うが、確かなことはわからない。そもそも紗也佳にしても俺にしても、そんな大吾の性格をそれほど気にしているわけでもない。何か好きなものが見つかれば夢中になることもあるだろうし、このままお気楽な調子で生きていくなら、それはそれで悪くない。そう思っていた。

不意に携帯が震えた。確認すると、『ついた。どこ?』というメッセージが届いていた。目をやると、聖哉が正門から入ってくるところだった。立ち止まり、校庭を見回している。俺は手を挙げて大きく振った。聖哉は気づかない。俺は伸び上がるようにして手を振った。

ピッと短く笛が鳴った。そちらを見ると、スローインをしようとしているドラゴンズの子を手で制して、主審が俺を見ていた。両手を下に向けるサインをする。どうやら俺にそうしろと要求しているようなので、俺はその真似をしてみた。左手にいるドラゴンズの保護者からくすくすと笑い声が漏れる。

「サイドライン付近で手を挙げないでください。ちょっと紛らわしいので」

主審がそう言って、ドラゴンズの子に向き直り、笛を吹いて、スローインを促す仕草をした。

「ああ、すみません」と俺は誰にともなく謝った。

スワンズの親たちからは慰めるような視線を向けられた。何となく気まずくなり、俺はサイドラインから三歩分くらい下がって、ゲームを見ることにした。

「怒られてんじゃないよ。恥ずかしい」と聖哉が隣にきて笑った。「何対何?」

「ゼロゼロ。おかあは?」

「ゾンビを撃ちにゲーセン」

「ん? また荒れてんの?」

「あいつに会うとむしゃくしゃするんだって。まあ、気持ちはわかる。むしゃくしゃする男だよ」

「そんな風に言うな」

「月一って、もう誰のための決まりごとなんだか」

「みんなのためだろ?」

ドリブルで持ち込んだドラゴンズの少し大柄な子がシュートを打った。強いシュートだったが、大吾のほぼ正面だった。しっかりとキャッチする。

「おお」というどよめきに続いて、「ナイスキー」という声が上がる。

「正面のボールを取って驚かれてるよ」と聖哉は笑った。「どんなキーパーだよ」

ボールを持った大吾が、前を見る。ハルカちゃんは大吾がキャッチした瞬間から走り出している。大吾がボールを大きく蹴る。ハルカちゃんを狙ったはずだが、右に逸れて、相手に渡ってしまう。

「で、どんな感じ？」と聖哉は声を落として聞いた。「ハルカはやっぱり引っ越すの？」

「ああ。だけど、そういうんじゃないみたいだ。引っ越してしまう前に、勝ちたい。キーパーがゼロに抑えて、フォワードが一点取れば勝てる。だから、ハルカちゃんが大吾にだけ話したっていうより、フォワードがキーパーにだけ話したって、そういうことみたいだ」

「そっか」と聖哉は頷いた。「でも、あいつ、ずいぶん頑張ってんね」

ソウタくんがクリアミスしたボールが敵の目の前に転がり、ダイレクトでシュートされる。大吾はそれを右手一本で弾いた。それがかなりのファインプレイだったのは、他の保護者の反応を見ればわかる。

「おお、ナイスキー」

「ナイスだ、ダイゴ。ナイス、ナイス」

みんなが手を叩き、口々に大吾をたたえていた。

「大吾、いいぞー」

聖哉が大きな声を上げたが、大吾はこちらを見もしなかった。

「にこりともしねえ」と聖哉が言った。「かなり本気モードじゃね？」

確かに、家では見たことがない顔だった。相手のコーナーキックがショウくんにクリアされたが、大吾はゴールを割らせなかった。そのあとも何本かシュートを打たれたが、大吾はゴールを割らせなかった。ふう、という安堵《あんど》と驚きが混じったようなため息がスワンズの応援団からいくつも聞こえた。それが大きな拍手に変わる。

「今日は、ダイゴ、いいっすね」とユウマくんのお父さんが近づいてきて言った。「よく集中してますよ。あとはフォワードが仕事すれば、勝てるんだけどなあ」

「まさかの一勝、ありますかね？」とユキナリくんのお父さんが言った。

「見てみたいっすねえ」

他のお父さんたちも興奮しているのがわかった。普段から練習につき合っているお父さんたちにしてみれば、一度くらい目の前で自分たちの子供が勝つ姿を見たいのだろう。

やがて後半が始まった。ユウマくんが小さくボールを蹴り出し、ハルカちゃんが戻す。ユウマくんがダイレクトで右のショウくんにパスを出す。ユウマくんが前に走り、ショウくんがそこにボールを出そうとするが、ユウマくんにはマークがついている。迷っているうちに二人のディフェンスに挟まれ、ショウくんはボールを奪われてしまった。

「ショウ」とショウくんのお父さんが声を上げた。

頑張れ、とか、取り返せ、とか、言葉が続くと思ったのだが、ショウくんのお父さんはしかめ面をして、それ以上の言葉を発しなかった。

ボールを奪った相手は、大きく逆のサイドにパスを出した。が、通らず、ボールはラインを越える。その後しばらく、コートの真ん中付近でのボールの奪い合いが続いた。

ユウマくんとショウくんとハルカちゃん。大吾も言っていた通り、その三人なら、相手チームにひけをとらずにやれるようだ。現に三人が並ぶ前線でなら、スワンズはむしろ有利にボールを回している。が、ひとたび、前線でボールを失うと、あっという間にゴール前に持ち込まれてしまう。三人がそれを気にして守備に意識を置き始めると、ボールを奪い合う場所がどんどんスワンズのゴール近くにずれていく。やがて戦場はスワンズのゴール前に固定されることになる。

「なるほど」と俺は一人で呟いた。「さっきはここから見始めたわけね」

「ん？」と聖哉が言った。

「たぶん、これ、第一試合と同じパターン」

ハルカちゃんからボールを奪った相手の子が、振り返りざまにシュートを放った。ゴール右上を狙ったシュートだ。大吾がジャンプして手を伸ばすが届かない。やられた、と思ったが、ボールはポストに当たって跳ね返った。転々とするボールに子供たちが駆け寄る。一番先に身を投げ出すようにして大吾が押さえた。立ち上がり、ボールを地面につきながら前を見た大吾が声を上げた。

「フォワードは上がれ。点、取らなきゃ勝てないだろ。いちいち戻るな」

おお、というどよめきがスワンズの応援団に広がる。

聖哉が大吾のほうを指差して、俺を見る。仲間を叱咤《しった》し、鼓舞している。家にいるときの大吾からは想像できない姿だった。

「あ、いや。あれは第一試合にはなかったな」

「じゃ、負けパターンから抜け出せるかもな」

大吾がボールを大きく蹴った。またハルカちゃんを狙ったのだろうが、今度は短い。が、敵がトラップしたところで、ユキナリくんがうまく奪った。

「ユキナリ、ヘイ」

走りながら叫んだのはユウマくんだ。大きいディフェンスがユキナリくんに寄っていく。体をぶつけられ、ユキナリくんはバランスを崩した。が、倒れ込みながらも左の足先でパスを出す。そのパスを受けてユウマくんが走った。

「そう、そこで粘れ」

ユウマくんのお父さんが呟くように言った声が聞こえたはずはないが、ゴール正面でユウマくんが間を取った。相手は二人がかりでボールを奪おうとするけれど、ユウマくんは渡さない。その間に向こうのサイドをショウくんが走っていく。

「ヘイ、ユウマ」

サイドからゴールのほうに切れ込みながら、ショウくんが叫んだ。

「いいぞー、行けー」

「決めろ、ショウ」

お父さんたちから大きな歓声が上がる。その歓声を受けて、ユウマくんがショウくんにパスを出す、はずだった。が、ユウマくんが蹴り出した足はボールを越えてしまった。

は？　空振り？

俺はそう思った。ユウマくんについていた二人のディフェンスも、ショウくんに詰めていたもう一人のディフェンスも、身構えていたキーパーも、そう思っただろう。次の瞬間、ボールの前に出したユウマくんの足が逆に振られ、ボールが背後に転がる。がら空きだったその場所に走り込んできたのはハルカちゃんだ。目の前に転がってきたボールに向かって、ハルカちゃんが足を振り抜く。ゴールキーパーはまったく動けなかった。鋭くゴールを襲ったハルカちゃんのシュートがサイドネットを揺らした。ただし、外側から。

うおっとか、うわっとかいう声があちこちで上がった。すべての悲鳴が、すぐに、あというため息に変わる。

「今のダメなの？」と美佳が聞いた。

「あのゴールの内側から網に入れなきゃダメなのだ。今のは外からだったからダメなのだ。でも惜しかったね」

「ホント、惜しかったっすよね」とユウマくんのお父さんが俺を振り返り、すぐにグラウンドに向き直った。「まあ、これがサッカーってことっすね」

ハルカちゃんは茫然と立ち尽くしていた。が、キーパーがゴールキックのためにボールをセットしたのを見て、自分の陣地のほうへ戻り始めた。

「フォワードは点を取るんだろ」と大吾が叫んだ。

ハルカちゃんがハッとしたように顔を上げた。大吾が、戻ってくるな、という感じで手を振る。ハルカちゃんは頷いて、そこに足を止めた。

「ユウマ、ショウ」

ハルカちゃんが声をかけ、二人にあまり戻らないように指示を出す。二人は顔を見合わせ、やがて頷き合った。

が、前のほうで三人のフォワードが待ち構えていても、一度、スワンズの陣地に入ってしまったボールは一向に出てこなかった。危うくゴールにボールを押し込まれそうになった戦況を見て、まずはユウマくんがボールを取りに自陣に戻った。何度かボールを奪うのだが、複数の相手に囲まれて奪い返される。

「一位はルークス確定でも、ドラゴンズも二位はまだ可能性ありますからね。うちに負けるわけにはいかないんでしょ」とユキナリくんのお父さんが誰にともなく言った。

「二位って？」と俺は聞いた。

「ああ、このグループで二位までは決勝トーナメントに進めるんですよ」

道理で、隣で応援しているドラゴンズの保護者たちも、かなりボルテージが上がっている。

やがてショウくんも自陣に戻った。それでもボールを自陣から持ち出すことができない。ユウマくんからのパスが、相手の足に当たり、ボールがこぼれた。そこにドラゴンズの子が走り込んできて、直接シュートを放つ。決まったかと思ったが、大吾が何とか弾き出した。わっという歓声がスワンズの保護者から上がる。

「いいぞー、ダイゴ」

失点は防いだが、ピンチは続く。ドラゴンズのコーナーキックだ。体の小さい子が、高いボールをゴール前に放り込んだ。一番背の高い子にヘディングシュートされたが、ゴール前にいたヒロくんの胸に当たって、ゴールにはならなかった。大吾はこぼれたボールを取りに行こうとするが、キャッチする前に、ヒロくんが大きくボールを蹴り出した。それが味方に渡ればいいのだが、また相手に渡ってしまう。

大吾が前を見た。ハルカちゃんがセンターライン辺りで一人、ボールを待っている。戻りたいのをぐっと我慢しているのが俺にもわかった。ボールを取り、すぐにハルカちゃんに向けてボールを蹴る。大吾はそうしたくてじりじりしているのだろう。

時間は刻々とすぎていく。スワンズの応援も、ドラゴンズの応援も、声が大きくなる。

「ニゴー、頑張れー」

ヒートアップする声援につられて、美佳も声を張り上げていた。

「引き分けならありますかね」とユキナリくんのパパが言った。

時間はそろそろ後半の十三分を超えるはずだ。試合時間はあと二分ほど。様子からして、一点取ることはなかなか難しいだろう。

「引き分けって?」と俺は聞いた。

「公式戦では引き分けもないんすよ、あいつら。勝ち点、取ったことないんす」とユウマくんのパパが言った。

「ああ、そうなんですか」と俺は言った。

「初勝ち点、一。まあ、あいつらにしては上等ですよね」とショウくんのパパが言った。

大吾もそう思っているのかもしれない。ハルカちゃんのために、せめて勝ち点一。必死の形相で、ゴールの中で両手を構えていた。

相手がドリブルで持ち込んでくる。リキくんがあっさりとかわされる。大吾が前に出た。シュート体勢に入った相手の足下に、迷うことなく飛び込んでいく。が、間に合わない。相手の蹴ったボールが、体を投げ出すように飛び込んでいった大吾の腹に当たってこぼれる。ボールが強く当たったせいで呼吸が止まったのだろう。すぐには立ち上がれず、大吾があえいでいた。こぼれたボールはまたドラゴンズの子のほうへ転がってしまう。その子がボールに走り込む。そのときだった。

「があっ」

大吾が吼《ほ》えた。

倒れた姿勢から膝と片手を使って、もう一方の手をボールに伸ばす。その手がシュートしようとした相手の足とぶつかった。蹴られたボールは大吾の肩に当たって弾かれる。シュートした子が大吾と絡み合うように転がった。

主審が笛を鳴らす。

「チャージ」とショウくんのお父さんが呟く。

主審がゴールの少し手前を手で示していた。

「PKかよ」とショウくんのお父さんが頭を抱えた。「今の、相手のファウルだろ」

言葉は強くはなかった。言ったのはただの願望で、主審の判断が妥当なのだろう。

「ナイスだ、ダイゴ。ナイスチャレンジ」とユウマくんのお父さんが手を叩きながら声を上げた。

「切り替えていこう。ダイゴ、止められるぞ」とソウタくんのお父さんも言った。

「ニゴー、頑張れー」と美佳が言った。

「そうだ、ニゴー、頑張れー」

聖哉が声を上げて、俺の肩をポンと叩いた。

「おとう、応援しにきたんだろ？」

「え？」

「大吾に頑張れって、まだ一度も言ってないぞ」

「そうだったか？　あー、まあ、頭の中では応援してるぞ」

ペナルティエリアから、キッカーと大吾以外のすべての子供が出される。ボールがセットされる。キッカーがどこに蹴るかを考えるように、ゴール全体を眺める。大吾はボールをじっと見ている。ふと気づくと、スワンズの中でハルカちゃんだけが、センターラインの近くにいた。敵も味方も、みんながスワンズのゴールを気にしている中で、ハルカちゃんだけがドラゴンズのゴールを狙っていた。ＰＫを止めた大吾が、自分のところにボールを蹴り出してくれる。そう信じているようだ。

「口に出して言ってやれって。俺に遠慮しなくていいから」

聖哉が言い、俺は驚いた。

「はあ？　遠慮なんてしてない」

スワンズの保護者たちが大吾に向けて声を上げていた。聖哉がそちらを軽く顎でしゃくった。

「親でもないのに、みんな大吾を応援してる。おとうは親なんだから、応援してやればいい」

キッカーが助走のためにボールから距離を取る。

「おとうはお前に遠慮してるか？」

「時々」

「それ、気のせいだ」

キッカーがゆっくりとボールに近づく。一、二、三、四で、シュートを放つ。

うわっと歓声が上がる。

「あれはしょうがないっすね」

ユウマくんのお父さんが誰にともなく呟く。

右に飛んだ大吾は、そこに倒れたまま、指先をかすめてゴールに入ったボールを見ていた。やがて大吾の手が拳になる。拳が地面を叩いた。シュートを決めたキッカーが仲間の祝福を受ける。大吾はまだ立てない。俺はすうっと息を吸い込んでから、口に両手を添えて声を上げた。

「大吾、まだ終わってないぞ」

大吾が俺を見た。泣き出しそうな目だった。こんなにも悔しそうな大吾を見るのは初めてだった。立てない理由は俺にもわかった。立って前を向けば、そこにはハルカちゃんがいる。ハルカちゃんも動けずに、センターラインの近くから茫然とスワンズのゴールを眺めていた。大吾はその姿を見たくないのだろう。

「立て」と俺は叫んだ。

勝ったの負けたのはどうでもいい。勝ち点だって同じことだ。ただ、ハルカちゃんと一緒にプレイできる時間は、もうそんなに長くない。これと、来週のもう一試合。そう言っていた。だから……。

「立って、最後まで頑張れ」

「ニゴー、立ち上がれー」と美佳が叫ぶ。

頑張れ、という声が他の保護者たちからも上がる。

大吾がぎゅっと唇を結び、立ち上がった。その間にユウマくんがゴールの中からボールを取り、大吾の頭をポンポンと叩いてからセンターサークルに向けて駆け出した。ショウくんがそのあとを追う。センターラインにいたハルカちゃんは、大吾に向けて、二度手を叩いた。最後に一つ大きく頷いて見せると、センターサークルにボールをセットしたユウマくんとショウくんに目をやった。いつでも動き出せる姿勢を取って、試合再開の合図を待つ。

「おとうはお前に遠慮なんてしてない」と俺は聖哉に言った。「お前の父親にも遠慮なんてしてない」

「そっか」

「おとうはおとうだ」

「わかった」

　主審の笛が鳴った。ショウくんがボールを前に出し、ユウマくんがドリブルをする。相手も必死だ。二人、三人とディフェンスが近づいてくる。それを振り切ったのは見事だった。三人のディフェンスをかわし、四人目がやってくる前に、ユウマくんはパスを出した。

「ハルカ、打て」

　ハルカちゃんが打ったシュートは、捨て身で飛び込んできた相手の体に当たってサイドラインを割った。ハルカちゃんはボールを取りに走ったが、ボールを手にすることはできなかった。主審が笛を長く吹いた。どちらの応援団からも、ほおっというようなため息が漏れる。

「初勝ち点ならずっすね」とユウマくんのお父さんが言った。

「でも、まあ、少しは成長してるみたいですね」とショウくんのお父さんが苦い顔で笑った。

　子供たちが整列する。互いに礼をした子供たちに両軍の保護者たちから拍手が送られた。スワンズの子たちがうなだれていたのは、やはり試合直後だけだった。戻ってくる途中で、すぐにふざけ合い始める。今度はハルカちゃんもショウくんと笑って喋りながら歩いていた。が、大吾の姿はそこにはなかった。大吾だけはコートから出たところで一人立ち尽くしていた。誰もいないほうを見ている。泣いているのかもしれない。

親たちもコートサイドから引きあげる。俺と聖哉も歩き出した。気づくと、携帯に紗也佳からメッセージが届いていた。

『百八匹討伐。新記録』

「おかあ、相当、荒れてたんだな」と俺は言った。

「あんなむしゃくしゃする男と、よく五年間も続いたもんだよ」

「いいときもあったんだろ」

「嫉妬とか、する？」

その発想に俺はちょっと驚いた。

「しないよ」

「しないのか？」

「しない、しない」

だって、その男がいなければ、俺たちは四人家族だったのだ。四人より五人のほうが楽しいに決まっている。

「あ」と俺は気づいて、足を止めた。「聖哉、お前、好きな子ができたろ」

「何でそうなる？」

「おとう、明日も休みだぞ。明日はお前が好きな子を見に行こうかな。学校の子？」

「人の恋愛で遊ぶな」

「やっぱ好きな子、いるんじゃないか。美佳りん、何か知ってる？」

「美佳りんが知ってるわけないだろ」

「イチゴーの好きな人、美佳りん、知ってるんだぞー。電話してるの、聞いたんだぞー」

「げ」と聖哉が言った。

「美佳りん、その話、おとうに聞かせるのだ」

俺は美佳を抱っこして、走り出した。

美佳りん、言うなよー、という聖哉の絶叫が背後に聞こえる。俺の腕の中で美佳がきゃっきゃと笑った。ふとそちらに目をやると、まだ立ち尽くしていた大吾にハルカちゃんが近づいていくところだった。すたすたと近づいていったハルカちゃんは、おもむろに大吾のケツを蹴り上げた。振り返った大吾に何かを言い、ハルカちゃんが駆け出す。ハルカ、ふざけんなよ、という叫び声がここまで聞こえてきた。大吾がハルカちゃんを追いかけて走り出す。俺の腕の中で美佳がもう一度きゃっきゃと笑った。

# 7　ハルカ

その男は弁護士には見えなかった。花屋、保育士、トリマー。彼の外見にしっくりときそうな職業をいくつか思い浮かべてから、僕は息を吐いた。何に見えようとも、彼は弁護士で、彼女の代理人として、今、僕の目の前にいるのだ。

「あの、何か？」と彼が聞いた。

年は僕より二つ、三つ、上だろう。細身のすっきりとしたスーツを着ていたが、あまり似合っていなかった。

「ええと、何が？」と僕は聞き返した。

「今、ため息をつかれたので、何かおっしゃりたいことがあるのかと」

言いたいことならあるが、それは彼女に対してであって、彼に対してではない。僕は首を振った。コーヒーのお代わりを頼みたかったが、ウェイトレスは僕らの間に漂う緊張感に遠慮して、こちらに近づいてきてくれなかった。

「説明を続けても？」と彼は聞いた。

「どうぞ」と僕は頷いた。

もっとも、それは、する必要のない説明だったし、聞く必要もない説明だった。彼女に婚姻を続ける意思がない以上、どういう形であれ、離婚は成立する。そうすると彼女が決めたのなら、それを覆す力など、僕にあるはずもない。そして、離婚が成立した場合、どう考えても遥《はるか》の親権は彼女が持つことになる。彼女は母親であり、きちんと職を持っていて、稼ぎもある。ほとんど専業主夫の僕に勝ち目があるわけがない。

彼が説明しているのも、つまりそういうことだった。

彼女は離婚したがっていて、遥の親権も譲るつもりはないと。

カップの底にわずかに残っていたコーヒーを飲み干した。視線を向けたのだが、ウェイトレスも、カウンターの中のマスターも、こちらを見ていなかった。

「理由は?」

コーヒーを諦めて、僕は聞いた。

「離婚したい理由について、彼女は何か言ってましたか?」

彼女の転勤が決まったとき、僕らの間に問題は何もなかった。僕も彼女も引っ越すつもりでいたのだが、遥が渋った。もちろん、きちんと説得すれば、遥だって引っ越しを受け入れただろう。小学生が親の都合で引っ越しをする。当たり前に起こることだ。が、僕と彼女は単身赴任という選択をした。それにもさしたる重さはなかった。僕らは二重生活になった場合の生活費を計算し、彼女の給料と僕のささやかな稼ぎで、どうにか生活は回せるだろうと判断した。

「あなた、寒いところ苦手でしょ？」

言ってみれば、その程度の理由だ。結婚して時間も経ち、ふと訪れた違う生活へのきっかけに二人で乗ってみたというだけのことだった。それが、先月、遥の夏休みが終わってしばらくしたころだ。突然、彼女から離婚したいというメールがきた。わけがわからなかった。電話で話したが、らちが明かなかった。そして今回、弁護士が彼女の代わりにやってきた。もちろん、彼女がただ僕に嫌気が差したということもあり得るし、それならば僕としては黙って受け入れるしかない。それでも、夫婦として十二年もすごしたのだ。せめて彼女の口からきちんと説明してほしかった。

「理由については、私はうかがっていません」と彼は言った。「私としても、職務上、知っておきたかったのですが、それは話す必要のないことだとおっしゃっていました。ただ……」

彼が弁護士としての構えを解いた。テーブルの上で組んでいた手をほどき、椅子の背もたれに身を預ける。

「推測でものを言うことを許していただけるのなら、彼女がその理由を教えてくださらないのは、あなたの名誉のためであるように私には思えました」

繰り返して、僕は少し笑ってしまった。僕には守るべき名誉なんてない。僕の笑いは、好意的には受け止められなかったようだ。彼が再び鎧《よろい》をまとった。背もたれから体重をはがし、テーブルの上で手を組む。

「あなたが離婚と親権の放棄を受け入れず、説得も困難だと判断したときには、教えてくださると、そうおっしゃっていました」

「そうですか」と僕は頷いた。

「心当たりが？」

「なくはないです」と僕は言った。

「でしたら、早めに結論を出しましょう」

浮気か何かだと思ったのだろう。彼は物わかりのいい教師のような顔で僕に頷いた。

僕は小さく微笑み返し、首を振った。彼の表情が曇った。

「離婚後、半年は時間がほしい。それが彼女の条件ですが、言ってみれば、条件はそれだけでしょう？　半年がすぎれば、その後は、月に一度、お嬢さんとの面会を認めるとおっしゃっている。そして寛大なことに、あなたの生活に対しても、ある程度の補助を考えているとおっしゃっています。過去に私が担当した事例で、こんな話は聞いたことがありません」

「僕の名誉」

受け入れない理由のほうがわからない。そう言いたそうな顔だった。

こうなることはわかっていた。みんな彼女の味方だ。だって、彼女はみんなの側にいる。僕は独りだ。僕の側には誰もいない。

「あなたは独りじゃない」

かつて彼女はそう微笑んでくれた。

「そっちに誰もいなくても、あなたは独りじゃない。そっちにいるあなたを、こっちにいる私がちゃんと見ていてあげる。だから……私の近くにいて」

続くはずがないことは、どこかで予感していた。それでも僕はその予感を無視した。彼女とすごす時間は、僕に安らぎをもたらしてくれた。それは僕が人生で初めて得た平穏だった。

けれど、今、彼女は僕がこちら側にいることを認めない。いざとなれば、そちら側から、そちら側の論理で僕を糾弾《きゅうだん》するだろう。僕は手も足も出ない。スズメにつつかれる田んぼを茫然と眺めている案山子《かかし》のようだ。

「いきなり環境が変わるのは、遥にとっていいことだとは思えません」

僕は反論した。自分でも苦しい反論だと思った。

「環境」と目の前の弁護士は言って、平和的に笑った。あなたを貶《おとし》めるつもりはないが、あなたの言い分は検討に値するものではありません。笑みはそう言っていた。それだけで済ませたかったのだろうが、職務上、彼はきちんとそれを言葉に換えた。「小学四年生の子供が引っ越すというだけの話です。引っ越し先には実の母親がいる。身寄りのない子が、言葉の通じない外国へ養子に行くわけではない。問題はないはずです」

その通りだ。

「気持ちはどうなりますか」

これだけは言いたくなかったが、僕が出せる札は、もうそれしか残っていなかった。

「遥の気持ちは、考えてもらえないんですか？」

それを言うんですか。

弁護士はそう言いたそうな顔をした。

「もちろん考えてらっしゃいます。ですから、こうして、私を立てて、あなたにお願いしているんです」

遥の気持ちを無視していいのなら、彼女はもっと強引に離婚を進めている。目の前の弁護士は、むしろ彼女がそうすることを望んでいるようだった。

「母親のもとで暮らすよう、お嬢さんを説得してもらえませんか？」

そのための条件が、月に一度の面会と、月々の小遣いなのだ。それで遥を売れと彼女は言っている。売らないのなら、奪っていくと。

「理由が聞きたい」と僕は言った。

何かを言いかけた彼を制し、僕は言葉を続けた。

「人前で君が何を言うのかはわかっている。僕が聞きたいのは、その理由じゃない。本当の理由が聞きたい。彼女にそう伝えてください」

顎をさすりながらその言葉についてしばらく考え、弁護士は顔を上げた。

「それを聞けたら、離婚に応じてくださると理解してよろしいのでしょうか」

「あなたが何かを理解する必要はない」と僕は言った。「ただ、彼女に伝えて、彼女からの返事を僕に教えてください」

彼の返事は待たずに、僕は千円札をテーブルに置いて、席を立った。


中古で買った一軒家のキッチンは、アイランドキッチンやカウンターキッチンではなく、昔ながらの壁に向いたタイプだった。背後から小さな歌声が聞こえてくる。僕は肉野菜炒《いた》めを味噌《みそ》で味つけしながら、そのメロディに耳を澄ました。歌は上手ではないが、遥は素敵な声をしていた。少しハスキーな感じは僕の声の特徴とは違っているし、彼女の声にも似ていない。こういうものこそギフトというのだろうと僕は思う。親から受け継いだのでもなければ、自分で獲得したのでもない。この世に生まれてくる前に、神様がそっとその体に備えてくれたプレゼントだ。できれば僕も、そんなギフトがほしかった。

「声優になればいい」

振り返って、僕は言った。

「遥は素敵な声をしている。これ、言ったことあったっけ？」

「歌が下手だってこと？」

「何だって？」

「素敵な声で歌っている人には、普通、歌手になればいいって勧めるんじゃない？」

「アナウンサーもいいかもしれない」と僕は言った。

「もう」とほっぺを膨らましてから、遥は笑った。

眉をちょっと上げるその笑い方は、母親譲りだ。笑い返して目を逸らし、僕は夕飯の準備を続けた。独身時代はそれほどでもなかったが、やり続ければそれなりに上達するものだ。手際のよさという点に絞って言うのなら、僕の料理の腕前は専業主夫としてそう恥ずかしいものではないはずだった。

「それで、この前の話、考えてくれた？」

背を向けたまま、僕は言った。

返事がなく、振り返ると、遥はテーブルの上を見ていた。そこにはカップほどの大きさの人影が浮かんでいた。輪郭がはっきりとせずわかりにくいが、たぶん少年だろう。遥が作り出したものだということはわかるが、それが何なのかまでは僕にはわからない。

憎しみでないのは明らかだが、愛情とか友情とかとも違う気がする。もっと曖昧な感情だ。子供は不思議だ。そんな曖昧な感情をこれほど強く持つことができるのだから。

「ママのところに引っ越すっていう話」

僕が重ねて言うと、遥はようやく僕に目を向けた。テーブルの上の少年は消えた。

「わかってる。けど、あんまり、行きたくないな。ここがいい」

「試しにしばらく行ってみたらどうだろう？」

「私は夏休みに行ったばっかりだよ」

僕も行くつもりの旅行だった。が、間抜けな夏風邪《なつかぜ》のせいで僕は行けなくなり、遥が一人で行った。そこで特別何かがあったとは聞いていない。彼女と遥は当初の予定通り、明治期の建築物を巡り、渓谷を散策し、動物園に行った。一週間ほど一緒にすごし、遥は彼女に飛行機に乗せてもらい、ちゃんと家に帰ってきた。が、夏休み明けにはもう彼女は揺るがぬ意思で離婚を決めていた。あのとき、僕が夏風邪など引かず、遥と一緒に旅行に行けていたら、状況は違っていたのだろうか。それともあのときにはもう彼女は離婚の意思を固めていて、旅行中に遥には内緒で僕に伝えるつもりだったのだろうか。

「それは旅行のつもりだったよね？　そうじゃなくて、そこで暮らすっていうつもりで、見に行ってみるんだ。そういう目で見れば、また違ったよさが見えてくると思う」

「パパは行きたいの？」

離婚について、僕はまだ遥に話していない。けれど、遥は気づいているはずだ。だから、「引っ越す」のが自分一人であるということも気づいている。それでも、遥は二人で引っ越す前提で話をする。きちんと説明されていない以上、遥にはそう振る舞う権利がある。

「パパは仕事があるんだ。すぐに遠くには引っ越せない」と僕は思い切って言ってみた。

「今回、引っ越すのは、取りあえず遥だけだよ」

「取りあえず？」と遥は言った。

「そう、取りあえず」と僕は頷き、料理に戻った。

「パパがこのままでいるなら、私もこのままでいい」

背後から聞こえたその言葉に胸の奥をくすぐられるような喜びを感じる。そうできるのなら、僕だってそれがいい。けれど、難しいだろう。

結婚し、遥が生まれたとき、僕らはお互いの稼ぎと適性を考えて、彼女が勤めを続け、僕が会社を辞めることにした。僕は個人で細々とクライアントを募りながら、主夫業をメインにやることにしたのだが、そのときにはまさかこんなことになるとは思っていなかった。ただでさえ親権を奪い合えば母親のほうが有利なのだ。ろくに稼ぎのない夫に勝ち目があるとは思えない。とするなら、やはり、僕は今から最悪の結末にも備えておかなくてはいけない。向こうで彼女と二人で暮らすことになっても、遥には幸せに暮らしてほしい。

「サッカーチーム、どんなのがあるか、ママに調べておいてもらおうか」と僕は言った。

「もし向こうに行くことになっても、サッカーは続けるだろ?」

「そんなの、わかんないよ」

「そうなの?」

小学校一年のとき、遥がいきなりサッカーチームに入りたいと言い出した。それから三年以上、毎週日曜日の練習はほとんど休んだことがない。小学校の間はもちろん、中学や高校に上がってもサッカーを続けるのだろうと何となくそう思い込んでいた。

「スワンズだからサッカーしてる」と遥は言った。「他のチームに入ってまで続けたいのかはわかんない」

テーブルの上にまたあの少年が浮かび上がる。スワンズの誰かということだろうか。遥はスワンズの誰かが気になっている。それがここを動きたくない理由の一つのようだ。

「遥」

「ん?」

その子の姿がまたテーブルから消える。

「ご飯にしよう」

「うん」

都心ならば話は違うのかもしれないが、ベッドタウンのこの町で日中に出会うのは、大半が女性。でなければ老人だ。昼日中から、三十八歳の男性が歩いていると、時折、ぶしつけな視線を投げられることになる。ましてやスーパーなんかにいると、露骨に変な顔をされることもある。もちろん、変な顔をされたところで、知らん顔をしていればいいだけだ。知らん顔で買い物を続けながら、僕はこんな風に知らん顔をしながら、これまでずっと生きてきたような気がしてきた。いや、実際にそうだったのだろう。出会ってすぐに彼女はそれを見抜いた。

「ノイズキャンセリングさん」

まだつき合う前のことだ。出会った人に勝手にあだ名をつけるのが、小さなころからの秘密の遊びなのだと彼女は言った。そして、彼女がひそかに僕につけていたあだ名が「ノイズキャンセリングさん」だと白状した。

「我関せず、って感じで生きている気がする。そういうポーズを取りたがる男の人はいっぱいいるし、そういう態度、普通は鼻につくだけなんだけど、あなたの我関せずは、そういうのとは違う気がする」

「我関せずなんて、そんなつもりはないですよ」

これまでそんなことを言われたことがなかったので、僕は少し狼狽した。

「周囲とはうまくやっていきたいといつも思っています」

彼女は証券会社の社員で、僕はシステム設計のためにそこに派遣されていたプログラマーだった。担当する仕事が終わり、派遣期間の最後となったその日、僕は彼女から夕食に誘われた。

「ねえ、そろそろ、その敬語、やめない？　仕事が終わったんだから、もうクライアントじゃないでしょ？」

「会社同士で交わした契約は今日までのはずです。ですから、今日一日が終わるまで、私にとってあなたはまだクライアントです」と僕は言った。「そういう風に振る舞っていれば、ここは会社の経費で落ちたりするかと思ったんだけど」

「残念ながら、割り勘」

「じゃ、ここからは敬語なしで」

僕らは食事をして、ワインを飲んだ。お互いの仕事のことを話し、プライベートなことも少し喋った。恋人はいない、と僕が言うと、彼女は「知ってた」と頷いた。

「知ってたって？」

「そのネクタイ。さすがにあり得ない。恋人がいたら、身を挺《てい》して止めてるわ。そのネクタイで外出するなら、私を倒してから行きなさいって」

「そう？」

　僕は自分のネクタイを見下ろした。普段、ネクタイはしないのだが、今回は証券会社への派遣ということでネクタイ着用を命じられた。次にいつ締める機会があるかもわからず、わざわざ買うのも馬鹿馬鹿しいと思い、クローゼットの奥にあった古いネクタイを引っ張り出した。そのうちの一本だが、有名なブランドもので、品は悪くないはずだ。僕がそう言うと、彼女は鼻で笑った。

「スーツも同じブランドなら、ちゃんと気取った感じになるでしょうよ。似合うか似合わないかは別にして。ネクタイだけだと、無理して、背伸びしてる感じ」

「そんなにひどい？」

「食事が始まったときから言いたかったんだけど、できればすぐ外して」

　僕はそうした。

「会社のビンゴ大会でもらったんだ」と僕は言い訳した。

「ああ、それって、お中元とか、お歳暮とか、株主優待とかが賞品として出るやつ？」

　なかなか辛辣《しんらつ》だった。

「そうだね。不用品処分の場だって気づくべきだった」

　やがてワインがなくなり、デザートも食べ終わった。コーヒーをお持ちしましょうか、とウェイターに言われ、彼女が僕を見た。

「もう少し飲める？」

僕が頷き、僕らは食後酒を頼んだ。

「私は恋人がいる」

ブランデーを飲みながら、彼女は言った。

「知ってる」と僕は言った。

「知ってるわけない」と彼女は笑った。

「そうだね。言い方がまずかった。ばれてるって言うべきだね」

彼女の笑顔が凍りつき、僕は言いすぎたことを後悔した。酔っていたということもあった。辛辣な言葉への仕返しというつもりもあった。けれど、それ以上に、彼女の気を引きたくて言った言葉であることも間違いなかった。

「ばれてるってどういうこと？」

「ああ、当たった？」と僕は笑って誤魔化した。「恋人が社内の人なら、ばれないようにつき合ってるんだろうなって思ったから、カマをかけただけ」

「相手が誰か知ってる？」

「だから、カマをかけただけだって。知るわけがない」

「知ってるの？」

彼女は息を詰めて僕を見ていた。張り詰めた表情だった。しらを切り通すより、彼女に伝えるべきことがあると思った。

「知ってる」と僕は白状した。「それに、君が思っているのと同じくらい、吉住《よしずみ》さんも君のことを思っていることも知ってる」

息を詰めて僕を見ていた彼女の目にじわりと涙がにじんだ。その反応はあまりに唐突で、僕は面食らった。

「どうして知ってるの？　あなた、吉住さんと、いつそんな話……」

茫然と彼女は呟いた。にじんだ涙は、やがて頬を滑り落ちた。

「ああ、違うよ。吉住さんからは何も聞いてない。直接の担当の君を飛ばして、その上司の吉住さんと喋る機会なんて、まったくなかった。そうだろ？」

「じゃあ、どうして……」

「僕は、ただ、わかるんだ」

見えるんだ。そう説明してもわかってもらえるはずがない。僕はこれまでも何度となく繰り返してきた嘘を彼女にも話した。

「驚かせて悪かったよ。僕はそういうことに関して、変に鋭いところがあるんだ。昔からそうだった。誰が誰を思っているとか、そういうのがわかっちゃうんだ。君も吉住さんも上手に隠していると思うよ。でも、僕にはわかっちゃう。これに関しては、ただわかるっていう以外に、自分でも説明のしようがない。だから、他の人は気づいていない。

もちろん、僕も誰にも言ってない」

彼女の動揺が収まるまでには、しばらくの時間ともう一杯のブランデーが必要だった。気持ちが落ち着くと、吉住さんとの関係がもう一年以上続いていることを彼女は告白した。

「それが吉住さんの奥さんと子供さんを傷つけることはわかっている。吉住さんと自分を貶めることであることも」

そう言って彼女は、温めたミルクを飲む子供のような仕草でブランデーグラスに口をつけた。

「そう」と僕は頷いた。

「軽蔑《けいべつ》する？」

彼女はそうしてほしそうだったが、僕にその気はなかった。

「しないよ」と僕は言った。

「そうよね。軽蔑の対象にすらならない。いい大人が二人して、みっともないだけ。わかってる」

それからしばらくの間、彼女は自分の意気地のなさを罵り、吉住さんの優柔不断さを断罪した。僕は同意も否定もしなかった。黙って酒を飲み、時折、彼女の隣にいる吉住さんを眺めた。

「吉住さんも私のことを思ってる。そう言った？」

やがて疲れたようにため息をついて、彼女は聞いた。僕は頷いた。

「それは、確かなの？」

勤務時間中でも、彼女の傍らには吉住さんがしばしば現れた。それと同じくらい、吉住さんの傍らには彼女がしょっちゅう寄り添っていた。

「間違いない。説明のしようはないけど」

「そう」と彼女が頷き、微笑んだ。「なら、別れるわ」

「そうだね」と僕は頷いた。「それがいいと思うよ」

「やっぱり不倫はよくないもんね」

「そういう意味ではなくて」

そういう意味ではなかった。彼女の傍らにいる吉住さんも、吉住さんの傍らにいる彼女も、いつも悲しそうな顔をしていた。

「それなら、デートに誘えるからさ」と僕は言った。

「期待してる」と彼女は笑い、最後に落ちてきた涙を手のひらで拭った。

僕らがきちんとつき合い始めたのは、それからだいぶあとのことだ。彼女は気持ちの整理をつける必要があったし、僕は僕で彼女との距離を慎重に測っていた。ただ勘のいい男として振る舞うべきか、それともすべてをきちんと話すべきか。

僕らは長い時間、友人としてすごした。そしてついにあるとき、僕は彼女に自分のギフトについて話した。それが『わかる』という抽象的なインスピレーションではなく、『見える』という具体的なイメージであることを。彼女もさすがにすぐには呑み込めなかったようだ。

「じゃ、私があなたのことを思ったら、ここにあなたがもう一人いるように見えるの？」

彼女は自分の体の前で手をぐるぐると回した。

「ちょっと違うんだ」と僕は言った。「強い気持ちがその人から漏れるんだ。どうしようもなくあふれて漏れた気持ちが僕には見える。君が今、頭の中でどんなにはっきりと僕のイメージを浮かべても、何も見えないよ。そこには強い気持ちが必要なんだ」

「強く愛していれば、見えるの？」

「何て言えばいいのかな。もう少し衝動的なものだよ。深く愛し合っている夫婦でも、年がら年中相手に対して強い思いを感じているわけじゃないだろ？　ただ、ふとした拍子に強く感じることがある。僕が見えるのは、それ」

「強い気持ちってことは、愛情だけじゃないのね？」

「そうだね。数で言うなら、負の感情のほうが多いよ。憎しみは人の顔を歪ませるんだ。何十っていう歪んだ顔を引き連れて歩いている人もいる。そういうときは、さすがにぎょっとしちゃうね」

「見えるようになったのは、いつから？」

「ずっと小さいときから」

いつ身につけたという記憶はない。だから、たぶん、生まれたときからだったのだろう。僕に与えられた、クソくらえのギフトだ。

「それが自分だけに見えているってことが、かなり長い間、わからなかった。最初は伝え方が悪いんだろうと思った。小さいころは今よりずっと喋るのが苦手だったしね。だから、それが自分だけに見えているもので、他の人にはそんなもの見えはしないんだって理解したのは小学校二、三年生のころだったかな」

「困ったんじゃない？」

「困ったのは、僕よりも親だろうね。親に連れられて病院をはしごした記憶があるよ。でも、ただの虚言癖だと思われたんだろう。具体的な治療は受けなかったな」

父も母も、最後まで僕を信じようとはしてくれた。だからこそ、病院を何軒もはしごした。目が悪いのではないか。脳に何かしらの疾患があるのではないか。精神的なものが関係しているのか。考えられる様々な仮定を検証しようとした。が、満足な答えをくれる病院はなかったのだろう。ただの子供の嘘であり、病的症状として取り扱うものではない。僕の目の前でそう言い放った医者もいた。

「ご両親は、それで、どうしたの？」

彼女に聞かれ、僕は首を振った。

僕が小学校三年生のとき、父が手を上げたのがきっかけだった。

いつまでそんな嘘をつき続けるんだ。

そう怒鳴られ、平手で打たれたときの光景は、今でもよく覚えている。僕は両親とともにファミリーレストランにいた。僕らと同じように何組もの家族が夕食をとっていた。僕にとって、両親の前だけが、自然に振る舞っていい場所だった。だから思わず、近くにいた家族について見えたことを話してしまった。

父の気持ちも今ならわかる気がする。僕にとってそこは、自分たちと同じように普通の家族が集まっている場所だった。けれど、父にとってそこは、自分たちとは違う普通の家族が集まっている場所だった。

その後、父と母との間に、どんなやり取りが交わされたのか、詳しいことは知らない。小学校四年生に上がるのと同時に両親は離婚し、僕は母と二人で暮らし始めた。それきり僕は、見えることを誰かに告げることをやめた。

「そうだね。考えてみれば、このことを人に話すのは二十年ぶりくらいだ。そう思うと、ちょっとすごいね」

軽く笑いながら僕は締めくくった。

「そう」

僕の話をずっと黙って聞いていた彼女が、僕に手を伸ばした。

「辛《つら》かったでしょ」

その言葉がすっと耳に入ってきた。辛くなんてなかった。そう言おうとした。実際、辛くなんてなかった。それなのに僕は、その言葉を言えなかった。

「自分にとって当たり前のものが、誰にも理解してもらえない。親にさえわかってもらえない。言い立てれば病院に連れていかれる。そこでも嘘だと言われる。あなたを信じようとした人たちでさえ、最後には耳を閉ざしてしまう」

その通りだ。けれど、辛くなんてなかった。理解してもらうことなんて、小学校を卒業する前に諦めた。それ以降、誰かに言い立てることだってしなかった。誰にも説明する必要はなかった。僕は普通に暮らしていた。だから辛くなんてなかった。

「だから、あなたは心を閉ざすしかなかった」

彼女はゆっくりと僕を抱きしめた。そして言ってくれたのだ。

「そっちに誰もいなくても、あなたは独りじゃない。そっちにいるあなたを、こっちにいる私がちゃんと見ていてあげる。だから……私の近くにいて」

体のすべての力が抜けてしまいそうだった。それが何なのかわからなかった。彼女がぎゅっと僕の体を抱いていた。彼女の体の柔らかさと温かさを感じていた。自分が幸せを感じていることに、僕はようやく気がついた。

ヨーグルトに伸ばした手が誰かの手とぶつかった。そちらを見ると、五十歳ほどのおばさんがぎょっとしたように手を引いていた。手がぶつかったのはお互い様だから、そのぶしつけな視線は、やはりこの時間にスーパーにいる中年男性に対して向けられたものなのだろう。

「ああ、ごめんなさい」

ヨーグルトはやめて牛乳を買い物かごに入れ、僕はレジに向かった。僕の前に並んでいたおばあさんも、後ろに立った僕をじっと見て、僕の買い物かごもじっと見た。僕は知らん顔をした。愛想笑いすらしなかった。彼女とつき合う前の「ノイズキャンセリングさん」に戻ったような気分だった。前の人が終わり、おばあさんの会計が始まったときだ。

「肉じゃがですか?」

声をかけられ、僕は驚いて振り返った。白っぽいポロシャツにカーキ色のパンツをはいたそのおじいさんが誰なのか、一瞬、わからなかった。いつもジャージ姿しか見ていないからだ。スワンズの監督が僕の後ろに並んでいた。

「ああ、こんにちは。肉じゃがって、ああ、ええ、そうです。肉じゃがです。でも、夕方の気分によっては、カレーにしちゃうかもしれません」

「そうですか。まだ暑いですからねえ」

まだ暑いからカレーがいいだろうということなのか、まだ暑いからカレーじゃなく肉じゃがにしようとしていると思ったのか、よくわからなかった。続けるほどの話題でもなく、僕は話を変えた。

「監督は、このスーパーには、よく？」

僕は頻繁に使うスーパーだが、監督と会った覚えはなかった。

「ああ、いえ。これのためです」

監督のかごに入っていた品物は一つだけだった。

「イワシですか」と僕は言った。

「冷蔵庫を睨んでいた妻から、イワシの梅煮をするから買い物に行ってくれと言われて、まさかイワシを買いに行かされるとは思いませんでした。普通、梅のほうだと思いませんか？」

「思いますね」と僕は笑った。「思うと思います」

「近所のより、このスーパーのほうが魚がいいらしいです」

「そうですか」

おばあさんの会計が終わり、僕の番になった。お金を払い、台で買ったものを袋に入れ終えたときには、監督はもうイワシの会計を終えて、袋を手にしていた。僕らは肩を並べてスーパーを出た。自動ドアを抜けて、すぐのところに柴犬がいた。監督はガードレールにつないでいたリードをほどいた。

「犬、飼ってるんですね」

しゃがみ込み、賢そうなその犬の頭を撫でて、僕は言った。

「年寄り二人では、物足りないと言いますか、こう、活気に欠けるんですね。ですから、施設から貰《もら》い受けました」

「ああ、施設から。それは幸運だ」

僕は犬に言ったのだが、「ええ、幸運でした」と監督が頷いた。

僕は立ち上がり、監督と犬とともに歩き出した。

「この前の試合は、残念でした」と監督が言った。「いいシュートもあったのですが、惜しかったです」

監督が言うと惜しがっているようには聞こえないから不思議だ。

「ええ、遥から聞きました」

離婚のことを考えると、サッカーの応援に集中できそうになくて、僕は今回の市大会の応援には行っていなかった。

「ハルカは勝ちたがっていましたが、何かありましたか?」と監督が言った。

「何かって……」

「ずいぶんと勝ちたがっていたようですから」

勝ちたがる選手を訝《いぶか》しむ監督というのもおかしなものだ。やっぱりこの監督は少し変わっている。

「ああ。近いうちにきちんとお話ししようと思っていたのですが、遥は引っ越すことになるかもしれません」

「そうでしたか」と監督は頷いた。「なるほど。それで、チームにいるうちにせめて一勝と」

監督は少し難しい顔になって、考え込んだ。黙りこくってしまった監督を気にするようにちらちらと振り返りながら、柴犬が僕らの前を歩いていた。家に帰るのなら曲がらなければいけない交差点に差しかかったが、考え込む監督につき合って僕はそのまま歩き続けた。もう少し先の横断歩道の前で監督は立ち止まり、信号の押しボタンを押した。

「私は、子供たちに勝つサッカーを教えてきませんでした」

横断歩道の向こうの赤信号を眺めながら、監督が言った。

「いえ、勝ち負け以前に、サッカーを教えるというつもりもなかった。サッカーでなくともよかったんです。ドッジボールでも、綱引きでも構わなかった。ただ私自身がサッカーをやっていたので、サッカーにしたというだけです」

信号が青に変わり、僕らは横断歩道を渡った。監督は無意識に帰り道をたどっているようだ。僕は黙って監督の歩みに従った。相変わらず、柴犬はちらちらと監督のほうを振り返りながら歩いていた。

「スワンズは、どのくらい前からやってらっしゃるんです？」

長く続いた沈黙に、僕は自分から口を開いた。

「もう二十五年、いえ、三十年近くになりますか」

「三十年前ということは、働きながらですか。すごいですね」

「いえ、すごいなどということは」と監督は言った。

「お勤めだったんですか？」

「ええ。当時は、商社に勤めていました」

「商社マンだったんですか？」

僕は驚いて聞き返した。三十年前の商社マンと言えば、典型的な猛烈サラリーマンのイメージが強い。今の監督からはとても想像できない。

「それで休日には少年サッカーの監督を？　当時の商社といえば、忙しかったでしょう？」

「そうですね。若いころには無茶な働き方をしていたものです。家庭なんて顧みなかった。振り返ればそこにあるものだと勝手に思っていました。けれど……」

不穏に言葉を濁したまま、監督は歩き続けた。もう行先はわかったとばかりに、柴犬は尻尾《しっぽ》を立ててずんずんと僕らの前を歩いていた。

今の言葉からすると、監督は家庭を失ったかのようにも聞こえる。けれど、今日、買ったイワシは、妻に頼まれた買い物だというのだから、家には奥さんがいるのだろう。

以前、息子さんがスワンズの練習を見にきていたこともあった。

柴犬が立ち止まり、監督を振り返った。僕らはいつもスワンズが練習に使っている学校にやってきていた。校庭では低学年らしき子供たちが体育の授業を受けていた。僕らは西門越しにその様子を眺めた。真面目に先生の指示に従う子。先生の話なんて聞かずに隣とふざけあっている子。先生の話を聞いた上で指示に逆らって笑っている子。みんながてんで勝手に、楽しそうに体育の授業を受けていた。

僕と同じようにその様子を眺めたまま、監督が静かに口を開いた。

「ちょうどあのくらいの年ごろです。私の息子が死んだのは」

僕は驚いて監督を見た。考えてみれば、子供が一人とは限らない。二人いた息子さんのうち、一人を幼くして失った。そういうことなのだろう。

「そうでしたか」

慰めの言葉を考えたが、思いつかなかった。僕が手を添えるには、その傷はあまりに古く、あまりに深かった。

「事故でした。あっけないものです。朝、家を出たときには元気にしていたのに、次に会ったときには冷たいむくろになっていました。私はいまだに信じられずにいます」

ふと気づくと、監督は正門のほうを見ていた。そちらに目をやり、僕ははっとした。以前に見た、監督の息子さんが桜の木に寄りかかるようにして立っていた。監督を見つけ、手を挙げる。監督が手を挙げ返した。少し冷たい風が後ろからやってきた。僕らを追い抜いた風がさわさわと桜の枝葉を揺らした。その風が過ぎ去ると、桜の木の下には誰もいなくなっていた。監督は白いビニール袋を持った手を力なく下ろした。

「あれは……」

「桜です。幼いころ、私が植えた桜です。だから、妙に愛着がありましてね。息子を失ってからも、よく校庭にやってきてあの桜を眺めていました。そして、子供たちにサッカーを教えようと思い立ったんです」

あれは……監督の中で成長した息子さんの姿か。

「それは、息子さんへの罪滅ぼしなんでしょうか？　父親らしいことをしてやれなかったから？」

監督がそうだと答えたなら、それに対しての慰めなら言えそうだった。そんなはずはないでしょう、と。あなたはきっと立派な父親だったでしょう、と。が、監督は首を振った。

「いいえ。ただ、できれば……」

言葉を切り、息を整えるような呼吸をしてから、監督は言い直した。

「子供はすぐに大きくなります。親がその成長を見守れる時間は限られている。親には仕事だってあるでしょう。家のことだって、色々ある。わかります。けれど、週に一度。それが無理なら、月に一度でも、年に一度でもいい。子供と一緒にボールを蹴る時間を作ってほしい。そう思いました」

「子供のためでなく、親のためでしたか」

僕はそう納得したのだが、監督は少し困ったように首を傾げた。

「どちらのためということではないんです。何のためというのなら、時間のためです」

「時間のため?」

「流れ去っていく時間は、どうにでも埋めることができる。どうにでも埋められるのなら、そういうもので時間を埋めたい。そう思ったのですよ」

僕は何となく想像した。

子供を失い、桜の前に茫然と立ち尽くす監督。虚《うつ》ろに流れていた時間がやがて埋められていく。子供の歓声。大人の笑い声。ボールを蹴る音。それは誰の時間ということではない。あえて言うのなら、あの桜の前に流れている時間だろうか。

僕は改めてその木を眺めた。会釈を返すかのように、枝が少し揺れた。

「ソメイヨシノの寿命は六十年ほどだそうです」

「そうなんですか?」

「本来は寿命などなく、手入れをきちんとすれば、もっと長く生きるそうです。ただ、多くの木はそれほどの手入れもないまま、人の生活に近いところで生きていますから。倒木の恐れなどを考えて、およそ六十年ほどで寿命と判断されてしまうようです。あの木も、近く伐採されると聞きました」

「もったいないですね」

「仕方がないのでしょう。また誰かが新しい木を植え、その木が花を咲かせます」

ソメイヨシノの種子は発芽しない。ソメイヨシノを増やそうと思えば、人の手を使って取り木や挿し木で増やすしかない。偶然に種子が発芽し、育つことはないのだ。そこには意思と手間が必要になる。そう思えば、確かに監督はここに一本の桜を植えたのだろう。

「試合の話でした」と監督が言った。

「え?」

「ハルカが勝ちたがっていることはわかります。そうなってくれればうれしいとは思うのですが、私は……」

「ああ、ええ。わかります」と僕は頷いた。「そういうつもりで遥をチームに入れたわけではないですし、そこは遥も同じです。楽しくやらせてもらって、最後に少し違う欲が出たということでしょう。かなってても、かなわなくてもいいんです。どちらであっても、遥にとってはいい経験になるはずです」

「そう言っていただけると助かります」

「それに、まだ引っ越すと決まったわけでもないですから」

「そうですか」

授業の終わりを告げるチャイムが鳴った。子供たちが校舎へと引きあげていく。

「今度の日曜が市大会の最後ですよね。応援、行こうと思います」

「そうですか」と頷いてから、監督は思い当たったようだ。「そういえば、お宅はこちらでは……」

「ああ、ええ。あっちです」

「すみません。遠くまでつき合わせてしまって」

「遠くというほどでもないです。ちょっと寄り道したくらいです。いい寄り道でした」

僕は監督と柴犬に別れを告げて歩き出した。


その日の夕食は、夕方に気が変わってカレーになった。まだ暑いせいか、気温とは関係ないのか、自分でもよくわからない。

遥と二人で食事をして、食後に他愛のない話をした。それから遥は本を読み始め、僕は音楽を聴いた。夜も遅くなり、遥がおやすみと言って、二階の自分の部屋に引きあげた。僕はリビングでニュースを見ながら三十分ほど時間を潰し、二階から音が聞こえてこないのを確認して、コードレスの受話器を手にした。何度となくかけているが、彼女が出てくれることはない。それでも思いついたときには電話をかけるようにしていた。君と話がしたい。そのメッセージは伝わるはずだ。

呼び出し音が五回続き、留守電に切り替わった。いつも通り、伝言を吹き込まずに電話を切ろうとしたとき、声が聞こえた。

「もしもし」

こちらの番号は表示されているのだろう。緊張した声だった。

「出てくれるとは思わなかったよ」と僕は言った。

「ごめんなさい」

彼女はそう言った。何に対する謝罪なのかがわからなかった。

彼女の声を聞いて、僕は話したいことがあると気づいた。今日、監督とした話を僕は彼女にしたかったのだ。けれど、この電話はいつ切られてしまうかわからない電話だった。そして僕らの間にはそれより前に話さなければいけないことがあった。

「どうしても、離婚したい？」

切られる前にと思い、僕は前置きなしに聞いた。彼女は答えなかった。

「君が僕を避けるのはわかるよ。僕に見られたくないんだよね？」

今、彼女に会えば、その傍らにはきっと誰かがいるのだろう。たぶん、僕の知らない誰かが。抑えることのできない感情が形になって、そこに見えているはずだ。だから、彼女は一方的に離婚を通告した上で、代理人を立てて寄越した。

「僕も見たいわけじゃない。だから、直接、会わないのは構わない。けれど、きちんと話はしてほしい」

「そうよね。ごめんなさい」

その声は小さすぎて、感情を読み取ることは難しかった。

「それで、その人と結婚したいのかな？　結婚したいなら、確かに僕と離婚するのはしようがないと思う。でも、必ずしも結婚という形でなくてもいいのなら、僕との籍はこのままにしておくことはできないかな？　その間に、やり直そうと思っているとか、そういうことじゃないんだ。ただ、離婚は、できれば遥がもうちょっと大きくなってから、こういうことがある程度理解できるようになってからにしたいんだ」

彼女からの返事はなかった。長い沈黙が続いた。このまま切られるのではないかと思ったが、どう会話をつなげばいいのかわからなかった。そのまま黙り続けていると、彼女が唐突に言った。

「遥、好きな男の子がいるんだって？」

「え？」と僕は言った。「そうなの？」

「夏休み、こっちにきたときに、そんな話をした。聞いてない？」

「聞いてないな」

「見えてもいないの？」

「ああ、ぼんやりとしか見えないんだ。いや、薄いわけじゃないんだけど、輪郭がはっきりしない。大きさも小さいし」

彼女が控えめにくすりと笑った。

「初恋なんて、そんなものかもね」

愛情でもなく友情とも違う、淡く、不確かな感情。淡いからといって、弱いわけではない。不確かだからといって、頼りないわけではない。初恋って確かにそんなものかもしれない。

「そうだね。相手、聞いたの？」

「スワンズにいる子らしいけど、名前までは教えてくれなかった」

「そう」

「小学校に上がってしばらく、うまく友達ができなかったんだって。公園で一人で遊んでいたら、その子が声をかけてくれたらしいよ。一緒にサッカーやろうって」

「そう。そんなことがあったんだ」

「私も初耳だった。女の子だとか、違う小学校だとか、そういうことをまったく気にしない子らしい。そこがいいんだって」

「何だか、大人びた理由だな。面白いからとか、かっこいいからとか、スポーツができるからとか、小学生のころの好きって、そんな感じじゃなかったっけ？」

「あなたの初恋は？」

「スポーツのできる子。ショートカットで、バスケが上手だった。君は？」

「頭のいい子。学級委員長やっちゃうタイプ」

僕らは穏やかな笑い声を交わした。このままずっと、遥の話とか、お互いの昔話とかをしていられたらどんなにいいだろうと思ったけれど、そういうわけにもいかなかった。

「ねえ、君に好きな人ができたなら、それは仕方がない。悔しいし、悲しいけれど、それは僕が自分でどうにかする。でも、遥まで奪わないでほしい。お願いするしかないけれど」

「ダメよ。ごめんなさい。それはダメ」

「毎日会おうなんて思っていない。君が新しくパートナーを迎えるなら、その人との生活も尊重する。ただ、会いたいときに会えるようにしてほしい。僕じゃない。僕は月に一度でも構わない。でも、遥が僕に会いたいと望んだときには、いつでも会えるようにしてくれないか？」

それが僕の譲れるぎりぎりのラインだった。無論、彼女が全力で僕から遥を取り上げようとすれば、それはたやすい。見ようによっては、僕は高給取りの奥さんに寄生しているダメ亭主だ。それだけでなく、人には見えないものが見えるなどと言っている、虚言癖の持ち主だと、調停だか協議だかの場で追及されれば、僕はそれを否定できない。そんなことを言ったことはないと嘘をつけるだけの度胸が、僕にはない。

でも、この離婚は、彼女の事情によるものであることは、僕と彼女はわかっている。だったら、せめて、これくらいの条件は飲んでくれてもいいはずだ。

「僕の生活に対する配慮なんていらない。君たちの生活に近づくつもりもない。離婚しても、僕はこっちで暮らすよ。遥が望んでも、そうしょっちゅう会えるわけじゃない。だから、せめてそれくらい……」

「ダメよ」

「何で？」

言い返した声は悲鳴に近かった。

「何でそれすらも許してくれないんだ？　君のための離婚だろ？　君に好きな人ができたんだろ？　君の自由を認める。だから、これくらいは譲って……」

「別れて半年、遥には会わないで。そのあとは月に一度。それが私の条件。それが飲めないなら、私はあなたから遥を取り上げる」

　電話が切れた。僕は受話器を向かいのソファに投げつけた。彼女の最後の声は泣いているようにも聞こえた。何に泣いていたのか、僕にはさっぱりわからなかった。

　不意にトイレの水が流れる音がして、僕はぎょっとした。しばらくすると、遥が眠たそうな目をしたままリビングに入ってきた。

「あれ？」

　遥は言って、リビングを見回した。

「ママは？」

「え？」

「今、ママと喋ってなかった？」

「あ、ああ。電話でね。ごめん、うるさかった？」

「電話？」

　ぽかんとした顔で聞き返した遥は、すぐに笑い出した。

「あ、隠れてんの？　どこ？」

　遥は歩いていって、カーテンをめくった。

「いや、電話だって。その声が聞こえたんだろ？」

「今、パパの声で目を覚まして、階段を下りてきて、そのドアのところから、ママ、見たよ」

遥はリビングの戸を指して言った。戸のガラスの部分から中が見える。

「そこに座ってたでしょ？　おしっこしたかったから、先にトイレに行ったけど、え？　どこに隠れたの？」

遥はもう一枚のカーテンもめくり、テーブルの下も覗き込んだ。その程度にははっきりと見えたということか。

「遥」

「ん？」

振り返った遥は、僕を見て、眉根を寄せた。

「どうしたの？　怖い顔して。ママと喧嘩した？」

「こういうの、前にもあった？」

「こういうの？」と遥は首を傾げた。「どういうの？」

「ママは本当にいない。さっきはテレビをつけてたから、テレビのニュースキャスターがガラスに反射してここに誰か座っているように見えたんだろ。そういう、見間違い、前にもあった？」

「反射？」

テレビと戸とを何度か見比べて、遥は僕を見た。

「え？　ママ、本当にいないの？　後ろから突然驚かすとか、なしだよ」

「しないよ。そんなことしない」

「何だ。そっか。見間違いか」

遥は言って、ソファに座った。

「そういえば、昔、何度かあった気がするな。それで、ちょっと意地悪されたりもした。小学校に上がってすぐのときくらい。私にはいたように見えた人が、本当はいなくて、何でそんな嘘つくのって、あっちゃんとか、みほちゃんとかに言われて。うん、忘れてたけど、そういうの、あったな。私、見間違いをしやすいのかな」

「昔、あっただけ？　最近は？」

「最近は……」と少し思いを巡らせた遥は、唐突にぷっと噴き出した。「あった。これと逆パターン」

「逆パターンって？」

「パパがいたの。夏休み、ママのところに行ったでしょ？　空港に迎えにきてくれたママの隣にパパがいて。あー、って思ったら、もういなくなって。隠れて驚かそうとしてるんだろうって、ママに何度も確かめた。でも、違うって。空港についてすぐ家に電話したでしょ？　あれ、そんなに疑うなら、家にかけてみればいいって、ママに言われたの。たぶん、パパに似た人が、私が見たときにちょうどママの隣を通りかかったんだね」

それ、か。

僕は思い当たった。

そういうことか、と。

「でね、今度は帰るとき、その人、またいたの。空港に送ってもらって、ママを振り返って手を振ったら、手を振り返したママの隣に、またパパがいて。ええーって、思って、見直したんだけど、もういなくなっちゃってて。その人も、きっと誰かを空港に送り迎えにきてたんだね。たまたま行きも帰りも私と同じ便だったんだね」

「そっか」と僕は言った。「遥がそそっかしいのはよくわかった。自分がありふれた顔をしていることも。もう遅いから、寝よう」

普通に言えているかどうか自信がなかったが、遥は僕の動揺には気づかなかった。

「うん。おやすみ」

リビングを出た遥が、階段を上がっていった。部屋に入った音を確認して、僕は深く息を吐いた。

幼いころ、遥は僕と同じように見えるはずのないものが見えていたのだ。が、それは僕よりずっと弱い力で、成長とともに失われていった。ところが、この夏休み、その力が戻った。空港に遥を出迎えた彼女は、咄嗟に想像した。くるはずだった僕のことを。

そして僕がいないことを寂しく思った。その感情を遥は見た。それを知らされ、彼女は恐れた。遥が僕と同じようになってしまうことを。だから、遥を僕から離そうとした。遥が向こうにいる間に、そう思い定めたのだろう。親としては当然の配慮だ。

膝に手をついて僕は立ち上がり、ソファに投げつけたコードレスの受話器を手にした。彼女に反論する言葉は何もなかった。そんな父親からは離すべきだ。僕だって、同じように考える。それで遥が元に戻るかどうかはわからない。けれど、取りあえずは引き離すべきだ。そうして、様子を見るべきだ。たとえば、そう、せめて半年ぐらいは。

今、電話をすれば、僕はそれに同意するしかないだろう。それでも電話しないわけにはいかなかった。彼女はきっとまだ起きていて、きっとまだ泣いているだろうから。

僕は彼女に電話した。彼女はやっぱりまだ起きていて、やっぱりまだ泣いていた。

僕は今しがた遥から聞いたことを彼女に話した。なるべく重く響かないように言葉を選び、口調に気を配った。最後に、軽い口調でつけ足した。

「言ってくれればよかった。急に離婚なんて言うから、てっきり他に好きな人ができたんだと思ったよ」

しばらく沈黙が続き、やがて鼻をすする音が聞こえた。

「そうね」と彼女は言った。「そう思ってほしかった」

「どうして？」

「遥にあなたと同じようになってほしくない。それは、私が心の底ではあなたを受け入れていなかったっていうこと。あなたにそう思われるのだけは嫌だった。それだけは耐えられなかった」

それは、彼女が僕を抱きしめてくれた、あのときから始まった時間のすべてを否定することだ。

「そんな風には思わないよ」と僕は言った。「親なら誰だって、子供にわざわざ困難な道を歩いてほしいとは思わない。僕だってそうだ。遥は僕みたいになってほしくないと思う。そうならずに済む方法があるなら、当然、試してみる」

「ごめんなさい」

「謝ることないよ」

「そうじゃなくて」

彼女は言い、またしばらく黙った。彼女の強いためらいを感じた。僕はじっと待った。

やがて彼女は口を開いた。

「本当は知ってたの。小学校に上がったばかりのころ、遥、時々、変なことを言った。遥には見えてるんだって、私は気づいた。本当は気づいてた。でも、そんなわけないって、自分に言い聞かせた。小学校に上がって、環境が変わって、情緒が不安定になっているだけだって。だから私、厳しく言ったの。遥が何を言っているのか、ママにはわからない。それは遥の見間違いよって。見間違いだからって」

彼女が気づき、僕は気づかなかった。遥と一緒にいた時間なら、専業主夫の僕のほうが長かったはずだ。それでも僕は気づかなかった。僕がこちら側の人間だからだ。おかしいと思うべき遥の言葉に違和感を持たなかったのだろう。

「それきり、遥、変なことを言わなくなった。私はこれでよかったんだって思った。でも、もし、私が遥の力の重しになっていたんだとしたら？　私に遠慮して、本来見えるものが見えなくなっていたんだったら？　私は、本来あるべき遥の姿を捻《ね》じ曲げようとしているのかもしれない。私はどうするのが正しいの？」

そちら側の世界で考えるなら、彼女が正解に決まっている。こちら側なんてないのだから。重しだろうが、足枷《あしかせ》だろうが、そんなものは見えるはずがないんだと遥に言い続けるのが唯一の正解だ。僕の親が僕にそうしたように。けれど、こちら側の人間である僕が隣にいるから、彼女は迷ってしまう。僕さえいなければ、彼女は迷うことはなかった。

「取りあえず、半年」と僕は感情を押し殺して言った。「半年、離れて暮らそう」

僕と離れることで元に戻るかどうかはわからない。けれど、三人で暮らしていたころには消えていた力が、僕と二人で暮らしている間に戻ったのは事実なのだ。

「あなたがそれでいいのなら」と彼女は言い、小さな声でつけ足した。「それでも、私を許してくれるなら」

僕の前には彼女が現れた。けれど、遥の前にそういう人が現れるという保証はない。

「近いうちに、一度、遥をそっちに行かせるよ。これからの生活について、二人で話し合って」

「わかった」

「今度の週末に市大会があるんだ。それは行かせてやりたい。来週は？」

「うん。待ってる」

「じゃあ」

「うん。じゃあ」

僕らは電話を切った。受話器を電話機に戻し、僕はしばらく動けなかった。どう考えても、こうするしかないはずだった。そう思っても、何の慰めにもならなかった。今、遥が僕を見たら、僕の隣には誰が見えるのだろう。彼女だろうか。遥だろうか。それともこの強い感情は僕のエゴでしかなく、だから今、僕の隣には誰もいないのだろうか。

彼女が僕に会うのを避けた理由が、初めてわかった。僕と遥を引き離すと決めたそのときから、隣にいるのが誰であれ、彼女は見られたくなかったのだ。誰もいないならなおのこと、その姿を僕に見られたくなかったのだろう。

どれくらいそうしていたのか。外から聞こえてきた猫の不機嫌な鳴き声に、僕は顔を上げた。さっき遥がめくったせいでカーテンが乱れていた。元に戻そうと歩み寄って手を伸ばし、僕は手を止めた。ガラス戸の向こうに、夜があった。それは彼女の元にまでつながっている夜だった。ふと、今日の監督との会話について、彼女に話さなかったことを後悔した。僕には僕の、彼女には彼女の時間があることについて。それでも、僕と彼女が出会ったことで動き出した別の時間があることについて。そこに遥が加わって動き出した時間の中に、今、僕らはいると感じることについて。いつかきっと、彼女に話そう。そう決めて僕はガラス戸の向こうの夜をじっと見つめた。

## 8　ソウタ

　本棚にはコンピュータプログラムの入門書が並んでいた。その隣のＣＤラックにはアメリカやイギリスのロックバンドのアルバムがアルファベット順に収まっている。ＣＤラックの上には飛行機のプラモデルがいくつか載っていた。左翼下の主脚がなくなって傾いているプロペラ機を指でつつき、私は部屋全体を見回した。家自体が高台にあるせいで見晴らしのいい八畳間。子供時代から大学を卒業するまで、私は多くの時間をここですごした。が、その当時の自分が何のつもりで飛行機のプラモデルを作ったのか覚えていなかったし、壁に貼ったポスターのギタリストにどんな情熱をこめていたのかも覚えていなかった。それ以上に不可解なのは、私が家を出てから十五年以上経った今も、両親が部屋をこのままにしていることだ。それはまるで死んでしまった子供の記憶をとどめようとする遺族の祈りのようだった。いや、二人にとって、私は死んだも同然なのかもしれない。二人がほしかったのは子供だ。家を出て、結婚し、子供をもうけた私は、もはや二人にとって子供ではないのだろう。

ふと思いついて、私はクローゼットを開けた。段ボール箱やプラスチックケースが積み重ねられたその片隅に、ショータはうずくまっていた。二十年ほど前に父が売り出したトイロボットだ。電源を入れると、特定の命令に反応して、歌を歌い、踊る。ショーをするからショータ。当時としてはかなり画期的な技術が詰め込まれた製品だったという。決して安くない値段だったが、父の予想を大きく上回り、数千体が売れた。

自分に子供が生まれ、名前を考えたとき、『蒼太《そうた》』という名前が真っ先に浮かんだ。妻もいい名前だと賛成してくれた。しばらくして、それが『ショータ』と音が似ていることに気がついた。似ているからといって、一度考えた名前を避けるというのも癪《しゃく》で、子供はそのまま『蒼太』と名づけた。

階段を上がってくる足音が聞こえてきて、私はショータを元の場所に戻し、クローゼットを閉めた。お盆を持った母が部屋に入ってきた。麦茶の入ったグラスと、最中が載った漆塗りの皿があった。母はお盆をデスクに置くと、ベッドに腰を下ろした。

「この部屋、懐かしいでしょ」

「そうですね。懐かしいです」

グラスを手にして、私はデスクの前の椅子に腰を下ろした。他人行儀な喋り方は当てつけではない。物心ついてから、私は両親に対してずっとこういう喋り方をしていた。

「前にきたの、いつだったかしら？　結婚前？」

「さすがにそんなことはないでしょう」

咄嗟にそう言ったが、結婚後、それではいつこの家を訪ねたか、覚えがなかった。父母と親交がなかったわけではない。年に一度は、妻子をともなって一緒に食事をしていた。が、その際にも外のレストランを使うことが多く、この家にくることはなかったし、うちに招くこともなかった。

「仕事はどうなの？　事務所は？」

母が話を変えた。

「おかげさまで順調です。優秀なスタッフがそろっていて、私がいなくても問題ないくらいです。いっそ長期休暇を取ろうかとも思うんですが、私は不要だとスタッフにばれるのが嫌で、控えてます」

私が言うと、母は朗らかに笑った。

「あなたが育てたスタッフでしょう？　もっと誇っていいわ」

私は麦茶を飲み、母は窓の外を眺めた。

「この前、平《たいら》さんをテレビで見ましたよ」と私は言った。

ああ、と母は頷いた。

「あれは父さんの研究と関係あるんですか？　平さん一人の成果になっているようですけど」

かつて父の会社で研究員をしていた平氏は、ロボット開発に絡む話題で、最近、メディアによく取り上げられていた。人間のように自律的に学習ができるロボット。平氏の研究は父が目指したものでもあった。振り返って考えてみれば、平氏がメディアに出るようになったのは、ちょうど父の具合が悪くなったころと前後する。うがった見方かもしれないが、父が文句を言えなくなったことを幸いに、手柄顔をし始めたようにも思えた。父が主張できないのなら、それが法的な権利であれ、経済的な利権であれ、名誉にまつわるものであれ、息子の私が代わって主張しなくてはならないだろう。そう思ったのだが、母は軽く手を振って私をいなした。

「何だってゼロからのことなんてないでしょう？　発明だって、研究だって、先駆者がいて、それに続く人たちが出てくるんですよ。父さんは問題にしていなかったわ。平くん、頑張ってるじゃないかって、喜んでいたくらいだから、何も問題はないはずよ」

「そうですか」と私は頷いた。

父が会社をたたんで七、八年になる。平氏が継ぐと思っていたのだが、そうはならなかった。平氏は新しい会社を設立し、今、その会社が注目を浴びている。その会社と、父がやっていた会社との間に関連がないはずはないが、父が問題なしと考えているのなら、私がとやかく言うことではなかった。

話題の接《つ》ぎ穂《ほ》を失い、母にならって窓の外を眺めた。そこから見えるいくつかの家には、見覚えがあった。が、幼いころに遊んだその家の子たちの消息を、私は一人として知らなかった。

私と母は最中を食べ、麦茶を飲みながら、しばらく他愛のない話をした。庭先によく顔を出す野良猫《のらねこ》や、新しくできたパン屋なんかの話だ。

「そろそろ出ましょうか」

十分ほど話すと、母がベッドから腰を上げた。

「そうですね」

「ゆっくりできなくて悪いけど」

「今日は母さんを迎えに寄っただけですから。また今度、ゆっくりきますよ」

「そうして。ああ、お盆はそのままでいいから」

一瞬、ショータを持っていこうという気になったが、考えてみれば意味のないことだった。なぜそんなことを思ったのか、わからなかった。私は母に続いて部屋を出た。

家の前でハイヤーが待っていた。私の会計事務所で契約している車だ。長らく専属でついてくれている運転手の山下《やました》さんが出てきて、後部座席のドアを開けた。母を先に乗せ、自分も乗り込んだ。

「よろしいですか?」

行先はあらかじめ伝えてある。聞いた山下さんに頷き返すと、車は高速道路に向けて走り出した。

「最近は、どうなんです？」

母は聞き返すように私を見返したが、すぐに思い当たったように頷き、小首を傾げた。

「どうなのかしらね。よくわからないわ。以前みたいにすぐ怒るようなことはないけど、それがいいことなのかどうかもわからない」

「感情が落ち着いているなら、それはいいことなんじゃないですか？」

「でも、あれは、覚えているはずのことが思い出せなかったり、いろんなちょっとしたことが自分の思うようにできなくなったり、そういうことに苛々して怒っていたわけでしょう？　そう思うと、何か悲しいわ。お父さんが、今の状態に馴染んでしまったようで」

父が認知症になったこと。家では面倒を見るのが難しくなったこと。施設に預けることにしたこと。それらすべてを同時に知らされたのは、つい先日のことだ。症状がどんなに速く進んだのだったとしても、一時《いっとき》に起こることではない。電話してきた母を思わずなじった。

「何で、もっと早く教えてくれなかったんです？」

父母と食事をするのは、毎年、だいたい正月か盆だった。が、去年の盆に会おうと連絡したときには、夏バテで体調がよくないと先延ばしにされ、日取りを繰り延ばしているうちにうやむやになってしまった。今年の正月に連絡を取ったときには、旅行の予定を入れてしまったと断られた。どちらも嘘だったのだろう。

「父さんができる限り言うなって。その気持ちもわかったものだから。ごめんなさいね」

そう言われてしまっては、返す言葉もなかった。父は、今、家から少し離れたところにある介護付き施設に入っているという。週末を待たず、私はスケジュールを調整して、今日、施設を訪問する時間を作った。

「綾《あや》さんは元気？」

窓の外の景色を見ながら、母が言った。

「ええ。専業主婦ということで頼られてしまうようです。ＰＴＡやら、町内会やら、忙しくしていますよ」

「蒼太くんは？　相変わらず、サッカー？」

「そうですね。下手くそなのに頑張ってます」

「下手くそなのに頑張る。あなたの子ね」と言って、母はうふふと笑った。「応援しがい、あるでしょう？」

「どうですかね」

「あなたは応援しがい、あったわよ。運動会とか。びりっけつでも一生懸命走るの。一番最後にゴールしたあなたに、私も父さんも、思いっきり拍手をして、大声で声援を送ったものよ。あれがうちの息子ですって、一生懸命走っていたあの子が私たちの子供なんですって、周りの人に自慢したくてね」

そうでしたか、と私は相づちを打った。記憶を探ったが、運動会の競技中、両親からどんな声援を受けたかなど、もちろん覚えていなかった。ただ、運動会そのものが嫌いだったという記憶はあった。なぜこういう学校行事を家族で楽しまなければならないのか、理解できなかった。いつもの授業と同じように、生徒と先生だけでやればいい。昼には教室に戻って給食を食べればいい。何で親と一緒にレジャーシートに座ってお弁当を食べなければならないのか。幼いころの私は、運動会が醸《かも》し出している、あるいは醸し出そうと目論んでいるその雰囲気が嫌いだった。

平日の昼下がりとあって、都心から離れていく道のりが滞ることはなかった。車は四十分ほどで落ち着いたたたずまいの低層マンションのような建物の前に到着した。入ってすぐのところにロビーラウンジのようなスペースがあり、その奥にはフロントのような受付がある。受付で母が手続きを済ませるのを待ち、父の部屋へと向かった。それなりにお金のかかる施設なのだろう。職員の数も多そうだったし、館内の掃除も行き届いていた。エレベーターホールに飾られていたのは生花で、廊下の壁には品のいい絵がかかっていた。三階の廊下を進んでいると、向こうから制服姿の職員が歩いてきた。五十代ほどの小太りの女性だった。私たちに気がつき、声を上げる。

「あら、志村《しむら》さんの奥さん」

「お世話になってます」

近づいてきた職員に母が頭を下げ、私は会釈をした。職員は私たちを促して、きたほうへ戻り始めた。

「ちょうど入浴から戻ったところです。志村さん、今日はとっても調子がいいんですよ」

母が足を止めた。

「調子がいいのですか？」

職員が母を振り返った。

「ええ。最近では珍しいくらいに。息子さんですよね？　ええ、お写真で見てます。いい日にきましたわ。それとも、息子さんがきたから調子がいいのかしら。そういうのって、わかるものかしらね」

再び歩き出した職員に続こうとした私を母が引き留めた。思いがけない強さで腕をつかまれ、私は驚いた。

「どうしました？」と私は聞いた。

「え？」

そこで初めて自分の行動に気づいたように、母は私の腕を離した。

「ああ。電話で伝えたように、父さん、症状が進んでいるの。私を見ても、わからないくらい」

「ええ。はい」と私は頷いた。

「だから、あんまり長居は……」

「わかってます」

私は母の腕を軽く叩いて、職員のあとを追った。父の部屋は廊下の一番端にあった。職員はドアをノックし、返事を待つことなく開けた。

「志村さん、ご家族がお見えになりましたよ」

促すように私と母を見る。母を先に入れ、私はあとから部屋に入った。

「それじゃ、ごゆっくりどうぞ」

職員はそう言って、ドアを閉めた。

ワンルームマンションのような造りだった。入ってすぐのところにユニットバスと小さなキッチンがあり、奥が居室になっている。居室には小さなテーブルとソファがあった。ソファの奥に衝立《ついたて》があり、その向こうにはどうやらベッドがあるらしい。普通の住居と考えれば手狭だが、介護付き施設の一室としては贅沢《ぜいたく》な部類に入るだろう。父はソファに腰を下ろしていた。黒いジャージを着ている。前に会ったときより確実に髪が薄くなっていて、その代わりのように口の周りと顎に髭を蓄えていた。髪が少し濡《ぬ》れている。入浴から戻ったところ、と言っていたから、部屋のユニットバスとは別に浴場があるのだろう。

「さっぱりしたところですって？」

そう言いながら入っていった母に、少し遅れて、「やあ」と父は手を挙げた。

「元気そうね。顔色がいいわ」

「そうかな」

また少し間を置いて応じた父は、自分の頬をごしごしとこするように撫でた。

「髭、伸ばしたんですね。似合ってますよ」

そう言って私は母の横に並び、父に微笑みかけた。父は私をちらりと見て目を逸らし、またごしごしと頬をこすった。

「ああ、そうですかね」

わずかに不機嫌そうな気配があった。私が訪ねてきたことが気に入らないのだろうか。そう思ったのだが、違った。しばらく頬を撫で続けた父は、やがてすまなそうな顔を私に向けた。

「それで、おたくはどちらさんでしたかね」

母が私を見やった。傷ついた顔をしていなければいいと願った。私は笑みを浮かべた。

「敏和《としかず》です。息子の敏和です」

父が変な顔をした。怒りを感じたけれど、その怒りを表に出していいのかどうか戸惑っているようだった。

「私に息子はおらん」

床に向かって投げつけるように父は言い、私に言い直した。

「息子はおらんのです」

言葉が出なかった。笑みを浮かべることもできなかった。傷ついていない風を取り繕おうとした私の表情は、たぶん、とても惨《みじ》めに歪んでいただろう。

母が歩いていって、棚の写真たてを手にした。

「あなた。敏和ですよ。ね？」

父の隣に座り、写真たてを見せる。中の写真には、父と母と私が写っている。大学を卒業した日に撮ったものだ。父は写真たてを手にしてしばらく眺め、やがてその写真たてを母につき返した。

「こんなもの、知らん」

「そうね。突然でしたものね」

母は写真たてを受け取り、父の肩に手を添えた。

「少し休む。お客さんには帰ってもらえ」

母は私を見て、小さく頷いた。

「お邪魔しました……」

父さん、という言葉は呑み込んだ。

「失礼します」

軽く一礼して、私は父の部屋を出た。エレベーターで一階まで下り、受付の前にあったソファの一つに腰を下ろす。目を閉じて、頭をソファの背もたれに預けた。

息子はおらんのです。

父の声が耳に蘇った。もちろん、父に他意などない。他意なく、父は真実を告げたのだ。やはりショータを持ってくるべきだった。ショータを渡せば、父は息子が訪ねてきたと喜んだのではないだろうか。そんな皮肉な光景が頭に浮かんだ。

目を開けて、ソファから立ち上がり、私は自動販売機で冷たいコーヒーを買った。そのまま外に出て、建物の壁に寄りかかり、コーヒーを飲む。

育児放棄され、施設に保護されていた私が、父と母の里子になったのは二歳のときだった。その後、父と母は私を養子として迎えることにした。今のように特別養子縁組制度があれば利用しただろう。それならば、実の親と私との親子関係は消滅する。が、当時はまだその制度がなく、私の戸籍には実の親と現在の父母との二通りの親子関係が記されることになった。実際には現在に至るまで私は実の親と顔を合わせたことすらないのだが、父と母にしてみれば、実の親がいることについて、私が戸籍を見る前に告げなくてはならなくなる。私がそれを知らされたのは、中学生のときだった。もちろんショックではあったが、一方でどこか腑《ふ》に落ちた気持ちもした。物心ついたときから両親との間に感じていたよそよそしさはそのせいか、と。

実の親ではない。そうわかったことで、かえって父母との距離を取りやすくなった。その後の私たちの生活は、他の家庭よりもずっと穏やかなものだったと思う。父母から手ひどく怒られた記憶はない。反抗期はあったが、私の怒りのエネルギーは社会や学校に向かい、父母に向かうことはなかった。子供時代のことを尋ねられれば、幸福だったと胸を張って言える。けれど、今日の父の反応をどこかで当然だろうと思っている自分もいた。私は二人の息子にはなりきれなかったのだ。

「ああ、ここだったのね」

声に目を向けると、建物から母が出てきて、こちらにやってくるところだった。

「何か飲みますか？」

建物の中に戻るつもりで私は壁から体を離したのだが、「いらないわ」と答えた母は私の隣にきて壁に寄りかかった。仕方なく、私は空になった缶を片手にまた壁に背中を預けた。

「今日は、調子が悪かったみたい。不愉快な気持ちにさせて、ごめんなさい」

嘘だろう。職員だって、今日は調子がいいと言っていた。おそらく今日の父は調子がよかったのだ。母が想定した以上に。だから、母のことはわかってしまった。

「いつから……」

言葉が喉に引っかかり、私は軽く咳払いをして言い直した。

「いつから、私のこと、わからなくなっていたんです？」

目を閉じ、軽く首を振った母は、その問いには答えなかった。

私のことがわからなくなったのは、発症して間もなくのことだったのだろう。それから徐々に症状を悪化させた父は、母のことすら、ときに認識できないようになった。母は父がそういう状態になるまで待った。そして私に連絡を取った。

間違いなく、それは母の優しさであり、気遣いだ。そう気遣わせてしまった自分が惨めであり、そう気遣った母が哀れだった。この人たちがかけてくれた時間に、努力に、私は報いることができなかった。

「部屋に戻ってください。私は車で待ってます」

「いいの。今日はこっちに泊まるわ」

「わかりました」

最後の言葉が見つからず、私は最も意味のない言葉を口にした。

「またきます」

建物の裏手にある駐車場に回ると、すぐにハイヤーが近づいてきた。降りてこようとした山下さんを制し、自分でドアを開け、車に乗り込んだ。

「事務所で、よろしいですか？」

「ええ。お願いします」

「お父様とお話はできましたか？」

毎日、送り迎えをしてもらっているうちに、かなりプライベートなことまで話すようになっていたが、無論、父母と血のつながりがないことまで話してはいない。答える気になれない質問に、私は沈黙を守った。山下さんがバックミラー越しにちらりと私を見た。

「音楽、かけましょうか？」

「そうしてください」

すぐに車内にジャズギターの旋律が流れ始めた。私が預けているCDの中の一枚だ。実家の室内に貼ってあったギタリストのポスターを思い出した。久しぶりにロックを聴きたくなった。あのころと同じように、膝を抱えて目を閉じて、ヘッドフォンを使って大音量で聴けば、当時の気持ちが思い出せるかもしれない。

流れていく窓の外の景色が煩《わずら》わしくなり、私は目を閉じて、シートに身を沈めた。

「不肖の息子でしてね」

ふと口をついた。

「父の期待には応えられませんでした」

山下さんの声が応じた。

「まさか。あれほどの会計事務所を構えてらっしゃるんです。お父様にとっても、きっと自慢の息子さんでしょう」

私が理系に進まないと宣言したとき、父も母もひどく驚いた。無理もない。幼いころからずっと、私は理系科目が得意だった。父も母も、私が当然、理系の道に進むものだと思い込んでいた。

「父は小さな会社をやっていたんです。大学発ベンチャーなんていう発想がまだなかった時代に、大学の同じ研究室の仲間とともに、おもちゃを作る会社を興しました」

「おもちゃ、ですか？」

「命令に従って歌ったり踊ったりするトイロボットです。最終的に作りたかったのは人間のように自律的に学習するロボットだったそうです」

「ああ。それ、今、注目されている分野じゃないですか？　テレビで見たことがあります」

「ええ。いい着眼点だったのでしょうね。今でも会社を続けていれば、大きな成果を上げていたのかもしれません」

「会社はたたんでしまったのですか？」

「ええ。後継者がいなかったものですから」

「ああ」

父が初めてショータを披露したときのことははっきりと覚えている。私は高校生になっていた。父の命令に従い、耳障りな合成音で歌い、無様に手足を動かすロボットの姿に、私は腹の底からぞっとした。二人がほしかったのは、これなのだと思った。二人の思い通りに動いて、二人を喜ばせる。それが私に与えられた役割なのだと思った。

理系に進み、父と同じ分野を学び、行く行くは父の研究と会社を継ぐ。そのために私は二人の子として育てられている。

私はその役割を拒否した。父を裏切り、母を失望させた。思えば、三人で作った親子関係は、理系に進まないと宣言したあのときに終わっていたのだ。今の二人は私にもう何も期待していないだろう。

「不肖の息子なんですよ」と私は小さく繰り返した。

長い坂だった。上るのはこれで最後だ。そう思わないとやってられない。

「この先に楽しいことがあるならまだしも、負け試合を見にいくわけですから、どうにもね」

ショウパパが苦笑しながら、私の隣を歩いていた。

「やっぱり、今日は厳しいですかね」

「厳しいでしょうね。十点で済むかどうか。どう思います？」

ショウパパが、すぐ前を歩いていたユウマパパに声をかけた。ユウマパパは私たちを振り返った。

「何点で済むかより、一点を取れるかって見ているほうが面白いっすよ、きっと」

「一点、取れますか？」

「ちょっと期待してます。すっごいちょっとっすけど」

先週、先々週と試合を見ていたが、確かに相手ゴールを脅《おびや》かすシーンが、一度だけあった。ハルカちゃんが放ったシュートだ。それが偶然なのか、チームの進歩の証《あかし》なのか、サッカーのことなどまったくわからない私には、判断のしようがなかった。もっとも、一点取れるか取れないかはもとより、勝つか負けるかにも、私はあまり興味がなかった。ユウマやショウやハルカちゃんとは違い、蒼太はそういうレベルにはいない。ただみんなと楽しくサッカーができていれば、それでいい。

サッカーについて話し始めたユウマパパとショウパパに遠慮して、私は少し速度を落とした。私たちのさらに後ろを歩いていたハルカパパと並ぶ形になった。整った顔立ちと、無精な体裁。女性なら母性をくすぐられるのかもしれないが、近づくことを拒むような冷たさも感じる。思い切って話しかけてみるとそんなに難しい人ではないと思えるのだが、話し終えるとまたすぐに話す前と同じ距離を感じてしまう。

ふと気づくと、ハルカパパがこちらを見ていた。が、私を見ているわけではなさそうだった。その視線は私の体を通りすぎて私の隣を見ている。そちらを見てみたが、ハルカパパが何を見ているのか、わからなかった。視線を戻すと、ハルカパパが軽く頭を下げた。

「今日の試合、どう思います？」と私は話しかけた。

「どうでしょう。今回の市大会、私は見てなかったので」

そういえば、ハルカパパにしては珍しく、先週も先々週も応援にきていなかった。

「相手はとんでもなく強いです。優勝候補レベルらしいです」

「ああ、それは大変だ」と言って、ハルカパパは微笑んだ。「まあ、でも、勝っても負けても、楽しんでやれれば」

ハルカパパはそう微笑んで、前を歩く子供たちを見やった。最終日ということで少し気合が入っているのだろうか。子供たちに、いつものようにふざけている感じはなかった。

「今日、誰かいらっしゃるんですか？」

子供たちから私のほうへ視線を移してハルカパパが言った。

「え？　誰か、というと？」

「たとえば、おじいちゃん、おばあちゃんとか」

「いえ、そんな予定はないですが？」

「ああ、いや、そうですか。そうですよね」

何でもないんです、とハルカパパは言って、前を向き、歩き続けた。そうされると、声をかけにくくなる。

「もー、やだ」

後ろから声が上がった。振り返ると、女の子がこちらに向かって走ってきていた。

「何だよ、ミカりん。ええ？　走るの？」

「走れば長い坂も短くなる。おとうが言ってた。イチゴーも走れ」

女の子はあっという間に私たちを抜いていく。後ろを追って走ってきた高校生くらいの男の子は、私たちの前でスピードを緩めた。

「ダイゴー。ミカりん、行った。頼む」

前にいたダイゴが振り返り、手を挙げた。男の子は手を挙げ返し、ぶらぶらと私のすぐ前を歩き出した。セイヤくんといっただろうか。ダイゴのお兄ちゃんだ。優しそうな目元が、先週きたお父さんとよく似ている。

「今日は、お父さんはこないの？」と私は聞いた。

「おとうは、今日は仕事です」

「ああ、そう。残念だね」

「試合を見て、報告することになってます」

「いい報告ができればいいんだけど、今日はちょっと厳しいかな」

「あ、試合っていうか、チームメイトと、ええと、うまくやれていたかとか、そういう報告なんで、だから、それは大丈夫です。ああ、ミカりん、だから一人で行っちゃダメだって」

先のほうでは、ミカりんがダイゴの手を逃れて、再び走り出したところだった。セイヤくんは小走りになって、先を急いだ。

会場である小学校に着くと、監督とコーチはすでにやってきていた。子供たちは身支度をして、監督とコーチの周りに集まる。いつもならば、その間に、三、四回は、ショウパパやユキパパから急かす声が上がるのだが、今日はそんなことはなかった。子供たちはいつもよりもきびきび動いている。

「今日もよくきてくれました」と監督がいつも通り、にこにこしながら言った。「最終日です。楽しみましょう。グラウンド整備が済むまで、端のほうでアップしてください」

はい、と応えた子供たちがボールを蹴りながらグラウンドの隅に走っていく。

今日はずいぶん、雰囲気が違う。誰かとそのことについて話したくて周囲を見ると、水島コーチがちょっと眉をひそめて立っていた。私はそちらに近づいていった。気配にこちらを見た水島コーチが、小声で言った。

「ついに三軍登場です」

「え?」

水島コーチが見たほうに目をやった。今日、対戦するルークスの子供たちが集まっていた。いつもより、ずいぶんと人数が多い。

「背番号。先週までは十番台半ばから、二十番台だったでしょう? 今日は、ほら、三十番台の選手もきてます。あっちを出すつもりでしょう。ルークスはもう決勝トーナメント進出を決めてますから」

「ああ、出場機会のなかった子も出してあげようってことですね。公式戦なしじゃ、子供たちもかわいそうですもんね」

「え?」と聞き返した水島コーチと視線が合い、「違うんですか?」と私は聞いた。

「いや、そうですね。そうですよね」と水島コーチは頷き、頭をゴリゴリと掻いた。

「どうもダメだな。あのチームにはつい意地悪な目を向けちゃう。ああ、顧客サービスねって、思っちゃって」

「顧客サービス?」

「いや、何でもないです。自分の器の小ささに嫌気が差しただけです」

「はあ」

水島コーチは監督のほうに歩いていった。ぐるりと視線を回すと、校庭の片隅にスワンズの子供たちが集まり、パスの練習をしていた。蒼太の姿もある。私はそちらに向けて歩いていった。

子供たちからちょっと離れたところに、セイヤくんとミカりんがいた。

「ミカりん。ニゴーは練習中だから。邪魔しちゃダメだよ」

仲間に入りたいのだろう。セイヤくんに肩を押さえられたミカりんがぷくっとほっぺを膨らませていた。

「ほら、このボール借りて、兄ちゃんとこっちで遊ぼ」

「ごめんね、いつもはこんなことないんだけど」と私はミカりんに声をかけた。「何か、今日は真面目に練習してるね」

「この一週間、放課後に集まれる子は集まって練習してたみたいですよ」

転がっていたボールの一つを取って、セイヤくんが言った。

「おじちゃんも入る?」

「うん。入れてもらおうかな。練習って?」

「じゃ、兄ちゃんがミカりんに蹴るから、ミカりんがおじちゃんに蹴って。はい、ミカりん」

「お、上手だねえ。うちの蒼太より上手だよ」

「ダイゴがみんなを集めて、ユウマがみんなに指導したみたいです」

何でそんなこと、と聞きかけたが、スワンズだってサッカーチームなのだ。自主的に練習したっておかしくはない。

「本当に？」とミカりんが聞いた。

「うん？」

「本当に、ソウタより上手？」

「うん。上手、上手」と私は言った。

蒼太とこんな風にボールを蹴ったことはなかった。私がスワンズに蒼太を入れたのは、日曜日に蒼太と二人になったら、何をしていいかわからないからだ。子供のころ、私は父と二人で遊ぶことなどなかった。家族で出かけることはあったが、その際、父はひどく苦労して時間をやりくりしていた。そのことが子供心に申し訳なく、代わりに、私は一人ですごせるものを買ってもらっていた。小学生のころは、その当時流行っていた入門機的なパソコンをいじることに時間を費やし、中学に上がってからはギターの練習に打ち込んだ。私から解放された父は、日曜日にも家でショータの試作に没頭した。父は私とすごすより、ショータとすごしているほうが楽しそうだった。そのことに不満はなかった。けれどそれから時がすぎ、いざ自分が父親になったとき、私は問題に直面した。幼いころはよかった。私と妻と蒼太。三人でどこかにドライブにでも行けば、私たちは普通の家族でいられた。が、蒼太が少し大きくなり、父親と男の子との関係を作らなければいけなくなったとき、私は途方に暮れた。どうやって息子と向き合えばいいのか、わからなかった。蒼太をスワンズに入れたのは、日曜日に二人きりですごす時間をできるだけ作らないようにするためだった。そこにいる他の父子に紛れてしまえば、自分と蒼太もその中の何でもない父子の一組になれるのではないかと期待した。それからもう三年以上が経つが、私と蒼太がどんな父子に見えているのか、私は父親としてきちんと振る舞えているのか、いまだによくわからない。

グラウンドの整備が終わり、十分ほどシュート練習をしてから、選手たちがいったん、ベンチに引きあげた。すぐに主審の合図で入場を促され、出場選手たちが列を作る。ルークスのベンチには出場選手と間違えないようにビブスを着た控えの選手たちが十人以上並んでいた。スワンズのベンチには監督とコーチしかいない。始まる前から勝負がついているような光景だった。

入場して、挨拶が終わり、コイントスが終わると、スワンズはいつも通りそれぞれのポジションに散らばった。ルークスは円陣を組んで、かけ声をかける。崩れすぎていて何を言っているのかわからない最初のかけ声に応じて、残りの選手がウオゥと声を上げた。

副審が位置についたことをチェックしてから主審が笛を吹き、ルークスのキックオフでゲームが始まった。まずはセンターサークルにいる二人が軽くパスを交換する。

「サイド使っていこー」

ルークスのベンチからコーチが声を上げた。ボールを持った子が、右サイドに向けてボールを蹴る。右サイドにいた子がトラップをし損ねて、ボールはサイドラインを割ってしまった。

「しっかりねー」

コーチが声を上げた。のんびりとしたトーンだった。声を上げたあと、すぐに隣にいるもう一人のコーチと談笑している。

「先週までとずいぶん違いますね」

ユキパパが白けた顔でルークスのベンチを見やった。

「先週にあんなプレイがあったら、大声で怒鳴っていたでしょうに」

「もう予選通過は決めてますからね。余裕なんでしょう」とショウパパが言った。

「あれに負けるのは、何か悔しいですよね」

ヒロパパが同意を求めるように言ったが、ショウパパは苦笑して答えなかった。「ねえ」とヒロパパに助けを求めるように言われ、私は「そうですね」と頷いた。

ハルカちゃんがスローインでボールを入れて、ユウマがボールを持った。近づいてきた敵が寄せてくる前にユキナリにボールを出す。

お、とジョアンさんが小さく声を上げる。同時にユキナリがワンタッチでボールをさばいていた。前に走り出していたユウマの足下にボールが収まる。「おお」とスワンズの保護者が一斉にどよめき、一斉にどよめいたことに自分たちで笑った。

「ワンツーでこれだけ感心されるチームもないでしょうね」とユキパパが笑った。

「でも、すごい進歩ですよ」と私は言った。

「ケンちゃーん、ボール行ってー」

ベンチから声がかかり、ずんぐりとした体形の子が一人、ユウマに寄っていく。ユウマは軽いステップであっという間に抜き去った。ベンチでルークスのコーチがずっこけているのが目に入った。

「ケンちゃん、頑張って」

甲高い声が隣にいるルークスの応援団から上がった。ずんぐりしたお母さんが拳を振り上げて応援している。

「あれもなかったですね」とユキパパが言った。

「え？」

「ルークス。先週までは保護者もあんまり応援してませんでした。勝って当たり前って顔してましたよ」

「ああ、そうでしたね」

そう思ってみれば、今週きている保護者たちはだいぶ様子が違う。食い入るようにフイールドを見て、一つ一つのプレイに声を上げていた。

「じゃ、こっちも応援、負けられないっすね」

ユウマパパが言い、声を上げた。

「ユウマ、後ろ、きてるぞ」

抜かれたケンちゃんが、お母さんの声援を受けてユウマの背後から追いすがっていた。前からもディフェンダーが寄せてくる。ユウマが左を見た。ハルカちゃんがゴールに向けて走っていた。

「ヘイ、ユウマ」

ハルカちゃんが手を挙げ、ユウマが足を振り上げる。みんながハルカちゃんに注意を向けていた。ユウマは振り上げた足をボールの横に下ろし、払うように右に向けてボールを出す。そうしている間も、視線はハルカちゃんに向けていた。誰もがノーマークだったその場所に走り込んできたのは、ショウだ。

「ああ、この前と逆」とヒロパパが呟いた。

先週はショウを囮《おとり》にしてハルカちゃんがシュートを打った。今回は逆だ。

「行け」

ショウパパが言うのと同時に、ショウがシュートを打った。鋭いシュートはゴールを捉えたが、キーパーのほぼ正面だった。がっちりと押さえられる。

「ショウ」

叫んだショウパパは、何かを言いかけてから、思い直したように一度、肩の力を抜き、改めて声を上げた。

「ナイスシュー」

ショウが足を止めてこちらを見た。

「ナイスシュー」とショウパパがもう一度言った。

「キシューチ」とジョアンさんが言って手を叩き、「ナイッシュー、いいよ」と他のパパたちも声を上げた。

ショウが自陣に向かって歩き出した。殊更《ことさら》、無表情を装っているのは、どうやら照れているらしかった。

「十番、気をつけよう」

ルークスのベンチから声が上がった。

「十番から九番か、十番から八番か。ゴール前はどっちかしかないよ」

ユウマからショウか、ユウマからハルカちゃんか。確かにうちの攻撃パターンはそれしかない。けれど、それを他のチームのコーチに、あれだけ大声で言われると気分はよくない。みんな同じように感じただろう。その気分をヒロパパが代弁した。

「何かムカつきますね」

あまりに素直な感想に私は噴き出した。他のパパたちも笑っている。

「でも、まあ、うちのゲームも見てたってことっすね」とユウマパパが言った。「先週のハルカちゃんのシュートを見てなければ、ああは言わないでしょうから」

研究対象にはしていたということか。強いからそう見えてしまうけれど、思ったほど傲慢《ごうまん》なチームではないのかもしれない。

それからは一進一退が続いた。ユウマ、ショウ、ハルカちゃんが積極的にゴールを狙い、他の五人がゴールを守る。蒼太も必死にボールを追いかけるが、ほとんど触れない。先を予測するのが下手なのだろう。ひたすら愚直にボールのあとを追いかけているだけだ。

「ソウタ、ずいぶん頑張ってますね」

ユウマパパが呟いた。ただ走り回っているだけの蒼太への慰めかと思ったのだが、違ったようだ。ちょっと首をひねって続けた。

「誰かから教わったのかな。ソウタパパ、教えたんすか?」

「いえ、私は何も。サッカーのことは全然わからないので。ユウマじゃないですか?」

最近、子供たちが放課後に練習をしていたらしいという話をユウマパパに話した。

「へえ」とユウマパパは言った。「あいつが、みんなを。そうっすか」

「意味なくドタバタ走っているだけのように見えますけど」

「いえ、あれでいいんすよ。あの高いポジションから、ソウタがボールを追い回してくれるから、ルークスの攻撃が落ち着かないんす」

ボールを持ったルークスの子に向かって、蒼太が走っていく。待ち受けるディフェンスではない。一直線に走っていく感じだ。

「プレッシャーがかけられるから、ほら、パスがあんな風に」

ルークスの子が前にパスを出したが、味方が追いつけないほど長いパスになってしまった。ボールはラインを越えて、ゴールキックになった。

「あれで役に立ってるんですね」

蒼太はどこまで自覚しているだろう。わからないが、蒼太は懸命にボールを追いかけている。相手のミスを誘うと、仲間たちから声がかかる。

「ナイス、ソウタ」

その後、どちらにも決定的なチャンスがないまま前半が終了した。

「三軍とはいえ、ルークスと互角にやってるんだから、ほめてやりましょう」

確かに少し押され気味という程度で、ひいき目で見てしまえば、ほぼ互角と呼べる戦いだった。勝つチャンスもあるのではないか。そんな気配さえ漂っていたが、そう甘くはなかった。後半が始まる直前、ルークスのコーチがビブスを着た子たちに声をかけた。その子たちが立ち上がり、自分のビブスを前半にプレイしていた子たちに渡す。

「そうくるのか」とショウパパが呟いた。

「出られなかった子を出す気はあっても、試合に負ける気はないんすね」

主審が後半の開始を告げると、八人すべて、前半とは違う子たちが出てきた。先週まで試合をしていた十番台半ばから二十番台の背番号の子たちだ。

「あれ、ありなんですか？」と私は思わず聞いた。

「ベンチ入りメンバーは二十人まで。交代は無制限ですから、前後半で全員取り替えも、ありっちゃありです。初めて見ましたけどね」とショウパパが言った。

勝てるかも、という期待をもてあそばれたということもある。が、それ以上に、前半戦の両軍の頑張りを否定されたようで不愉快だった。ここまではお遊び、ここからが本番。そう言われたように思えた。ルールの範疇ならばルークスを責めるわけにもいかないのだろうが、気分はよくない。

またヒロパパがみんなの気分を代弁した。

「あれって、何か違いますよね」

今度は誰も笑わなかった。同意の視線をみんなで交わす。

「よーし、まず一点取るぞー」

コーチの声は前半同様、のんびりしていたが、その姿勢は前半と違っていた。ベンチで前かがみになり、フィールドを見ている。三軍と二軍とでは、要求するものが違うのだろう。

主審の笛が鳴り、スワンズのキックオフで後半が始まった。ショウからボールを受けたユウマがドリブルをする。あっという間にルークスの子二人に挟まれる。ボールへ向かうスピードがさっきまでの子たちとは違う。それでもボールを渡さないのは、さすがだ。

「ヘイ、ユウマ」

フォローにきたショウにユウマがパスを出す。ショウがそのボールをサイドのユキナリに蹴ろうとしたとき、大柄の子がショウに体をぶつけてきた。ショウがたまらずに転がる。審判の笛は鳴らない。そのままドリブルを始めたその子に猛然と突っ込んできた子がいた。蒼太だった。詰めきる前にパスを出されたが、ミスキックになり、ボールはサイドラインを越えた。大柄の子が忌々しそうに舌打ちをして、蒼太を睨む。蒼太は背を向けて自分のポジションに戻っていった。

「いいぞ、ソウタ」とユウマパパが声を上げる。

その後も、ルークスが圧倒的にボールを支配するが、なかなかスワンズゴールに迫ることができない。時間だけがすぎていく。

「何か」と私は思わず呟いた。「前半と、あんまり変わらなくないですか?」

「そうですね。もっとコテンパンにやられるかと思いましたけど」とユキパパも頷いた。

「エンジンがかかってないのかな」

「それより、ソウタが効いてるんすよ」とユウマパパが言った。「悪い意味じゃなくて、わかってないんすね」

「わかってないって？」

「二軍と三軍の違いっす。ソウタにとって、二軍も三軍も、差がないんすよ」

「差がない？」

「ええ、つまり、その、どっちも自分よりうまいわけっすから。あ、悪い意味じゃなく」

「それ、いいも悪いもないですよ」とショウパパが苦笑した。

「いや、本当に、ああ、参ったな。そういうつもりじゃなかったんすけど」

「あ、いや、わかりますよ」と私は頷いた。

「ええ。だから、ソウタだけは、前半と同じことができているんです。ボールを持った相手に、真っ直ぐに詰めていく。どんなにうまい子でも、プレッシャーをかけられればプレイは乱れるんすよ。そういう意味では、確かに、二軍も三軍も差はないんす。ソウタは正しいことをしてるし、正しいプレイができている子が中盤にいれば、チームはそうそう崩れないっす」

つまり、今、スワンズを支えているのは蒼太ということか。

その自覚は蒼太にはないだろう。できることが恐ろしく限られているから、迷わずにやれているだけだ。

　ボールを持った大柄な子に蒼太が詰めていく。今度は相手もあらかじめ考えていたようだ。パスを出さず、ドリブルで抜こうとする。出方を見ようとしたその子にとっての誤算は、蒼太がまったくスピードを緩めず、真っ直ぐにボールにきたことだろう。一瞬、判断が遅れ、ボールを蹴ろうとしたその子の足は蒼太の足を蹴飛ばしていた。蒼太が転び、笛が強く吹かれた。

　ゴールからダイゴが声を上げた。

「ソウタ、ナイス」

　蒼太は立ち上がれずにいる。リキとヒロが駆け寄った。主審が蒼太に屈《かが》み込み、状態を確認している。ベンチでは水島コーチが立ち上がり、監督も心配そうに蒼太を見ていた。スワンズには八人しかいない。七人では、さすがに厳しくなるだろう。やがて蒼太が立ち上がった。なおも状態を確認した主審に、大丈夫だというように軽くジャンプして見せた。スワンズの保護者たちから拍手が起こる。選手らが散らばり、試合が再開された。

「ユウマ、ギアを上げてけ。試合に入れてないぞ」とユウマパパが言った。

　みんな頑張っていた。が、やはりチームとしての地力は相手のほうが上だった。時間が経つにつれ、徐々にスワンズのゴールが脅かされるようになった。蒼太の運動量が明らかに落ちている。前半から何度となくボールに向かってダッシュを繰り返しているのだ。無理もない。攻めてくるルークスの選手にヒロとリキとユキナリが必死についていくが、立て続けに二度、シュートまで許してしまう。幸い、一度はダイゴが防ぎ、一度はゴールを外れた。

「戻らないですね」

ショウパパが誰にともなく言った。

「そうっすね」とユウマパパが頷いた。

ユウマとショウとハルカちゃんのことだろうと私にもわかった。三人はほとんど後ろには下がらず、ボールが出てくるのを待っている。

「ああ」と私は呟いた。「勝つ気なんですね」

試合をしているのだ。当たり前と言えば、当たり前だ。が、たぶん、初めて、スワンズの子たちは勝つつもりでサッカーをやっている。そうまで思い込んだ理由はわからない。けれど、彼らは勝つつもりで今、サッカーをしている。そのことに私はわけもなく感動した。

「ユキナリ。まだ走れるだろ」とユキパパが声を上げる。

「ヒロ、もっと頑張れ」とヒロパパが声を上げる。

ジョアンさんも、ショウパパも、ユウマパパも、声を出す。

「ハルカ。いいぞ。思いっきりいけ」

珍しくハルカパパまで声を上げていた。

セイヤくんも、ミカりんも、声をからしている。

私も大きな声で叫んでいた。

「頑張れ、蒼太」

頑張れ、頑張れ。

私は繰り返した。

どの声援も、子供たちの耳には届いていないだろう。子供たちはただひたむきにボールを追いかけているだけだ。

応援しがい、あるでしょう?

母の言葉が蘇った。

まったくだよ、母さん。

スワンズのゴール前、こぼれたボールに子供たちが殺到した。一番最初に触ったのはルークスの子だった。ボールをずらし、足を振り上げる。シュートをヒロとリキが体を張って止めにいく。リキの足にぶつかったボールに変な回転がかかり、転々とゴール隅に転がっていった。

「ニゴー」

ミカりんの叫びに応えるように、ダイゴが横っ飛びでそのボールを押さえる。

「みんな上げろ」

立ち上がったダイゴが叫んだ。

タイマー設定をした保護者たちの腕時計が鳴り、あちこちからピピッという音が聞こえてきた。もういつ笛が鳴ってもおかしくない。

ダイゴが蹴ったボールをみんなが追いかける。ルークスの子たちも必死だ。

最初にボールに触ったのはユウマだった。トラップしたそのワンタッチで目の前にいた敵を置き去りにする。

「行っけー」

ミカりんの声援に乗って、ユウマが風のようにドリブルを始める。同時に、右サイドをショウが、左サイドをハルカちゃんが駆け上がっている。蒼太も最後の力を振り絞って、ユウマのあとを追うように走っていた。その様子を見守っている主審が、自分の時計にちらりと目を落とす。

ゴール前までボールを運んだユウマに、ルークスのディフェンスが寄っていく。二人に挟まれたが、ユウマはボールを渡さない。

「ユウマ」

右サイドからショウが走ってくる。中に切れ込みながら、ショウが手を挙げる。ユウマが体をそちらに向けて、パスを出そうとする。

ここでやるか、と私は感心した。

左サイドから駆け上がってきたハルカちゃんは、完全にフリーだ。

「行け、ハルカ」

ハルカパパが小さく呟いた。

「八番マーク」

はっとしたように立ち上がり、ルークスのコーチが叫ぶ。が、もう間に合わない。そちらに目を向けもしないいまま、ユウマからハルカちゃんへ絶妙なヒールパスが送られる。ディフェンスを引き連れてゴール前に駆け込んだショウが、ユウマに親指を立てた。

「完璧」

ユウマパパが呟く。

ハルカちゃんが右足を振り抜いた。糸を引く鋭いシュートがゴール左隅を襲う。

入った。

そう思った。が、私が拳を握った次の瞬間、ルークスのゴールキーパーがそのボールに飛びついていた。パンチングで弾かれたボールはゴールバーに当たり、ペナルティエリアに転がった。

終わった。

誰もが動きを止めた。審判が笛を口に当てた。そのとき、ボールに駆け寄り、足を振り上げた子がいた。慌ててルークスのディフェンスが動き出す。

「ソウター」

ユウマが叫んだ。

「決めて」

ハルカちゃんも叫ぶ。

ゴール前のキーパーは倒れている。ディフェンスは間に合わない。ただ真っ直ぐに蹴り込めばいい。でも、それができないのが蒼太だ。私はぎゅっと目を閉じた。

バスッと音がする。

うまい子とは比べ物にならない。景気の悪いキックの音だ。ボールはどこに当たったのだろう。脛だろうか。ボールはどこに行ったのだろう。ゴールの外だろうか。いや、わざわざよりによってというところに飛んだのかもしれない。倒れたゴールキーパーのちょうど手のところとか。

何の音も聞こえない。誰の声も聞こえない。蒼太はどんな顔をしているだろう。

そうだ。それを見届けてあげなくては。

私は目を開けた。蒼太がゴール前で両膝をついていた。茫然としている。私はボールを目で捜した。が、どこにもなかった。フィールドの外に飛んだのか。両膝をついた蒼太のもとにユウマが飛びついていった。押し倒された蒼太と、押し倒したユウマの上にハルカちゃんが乗っかっていく。三人を抱きかかえるようにショウが近づいていく。ユキナリが駆け寄り、ヒロも、リキも駆けてくる。スワンズのゴールではダイゴが後ろに倒れ込み、倒れ込んだまま何度もガッツポーズをしていた。

私はルークスのゴールに目を戻した。倒れていたキーパーが体を起こした。ゴールの中にあるボールが見えた。

「やったー」

ミカりんの歓声で、音が耳に戻った。うぉーというような叫び声が私の周囲に満ちていた。

「すごいっすよ。すごい。ソウタ、やりましたね」

肩を叩いたのが誰なのかもわからない。何度も握手を求められ、何度もハイタッチをしたが、まだ現実感がわかない。

やがて主審に促され、スワンズの子たちが自陣に戻り始めた。リキとショウに両手を引っ張られ、蒼太も立ち上がった。よろよろと自陣に戻りながらさ迷わせた視線が、私のもとにやってきた。おそらく私も茫然としていたのだろう。ぷっと蒼太が噴き出した。私もおかしくなって笑い、蒼太に頷いて見せた。蒼太が頷き返した。

センターサークルにボールを戻し、ルークスがキックオフした直後に、試合が終わった。審判の笛が鳴り、私たちは改めて握手を交わした。

「初勝利、おめでとうございます」

互いにそう言いながら、笑い合った。

子供たちがフィールド中央に整列したとき、スマホに着信があった。確認してみると母からだった。私は歓喜の輪から一人離れ、電話に応じた。

「ああ、ごめんね。今、大丈夫かしら？」

「大丈夫ですよ。どうしました？」

「さっきね、お父さんが変なこと言ったものだから」

「変なこと、ですか？」

「お父さん、うたた寝をしていたの。起きたら、夢を見たって言うのよ。夢の中で、敏和がとってもうれしそうだったって。あいつ、何かいいことあったんじゃないかなって。電話してやれって」

子供たちが試合後の挨拶を終えて、引きあげてきた。蒼太は仲間たちからもみくちゃにされている。

「父さんと、話せますか？」

「ごめんね。きちんと話せたのは、さっき、ちょっとだけ」

「そうですか」と私は頷いた。

子供たちが照れ臭そうに、そして誇らしげに戻ってくる。それを笑顔で迎えるパパたちがいた。

『お前の弟を作ってやりたくて』

ショータを初めて見せたとき、父は私にそう言った。嘘だろうと思った。それは仕事であり、商品だろうと。何でそんな取ってつけたようなことを言うのかと不満にも思った。けれど、ひょっとしたら父は、本当にそのためにショータを作ったのかもしれない。一人、ただ黙々と。

「そうなんです。とてもいいことがあったんです」と私は母に言った。

「そうなの？　どんなこと？」

「また今度、話しますよ。会って話します。蒼太を連れて、会いにいきますよ」

「そう。じゃあ、楽しみにしておくわ」

私は母との電話を切った。髪の毛がぐしゃぐしゃになった蒼太が私に向かって歩いてきていた。

まずは実家に寄る。そして蒼太にクローゼットの中のショータを紹介する。それからショータを持って、父に会いにいこう。きっと楽しい一日になる。

私はやってきた蒼太とハイタッチを交わした。

## エピローグ

木は切り倒され、チェーンソーでいくつかに分割された。残った根は小型のパワーショベルで掘り起こされ、やはりいくつかに分割された。木と根をトラックに載せて、地面をならしてしまえば、そこに桜があった痕跡《こんせき》は何も残らない。

「あっさりしたもんですね」

去っていくトラックを見送り、村木さんが呟いた。

「まったくです」と私は頷いた。

「ここで六十年も学校を見守ってきたっていうのに」

「今年の六年生が、卒業式のときに植樹すると聞きました。新しい木がまた同じ花を咲かせてくれるでしょう」

そうですか、と村木さんは頷き、私に手を挙げた。

「では、これで。お休みの日にすみませんでしたね。わざわざ立ち会っていただいて」

去っていく村木さんに私は軽く礼をした。

「明日、登校してくる子供の何人が気づくのかね」

声に振り返ると、そこにいた。ならされた地面を確認するように、靴でトントンと踏みしめている。

「気づくって？」

「木がなくなったことにさ。意外に気づかないもんなんだろうな、きっと」

「いいじゃないか。別に気がつかなくても」

私が言うと、不満そうに顔を上げた。

「それじゃ、寂しいだろ」

「いいんだよ。かつてここには桜の木があった。その木が見守り続けた時間があった。誰もが忘れたって、その時間はちゃんと今につながっている」

うーん、としばらく空を見て考え、変わらぬ不満そうな顔で私を見る。

「やっぱり、それ、寂しくない？」

「そんなことはないよ」

不意に正門のほうから声が聞こえてきた。

「お、開いてる。あれ？　今日、当番、誰んちだっけ？　あ、監督だ。かんとくー」

子供たちが何人か正門から入ってきた。四年生の子たちだ。練習開始まではまだかなり時間があるが、先週の市大会で初勝利を上げて、気持ちが昂っているのかもしれない。

私は手を挙げて、子供たちに応えた。

「四年生か。市大会、一勝したんだって？」

「仲間が一人、引っ越すことになってね。その子のために必死に勝ちにいったんだ。その子は、必死に勝ちにいく仲間のために、やっぱり必死で勝ちにいった。素晴らしい試合だったよ」

「でも、引っ越しちゃうのか。もったいないな」

「いいんだよ」

あの試合から無限に広がっていく時間の中に、子供たちはこれから飛び出していく。いや、もう飛び出している。どこまで遠く、高く、飛んでいくだろう。

「監督」と息を切らして正門から駆けてきた子供が言った。「グラウンド、もう使っていいですか？」

「いいですよ。存分に」

おっしゃー、と声を上げて、子供たちがグラウンドに駆けていく。

寄りかかる木はもうなかったが、私はその場で目を閉じ、耳を澄ました。子供たちの話す声、笑う声、ボールを蹴る音。それらが渦《うず》となって私を満たしていく。

ふと肩に手が置かれた。そこに自分の手を重ねた。手は何かの温もりに、確かに触れた。

その温もりの中に私は感じた。

無限に広がる時間の中に飛び出していくのは何も子供たちだけではない。子供の親たちだってそうだ。そして私も。

目を開けた。背後から柔らかな風が吹いてきた。

久しぶりにボールを蹴るのもいい。

私は風に押されるように子供たちのほうへと歩き出した。

子供たちを愛し、子供たちに愛された老ストライカーへ

初出　「小説すばる」二〇一六年一月号～八月号
本作品は二〇一六年十二月、集英社より刊行されました。

集英社文庫

Good《グッド》 old《オールド》 boys《ボーイズ》

2019年5月25日　第1刷　　定価はカバーに表示してあります。

著　者　本多孝好《ほんだたかよし》
発行者　徳永　真
発行所　株式会社　集英社
東京都千代田区一ツ橋2-5-10　〒101-8050
電話　【編集部】03-3230-6095
【読者係】03-3230-6080
【販売部】03-3230-6393（書店専用）
印　刷　凸版印刷株式会社
製　本　凸版印刷株式会社

フォーマットデザイン　アリヤマデザインストア　　マークデザイン　居山浩二


ISBN978-4-08-745873-2 C0193